文春文庫

貧乏だけど贅沢

沢木耕太郎

文藝春秋

目次

貧乏だけど贅沢

森の少女とカジノの男

井上　陽水
沢木耕太郎

いのうえ　ようすい

一九四八年、福岡県生まれ。シンガー、ソング・ライター。

井上さんとは、そうしょっちゅう会っているわけではないが、二十七、八歳の頃に初めて会って以来、親しい感情を持ちつづけている。酒場ではいろいろと話をするのだが、雑誌上であらためてしゃべったのは、「小説新潮」の九四年五月号に掲載されたこの対談が初めてである。

実は、この対談は都内にある古い一軒家のフグ料理店で行われた。呑む前にあるていど話しておこうということになって、いわばフグはお預けの状態のまま対談が始められた。途中で、井上さんが唐突に「フグ」とか「グフ」とか口走るのは、そのような伏線があってのことである。対談が一段落して、私たちはめでたくフグにありつけたが、それ以後の話はテーマが多岐にわたっていってしまったため、すべてカットされることになった。

それにしても、呑む前だけでこれだけの分量になったのだから、呑んでからのものも入れたら途轍もない長さになってしまっていただろう。（沢木）

一人でぶらりと

沢木 昨日、ある本が届いたわけですよ。えのきどいちろう編『井上陽水全発言』というのがね。井上さんから来たのかと思ったら、出版社からで……。

井上 そうなんです。その本は基本的にはうちが関知しないというかたちで制作されたものなんです。僕なんかが入ると、カバー写真に使われているサングラスひとつに対しても、そういう安手のものではいけない、なんていうことになる（笑）。

沢木 でも、これは作りは安直ではありますが（笑）、かなり面白いというか、少なくとも僕にとっては意外なところがいっぱいあってね。

井上 えのきどいちろう、知ってます？

沢木 知らない。

井上 えのきどいちろうを知らないっていうのは……。

沢木 いや、文章は読んだことあるけど、会ったことはないという意味。

井上　面白い人でね。

沢木　その本でまずおかしかったのは、えのきどさんの書いている「あとがき」。もちろん、井上さんも読んでるよね？

井上　うん、読んでる。

沢木　ちょっとその内容を要約すると、ある日、井上さんのところにえのきどさんがインタヴューに行くわけだよね。その日、井上さんは都ホテルかなんかにいて、何本か続けてインタヴューを受けている。それは新しいアルバムが出たんで、プロモーション用のインタヴューをセーノで片付けちまおうという、そういう一日なんだね。そのうちの何本目かにえのきどさんが現れ、疲労困憊《こんぱい》している井上さんの状態を見てとってインタヴューの方法を考える。そして、賢明にも「今までのインタヴューはどういう方向でやってきました？」といった感じで始めるんだよね。

井上　そうでしたね。

沢木　僕がインタヴュアーだったとしても、同じような方法をとったと思うな。「疲れたでしょう」なんて話から始めてね。「つまらないことを何度もしゃべるのはしんどいでしょう」とか。井上さんは、そんなえのきどさんに少し心を開くんだね。そして、逆にえのきどさんのことを訊きはじめる。「何でこんな仕事を始めたの？」とか、「今、幾つ？」とか、「独身？」とか、「こんなんで食っていける？」とか訊いたんじゃないんですか、きっと。そのうちに面白くなって、えのきどさんのお母さんがこの近所で喫茶店をやってるというのを聞くと、ちょっとハイになった井上さんは「じゃ、行ってみるか」と言ってしまった。

井上　そうそう。

沢木　えのきどさんはインタヴューを終えると、一心太助のごとく「てえへんだ、てえへんだ、井上陽水が来るぜ！」とお母さんのとこへすっ飛んで帰って、お母さんもちょっと慌てて店を片付けた。しばらくして井上さんはその喫茶店へ行くと、ビールなんか飲みながら、お母さんと取りとめのない話をするんですよね。

井上　「おたくの息子さんはいい息子さんで、将来が楽しみですね」なんていう話も織りまぜながら（笑）。

沢木　で、えのきどいちろう氏の総括としては、「それはまるで担任の家庭訪問のようであった」（笑）。

井上　そう書いてあったね。

沢木　それがおかしくてさ。井上さんは高校教師なんかになったら、けっこう面倒見のいい教師になったかもしれないなと思ってね（笑）。

井上　それ以来、えのきどさんとはずいぶん親しくなって、結婚式にも呼ばれたりした。

沢木　えのきどさんの「あとがき」によれば、そのとき井上さんは当人に向かって「いや、君は絶対なにものかになれる」みたいなことを言ったらしい。そのとき彼は二十四歳だったというから、ずいぶん嬉しかったろうね。

井上　僕は時々そんなことを言うらしいんですけどね（笑）。もう一人、筋肉少女帯というバンドに大槻《おおつき》ケンヂというのがいて、五年程前、彼がインタヴュアーとして何かの雑誌で僕のとこへ来たことがあってね。彼も面白い人で、「僕は十年後にも生き残っているでしょうか」なんて訊くから、「全然問題ないんじゃないの」って答えたりして。

沢木　ストレートな人っていうのは、やっぱりダメかな。変わってるよね、大体そういう人は。

井上　ダメということはないけど。変わってる人っていうのはどこかが欠落してるし、バランスよくないわけだから、大変といえば大変だけど、その分なにかで埋め合わせるんじゃないですか、その埋め合わせているもの、それがいいんですよ。バランスいいと別に埋め合わせる必要ないから。

沢木　「あとがき」も面白かったんだけど、本文の中で驚いたのは井上さんの旅の話。「ひとりでぶらっと旅をするんです。一番極端なのは、いきなり成田へ飛行機もホテルも何も決めずに行ってしまって、そこで初めて目的地を選んで切符を買ったときですね」ってのがあって、いやあ、もしこれがほんとだったら驚きだなと思った。

井上　どうして？

沢木　およそ、そんなことするタイプの人間ではないと思ってたから。

井上　しますよ。

沢木　驚きだね。井上陽水っていう人を考え直さなくちゃ、というくらいの驚きだね。

井上　でも、帰るのが早いですね、せいぜい一週間か十日ぐらい。

沢木　それは構わないと思うけどさ。別に外国じゃなくても、国内でも東京駅とか羽田とかに行って「さあどこに行こうか」なんて思って旅行する人って、実はいそうでないと思うよ。僕も外国で「さあこれからどうしよう」と思うことはあるけど、成田で「さて」と考えたことは一度もないね。とりあえず目的地はあったね、常に。

井上　僕も何となくはあるけどね。パリに行こうか、ロンドンに行こうか、ローマにしようか。

沢木　だけど、それをやるにはまずそこそこの金が必要ですね。航空券を普通運賃で買えなければならないものね。

井上　僕はこういう仕事をしてて、たとえば女の子と街を歩いたりしていると……今はそうでもないけども、週刊誌とかテレビにそのことが出たりして、家庭に影響が及ぶような生活をずいぶんしてたんですよ。確かに空港でいきなりオープンのチケットを買うというのはある種の贅沢だけど、そんな悲惨な生活をずっとしているものだから、バカヤローそのぐらいの贅沢はいいだろうみたいな（笑）、そういう気があるんですね。日ごろすごい苦労してるんで（笑）。

沢木　まあ、一般にそれを苦労と認めてもらえるかどうかは疑問だけど（笑）、それぐらいはいいよね。でも、その自由さって相当すごいね。

井上　いちど、何かヨーロッパへ行く飛行機がないかなって成田へ行ったけど、ないんですよ。もちろん八時間待てばあるのかもしれないけど、二、三時間のレベルでは飛ばない。といって、アメリカへ行きたい気分でもない。そうしたら、香港かソウルへ行けばヨーロッパのどっかへ行く便があるんじゃないかなと気がついて、とりあえず香港に行ったことがあるんですけどね。

沢木　とりあえず、ね。

井上　それからロンドンへ行きました。

沢木　ヘエーッ。しかもさ、その後に続く台詞《せりふ》で「インドやイスタンブールに行きましたけど」って、およそ井上さんはインドとかイスタンブールなんか行かない人だと思っていたから、驚いた。

井上　そうですか？

沢木　まあ、イスタンブールまではあるかもしれない。しかし、インドはないと思っていたね。

井上　だけど、僕はカトマンズまで行ったんですよ。

沢木　だからさ、何かのときにカトマンズに行ったたっていうのは聞いたことがあるんだけど、ネパールはあってもインドは外すだろうと思ってたから。

井上　インドは三、四回ですね。

沢木　そんなに？　知らないもんだね、意外と。その上、さらに驚かされたのは、「これは典型的な夢なんですけど、例えばオーストラリアのエアーズロックのあたりをドライブするとしますよね。広大な砂漠だから、ガソリンが途中で切れちゃうかもしれない。あたりはだんだん暗くなってくるし、困ったなあ、どうしよう。そうしたらちょうど明かりのついた一軒家があって、そこに素敵なお嬢さんが暮らしている、っていうのがいいですね」なんていう台詞。その歳になって、まだそんなこと考えてるの？（笑）

井上　いや、これにはヨーロッパ版もあってね（笑）。実際にドイツをそんな感じで旅したことがあるんだけど、ドイツの森ってすごいでしょう。日本の森もよく知らないけれど、ヨーロッパの森って本当に厳しいなと。特に、夜はね。これは下手すると凍死するな、みたいな。そういうところで車のエンジンがダメになって、向こうに明かりが見えるんですよ（笑）。訪ねていくと、おじいさん、おばあさんが「どうしたの？　日本の若い衆」「いや、ちょっと立ち往生しまして」「まあ、部屋もあるし、木がたくさんあるんで、それを割ってくれたら泊めてあげるわ」「よかった。よかった」なんて言いながら、ドイツの朝食ってのはおいしいなあなんて思ったら、娘がいるっていう（笑）、こういうバージョンもあるんです。

沢木　娘は朝食まで出てこないのね（笑）。

井上　そうなんです。そういうのが一つ、理想の夢としてあって、「相変わらずまだそんなこと考えてんの」って大人が言うのを耐えながら（笑）、やっぱり少年としては生きていくという……。

沢木　ある所で車が故障した。で、その先にほんのりと明かりが見える。さて、その明かりのところには何があるでしょう、というのも相当その人の人生観が反映されるね。

井上　そうですね。僕は楽観的なのかもしれません。

沢木　それも意外だね。

井上　楽観的だし、夢見がちな少年なんです（笑）。

沢木　井上さんがそういうことをまだ考えてるとは夢にも思ってなかった。

プレスリーとビートルズ

井上　でも、沢木さん変わんないね、写真が今と。

沢木　そうかな。

井上　うん。どう、自分で。やっぱり変わった？

沢木　変わってるよ、それは。
井上　そんなに変わってないように思えるけど。僕なんかこんなモップ頭だったですね。
沢木　あれはだいぶ印象が違うよなあ。
井上　あれとはもう大変わりだけど。
沢木　最近、全然違うよね。髪形ばかりじゃなくて、しゃべり方やなんかも少し変わってきたね。
井上　そうですか。
沢木　うん。こだわるようだけど、絶対にフラッと成田でチケットを買うようなタイプの人ではなかったですよ、昔は（笑）。
井上　そういやあねえ、僕もそれなりに揉まれましたよ。
沢木　揉まれましたか。
井上　それはそうですよ。離婚もあるでしょう。それに大麻不法所持で逮捕されたこともありますし（笑）。それから、もちろん世の中である程度音楽が売れたということで、まあ、やっかみ半分みたいなこともあったし。
沢木　そういうのって、鬱陶《うっとう》しいよね。
井上　ええ。それから、ポルノ女優とどうこう、何もしてないのに……。
沢木　えっ、そんなこともあったの？

井上　何もしてないなんて、よけいなこと言わなくていいですけどね。彼女に対して失礼ですよね（笑）。

沢木　さっきのえのきどさんの話に戻ると、井上さんって、四十五度ぐらい角度を変えて対応するような人を面白がるようなところがない？

井上　それはありますね、ええ。

沢木　ありますよね。僕の印象では、井上さんは人と対応するとき一回転半ぐらいして角度をもたせるっていう感じが強いんだけど、僕はとにかく来たものは平らな壁みたいにパーンと返すという感じの人間じゃないですか。だから、井上さんが面白がっている人たちは、確かに面白いんだろうなと思う一方で、僕なんかはうまく対応できないかもしれないとも思う。しかし、最近の井上さんは角度のあまりない、平面的な人と対応するのもそんなに下手じゃなくなっているよね。それはやはり、揉まれてきたからかな。

井上　どうなんですかね。でも、僕はできるだけ真摯《しんし》な気持で対応しようと心がけて生きてはいたんですよね（笑）。

沢木　一回転半しつつね（笑）。

井上　でも、僕も沢木さんのことを、いま沢木さんが自己分析したような感じで見てたんですけど、やっぱり人間ってそんなに単純じゃないなと思ったのは、沢木さんの『象が空を』という本を読んで……。

沢木　あっ、あれ、送るのが少し遅くなってしまって。

井上　いや、手紙にも書きましたけど、あの本は絶好のタイミングで届いたんですよ。仕事場が空調の工事でしばらくホテルに入らなければならないということがあって、何の本を持っていこうかなというときだったもんでね。あんな分厚い本、普通ならそう簡単に読めないいんですけど、環境に恵まれたおかげで……。

沢木　なんとか読めた（笑）。

井上　確か、沢木さんが最初に読み物というか、文学というか、そういうものに興味を持ったのは剣豪小説……。

沢木　チャンバラ小説、時代小説だね。

井上　ええ。そういうチャンバラ小説を貸し本屋で借りて読んでたというんで、僕は僕なりに一つのイメージがあったんですよ。それはあまり好ましいイメージじゃないのね。もちろんその好ましい好ましくないというのは、時代とともに変化はするけども、たとえばこれは微妙なもので、音楽をプレスリーから好きになった人とビートルズから好きになった人は、もう明確な差があるみたいにね。

沢木　あるだろうね、きっと。

井上　沢木さんはそこから入ってきたという人で、それは一つあるところから見ると、入り方が何かあまりよくないみたいな。で、沢木さんはそのことは絶対わからないだろうなと。わからないからそこから入ってきた人なんだろうなと。後からそういうふうに言葉になっていったんだけど、そういうニュアンスのことを心で思ってたんです。ところが、この間、本を読んでたら明確にその分析をしてるし、やっぱりすごいなあと。

沢木　井上さんは、たとえばビートルズから入ったということにおける正統性みたいのを感じてるの。正統性というのはちょっと大げさすぎるか。

井上　いや、それは相当に確固たるものだったんですけど、最近は、さすがにあれだけ時代が過ぎると、あれでよかったのかなという感じなんですよ。結局、何で剣豪小説とか、チャンバラ小説からきた感じがあんまり好ましくないかというと……。

沢木　なぜなの？

井上　セクシュアルじゃないからなんですね、僕から見ると。

沢木　なるほど。

井上　それはちょうどあの本でも書いていたように、あれは三島さんの『剣』でしたっけ。

沢木　うん、三島由紀夫の『剣』。

井上　高校時代に読書感想文としてとりあえずそれを書いた。これも何かの縁ですね。チャンバラ小説を読んでて、読書感想文を書かなきゃいけない。とりあえず身の周りにあったものが三島の『剣』。そこに偶然ではない、何か沢木さんにとって、必然のめぐりあわせではなかったのかと思うんですよ。話を最終的に三島さんまで詰めれば、いろんなことがあるかもしれないけど、僕の簡単な言い方ではセクシュアルじゃないということなんです。

沢木　今、話がセクシュアルかどうかというところにきたんだけど、井上さんには、セクシュアルであるかどうかというのが一つの価値基準になっているの？

井上　人間の分類の方法としてありますね。それはね、話をまたもとに戻すと、沢木さんは気づかないいんじゃないかなって、ぼんやり僕は思ってたんです。でも、この間『象が空を』を読んで、あ、気づいてる、と思ったんです。

沢木　だけど、自分がセクシュアルかどうかなんて、たとえば井上さんはわかってるの？

井上　それは難しい問題ですよね。自分はそういうものに興味を持ってるし……。

沢木　惹《ひ》かれてもいる。

井上　ええ。卑猥《ひわい》なものとか、ああいうものに非常に興味を持ってるし、またコンプレックスもある。僕がすごく好きだったり、ちょっと避けてるものは大体セクシュアルですね、僕にとって。たとえばプリンスなんていう人がいるんですね。簡単に言うとセクシュアルなんですけど、これが好きなような、なんか聴いちゃいけないような……。

沢木　プリンスに対して？

井上　うん。うちの奥方がプリンスのコンサートへ行くと嫉妬したりする（笑）。

沢木　去年、エリック・クラプトンが来たじゃない。エリック・クラプトンなんて全然関係ないという感じ？

井上　うん。僕は彼にはあまりセクシュアルな感じしないね。

沢木　なるほどねえ。

井上　これはちょっと専門的になるかもしれないけど、もう一人ジェフ・ベックというギタリストがいますが、彼なんかすごくセクシュアルな感じするんですね。クラプトンって、立派な人という感じですよね。

沢木　立派かどうかわからないけど、すごく物語性のある人のような気がする。明瞭な物語を持ってて、それが僕らみたいな素人にも理解できるような気にさせるんだろうな。たとえば音だけとか、声だけで理解するんじゃなくて、彼の存在全体から理解できる感じの人だよね。だから、感覚的に理解するという人ではないということはよくわかる。その辺は、たとえばビートルズの中でもジョン・レノンてセクシュアル、やっぱり？

井上　あの人はセクシュアルじゃないでしょうか。

沢木　ポール・マッカートニーは？

井上　ポール・マッカートニーはあんまりセクシュアルな感じしないですね。ただ、ビートルズとローリング・ストーンズとで、一般的にどっちがセクシュアルかというと……。

沢木　ローリング・ストーンズになるよね。

井上　なりますね。優等生なんですね、ビートルズは。やっぱりローリング・ストーンズのほうは欠落してる部分がたくさんあるんですよ、能力としても。

沢木　だけど、それに惹かれる？

井上　結果としてはそんなにストーンズは僕は聴いてないんですよね。だから、それは僕のコンプレックスにもなってるんです。僕の友人で気のきいた人は皆、ストーンズが好きで（笑）、ちょっとつらいんです。わかるだけにね。

沢木　でも、何をセクシュアルに感じるかというのはさまざまだね。三島さんがセクシュアルじゃないということに対しては別に異は唱えないけど、いかにもセクシュアルな感じというのには、たとえば僕はセクシュアルな感じを受けなくて、透明な感じでスーッと存在するようなものにとてもセクシュアルなものを感じるとか、その感じるこっちの触覚みたいなものが人によって違うんだろうね、たぶん。

井上　年とともにまた変わってくるしね。

チベット三万年

沢木　最近、ハヤブサが主人公の話を翻訳したんだけど、それ以来ハヤブサっていう鳥に興味を覚えてね。だけど、昔から千何百年も日本人が付き合ってるハヤブサについてさえ、ほとんど何もわかってない。ハヤブサについての本を読みたいと思って本屋に行ってても、ハヤブサの本ってないんだよね。

井上　ほんとにまだまだたくさん研究するものってあるんでしょうね。

沢木　で、先月、タカ狩りというのに参加したんですよ。ほんとはハヤブサ狩りを見せてくれるはずだったんだけど、諸般の事情でタカ狩りだけになってしまった。しかし、これがやたら面白くてね。

井上　いいねえ、タカ狩りなんて。タカ狩りとか、ハヤブサ狩りとか。そうか、沢木さんは今度はそっちのほうへ飛んだのか、斬新《ざんしん》だな、と一瞬思いかけたけど、前はハチヤさんのハチとかに熱くなってたでしょ（笑）。

沢木　ハチとのつきあいはまだ続いているの（笑）。

井上　最近、ボウリングなんかをちょっと外した感じでやろうという話があるんです。まさかテニスじゃないだろう、ゴルフでもないだろうというわけでね。でも、ボウリングは外した形跡がわかるのが厭《いや》なんだけど、スケートになると外れすぎていいかなと思って、最近、スケートをやってるんですけど（笑）。

沢木　二子玉川園で？

井上　そうそう。つまり、ゴルフとかテニスとかそういうのはあんまり行きたいとも思わないんだけど、タカ狩りとかスケートだったら行きたいなという感じだね。

沢木　井上さんがスケートとはね（笑）。

井上　一時、釣りが日本で大流行になって、そのときは日本から魚という魚がいなくなっちゃうんじゃないかというぐらいの釣りブームでね。そういう流れに乗るのは、やっぱりまずいなというのがありますよね。

沢木　ありません、そんなの（笑）。

井上　沢木さんにはあるはずよ。

沢木　釣りはやらないけどね。ゴルフもやんないし、テニスもやらないけど。

井上　みんながワーッとやってるのに参加はしないよ、沢木さんは。

沢木　確かに参加しないけど、結果としては同じだけど、井上さんとはプロセスがだいぶ違うね。そういうふうにグルッと半回転か一回転半したあげくのことじゃなくて、ただやらないだけだから。

井上　けっこう右と左と分かれて、「全然違うなあ」なんて言いながら、気がつくと同じ場所にいたなんていう話がありますよね（笑）。

沢木　井上さんとはそういう感じで一緒になることが多いのかもしれないね。

井上　タカだハヤブサだっていう話で言うと、つまりそんな有名な鳥の文献が一つもない、わからないことが多すぎるというところで言うと、これもゴルフやテニスと同じような感じで一時もてはやされたテーマかもしれないけど、歳とともに、死について考えることが増えましたね。

沢木　死？

井上　そう、死ぬこと。日本の歴史なり西洋の歴史がそれなりにあるわけだけど、簡単に言うと、だいたい死というのは隠蔽《いんぺい》されてて、タブー化されて、見えないようにされてる。僕は中沢新一さんが関係した本で、帯の添え書きの「チベット三万年の歴史の中で死を見つめ続けている」というのにほだされて買ったのがあるんですよ（笑）。うん、三万年は尋常な長さじゃない。そうかあ、チベット人というのは三万年も死を見つめてるのかなんて（笑）。

沢木　中国は三千年だけど、チベットは三万年なのか（笑）。

井上　最近その入口にちょっと立ってみて僕が考えたのは、「そうか」と悟るのは、何か本やお経読んだり偉い人の話を聞けばいいのか、それとも難行苦行しながら摑むものなのかということなんですね。で、このあいだ、中沢新一さんにお会いしたんで聞いたんですけど、あれはやっぱり、難行苦行して向こうの世界に入らないといけないらしいですね。

沢木　そうなの。

井上　つまり、ある境地に達したり、何か見えてきたりというのは、インスタントに修得できるもんじゃないと知って、あらためて、うーん、それは大変だなと思ってね。

沢木　具体的なプロセスは一切度外視して、最後の絵柄《えがら》だけで言えば、井上さんはどういう死に姿というのがイメージできる？

井上　どうですかねえ。そのことってバリエーションはいろいろありますけどね。もちろん畳の上から、腹上死から、野たれ死にまであるわけです。それはあるんだけど、人間として生まれてきて、最近も直木賞の授賞式があったけど、直木賞を取るのも、高額所得者になるのも、あいつはなかなか渋い仕事を続けて長い間頑張ってきて立派だねって言われることも、すべては移ろいの世の中のことで（笑）、結局生まれてきて死にどう対応するかの精神的なものを培《つちか》っていく、これしか大事なことはないんだということが書いてあって、いや、それはそのとおりのような気がしてるんだけど、とりあえず直木賞の授賞式には「ひやかし」として出席するわけですよね（笑）。

沢木　受賞者に会えばおめでとうと言う（笑）。

井上　これも全然わからないんですけど、どういう死に方をするというよりも、生から死に行くところで「しまった、もっと研鑽《けんさん》を積んでおきゃよかった」ということになると厭だなと思ってね（笑）。

沢木　死後はとりあえずいいとして、死への窓口みたいなところで、何か納得できる境地が手に入れられたらいいなって、冗談紛れに思ってるわけ？

井上　思うんだけど、僕が思ってる地点というのはその境地からずいぶんかけ離れたところで、「きょうは沢木さんとフグを食べよう」という世界に生きてるでしょう（笑）。その価値観のままでその境地を会得《えとく》するためのプロセスを紹介されても、困るんですね。簡単に言うとそれは難行苦行なんですよ。フグはないんですからね。

沢木　そこにはフグはないのかね、やっぱり。

井上　もちろん新しい「グフ」とかがあるかもしれないけれども（笑）、とりあえず見えない。となってくると、境地も欲しいけど、ずいぶん大変そうだなっていうところに、いま僕は生きて考えてんですね。

沢木　今の境地でこのまま行ってもいいんじゃない、そのまま死んでも。

井上　軽々しくそんなことを言われたって、あなた（笑）。

沢木　そう悪い境地でもなさそうな気がする。

井上　新興宗教みたいな言い方してる（笑）。

沢木　でも今、単純にスパンとここでフグの毒に当たって死んだとき、あんまり後悔しそうもない気もするでしょう。そうでもないですか。

井上　いや、それは人様がどう思うか胸の中はかりかねますけど、たぶん僕なりに相当後悔のない感じはあるんじゃないかなとぼんやり思ってんですよね。

沢木　もうそのレベルでいいんじゃない、境地としては。

井上　まあ、その辺にゴキブリが出てきてもオタオタすることがありますからね、人間の生理は。

沢木　ネパールに行ったのは、そういう境地の問題とは関係ないわけ？

井上　いや、それは全然違っていて。世の中って、ほんとに話せないことが多過ぎますよね（笑）。

沢木　ハッハッハ。

井上　何て不便な世の中なんだろうって。バンコクに行ってヒッピーの溜り場みたいなところに入ったら、そこにヨーロッパのツーリストに向けて、日本では見たことのないような写真と手書きの「ハワイよいとこ、一度はおいで」的なもので「カトマンズ」っていうのがあったんです。ちょっとイカレましてね（笑）。そこで切符を買えるものかどうかチェックしたら、買えたんで、行ったんです。

沢木　不思議な旅行してるねえ。今日は驚きの連続だ。

井上　しかし驚くといえば、『深夜特急』のときは二年間旅したんでしたっけ。

沢木　いや、香港からロンドンまで一年二カ月ぐらい。

井上　やっぱり、今ではそんなことはできない？

沢木　できない。どうしても、旅は細切れになっていますね。井上さんは、一番最初に旅行したのはロンドンだったっけ？

井上　そうです。
沢木　それは幾つぐらいのときだったっけ。
井上　二十三、四ですか。
沢木　そのときはレコーディング？
井上　ええ、『氷の世界』の一部を。
沢木　そのときのロンドンはどんなロンドンだったの。じいっとホテルにいたとか、出歩いて遊びまくったとか……。
井上　一つ覚えてるのは、ポーランドかどっかから来てる女の子がメイドで部屋の掃除をしてたんです。なかなかいい娘《こ》でね（笑）。その娘と一緒に公園へ行ったのを覚えてますね。
沢木　散歩？
井上　仕事が終わってからね。だから、僕はイギリスにいながらポーランドのことをよくわかるようになったりして（笑）。言葉のレベルが大体同じだったから。
沢木　すると、やっぱり「氷の世界」もロンドンの詞なの？
井上　いや、違います。イギリスは全然関係ない。
沢木　だけど、あれにはリンゴ売りが出てくるじゃないですか。窓の外にはリンゴ売り、って。あれは「白雪姫」に出てくる魔法使いのおばあさん風のリンゴ売りなの、それとも路上でリンゴを売ってる屋台かなんかのオッサンがいるわけ？

井上　屋台でリンゴ売ってるオッサンという感じは、いま初めて聞いたようなイメージですけどね（笑）。魔法使いほどロマンティックじゃないんですけど、イメージとしては人がひとりで売ってるんです。マッチ売りの少女がリンゴを売ってるみたいな気分ではいるんですけどね。

沢木　井上さんが初めて行ったのはロンドンだって聞いてたから、あれを聴くたびに、何となくホテルでぼんやり寂しく窓の下を見てると、屋台じゃないけど、リンゴを並べて売ってるおじさんかなんかが通行人に呼びかけてるのかなとかって、ふと思うんだけど。そのイメージは全然ないんだ。

井上　今、そうやって思い出すと、マッチ売りだと一つ明確なイメージって出るでしょう。ただ、リンゴ売りっていうことがどういうわけか出てきて、それがはっきりしたイメージを持てなかったんですね、僕は。「でも、リンゴ売ったっておかしくないよな」って、イメージがはっきりしないということはいいことだなと（笑）。

沢木　なるほど、井上さんらしい論理だね（笑）。

井上　そういうのは多いですよね。

沢木　井上さんはきっとロンドンの部屋で、そのときは季節は秋とか冬で、仕事の合間にひとりで、寂しいなとか、つまんないなとかって思って、外を見てるという、そっちのイメージが強いんだね、僕には。僕がロンドンに辿り着いたときが冬だったから、それでなのかもしれないけど。

井上　だから、ホテルにはポーランドの女の子がいたって（笑）。

ドラマを見つける

沢木　外国へ行くのに、誰かと行くほうが楽だという人と、寂しいときもあるけどひとりのほうがいいっていうのとあるけど、井上さんはどっちなの？

井上　どっちかというと、旅はひとりのほうがいいですね。

沢木　前に、井上さんが、お互いアメリカを旅していて、なんとなくアトランティック・シティあたりで会えたらいいですね、と言っていたことがあるでしょう。特に予定を決めないでいてね。でも、僕は井上さんがそういう旅をする人だとは思ってなかったの。そういうことってできるかなあ、と半信半疑だったけど、実は僕なんかよりはるかに自由に旅していたんだね。

井上　この間、ローマへ行ってね。それから、ミラノへ行きたくなったんで飛行機で着いたら街で何かのフェアをやってて……。

沢木　泊まれなかった？

井上　東京でいうと三鷹あたりのラブホテルまでいっぱいなんですよ（笑）。いろいろ探したんだけどダメで、電車でもういちどローマへ戻ろうと思ってミラノ駅に行ったんです。電車の時刻を見て、ローマ行きが二、三時間後というのがわかったんで、最後の挑戦をしてみたんです。ほら、駅によくあるじゃない、ホテルの斡旋所が。すごい人だかりがしているんだけど、とりあえず並んでみた。すると、そこにね、今でも覚えてるんですけど、五十ぐらいのおばさんがいて、けっこう洒落てるんですよ。トランクに腰掛けて、足を組んで、細いシガーかなんかを指にはさんで、すごい魅力的なんですよ。いいなあと思いながら、ずうっと見てたら、後で旦那さんが来て、ホテルはやっぱりダメらしいというので、肩を落とす表情がありありとわかるんです。その人たちは旧ソ連の共産党員で、旦那さんは日本でいうと東大とか一橋を出たエリートで……。

沢木　どうしてそんなことがわかったの？

井上　バッジでわかったような気がしたんですね（笑）。これはきっと共産党員のバッジなんだろうなと思ったんです。言葉も何となくロシア語っぽいし。いやあ、彼らもあのままずっといけば、悠々自適の外国旅行だったんだろうけど、苦労してるなと思って。

沢木　面白いね。

井上　でも、ああいうところの上流というか、エリートの女性も魅力的ですね。

沢木　このあいだといえば、僕は何年かぶりでイスタンブールに行って、以前とはひとつだけ違うことをしたんですね。空港から乗ったタクシーの運転手に好きなホテルに連れていってもらったんです。以前は金がなかったからタクシーなんか乗ったこともなかった。ところが、そのタクシーの運ちゃんが連れていってくれたのは、何が悲しくてイスタンブールでそんな名前をつけなけりゃいけないのかというホテルでね。井上さんの歌の題名をシャッフルしたような、「ペリカン・ホテル」っていうんです。

井上　いいじゃない、それは（笑）。

沢木　これが汚いホテルでね（笑）。そのペリカン・ホテルから、むかし泊まったブルー・モスクの前にある安宿まで歩いていって、ホテルがあったところの前に立ったんだけど、当時のことをまったく思い出さないの。毎日そのホテルから出てブルー・モスクを見上げていたはずなのに、その感じがまったく蘇らない。自分の持ってるイメージと現実とがちょっとズレてて、それを何となく修正していけばいいといったレベルを超えて、そのときのイメージが全然持てないわけ。それこそ『深夜特急』で旅したときのあの記憶っていうのが、二回目に行ったときに全部消えちゃってね。

井上　全部？

沢木　全部。そのときの旅では少し時間があったんで、トルコからスペインにまわったんだよね。マドリードに行って、マドリードからリスボンまでバスに乗ってみた。マドリードからリスボンまでって丸一日かかるんだけど、マドリードで朝六時ごろバスに乗って、夜の八時ごろリスボンに着くんです。マドリードに着いて何日か滞在して、バスに乗ったら、偶然なんだけど、十五、六年前にバスに乗った日付と同じだったの。たとえば十二月十二日とか。で、乗ったバスも同じ時間帯のバス。

井上　ヘエーッ。

沢木　で、着いた時間もほぼ同じ。ルートもたぶん変わんないだろう。でも、まったく思い出さなかった、何にも。国境で乗り換えてリスボンに着くんだけど、まったく何も思い出さないというのは、過去のものは消えちゃったなと思ったね。十数年前の旅とかっていうのがさ。

井上　もう一仕事やったことでもあるしね（笑）。それは関係ないかな。でも、沢木さんて、同じ日付とか、その辺に敏感ですよね。

沢木　そうかもしれない。

井上　いや、僕もね、これは敏感というのとは少し違うかもしれないけど、車の時計がデジタル表示で、見るとどういうわけか「007」とか「3・14」とか……。

沢木　そういう数字が出てくるの？

井上　なんか、そういう意味ありげな数字を見ることが多いなあということがあるんです。たぶんそれが強く印象に残るからなのかもしれないけど。

沢木　でも、そういうのをしょっちゅう見つけてしまう人とか、しょっちゅう遭遇してしまう人っているのかもしれないよ。

井上　沢木さんはそこら辺にあるドラマとか、夢とか……。

沢木　うん。見つけるね。

井上　何かそこで楽しめる人みたいだから、やっぱり注意深く目を配ってるんですよ。

沢木　そこで言えば、僕の目のいかないところというのがきっとあって、人と会ってても、たとえばセクシュアルな部分に対する注意深さが欠けているのかもしれないね。だけど、いつだったか吉行淳之介さんと話してるときに、人をどこで記憶するかっていう話になったんだ。たとえば女をどこで記憶するかっていう話になって……。

井上　吉行さんだと、もうどんな指輪してたかなんか全然わかんないですね（笑）。

沢木　わかんない。要するに、どういう洋服を着てたかもわかんない。僕もわかんないし。

井上　僕もそうだ。

沢木　そう？

井上　ええ。どんな服を着てたとか、絶対覚えてないですね。

沢木　吉行さんのオチはね、「しかし、シュミーズの脱ぎ方は覚えてる」って（笑）。

井上　言ってくれるね（笑）。

沢木　いいけどね（笑）。

井上　いいだろう、言わしておいて（笑）。

沢木　女の人の記憶っていうことでいえば、例のポーランド娘なんか、何で覚えてる？顔つき、それとも言葉つき。

井上　体つきです（笑）。

沢木　言わしておこうか（笑）。

井上　体つきというのが一番覚えてるな。

沢木　声なんか記憶ない？

井上　ないですね。しかし、さっき、剣豪小説から入った沢木さんはセクシュアルなものにちょっとうといんじゃないかなって生意気を言ったんだけど、「そういうことを言うからには、井上さん、相当な境地なんでしょう」って……。

沢木　言わないけどね。

井上　言われないために先に言っとくんだけど（笑）、某酒場の某おかみにそういう話をチラッとしたことがあるんですね。そうしたら、そのおかみが「何を言ってんのよ。陽水なんかより沢木さんのほうがずっとモテるのよ。あなたのほうが全然ダメ」って（笑）。

沢木　ほんとかね、その話（笑）。

井上　人は見かけによらないというのが私の結論で（笑）。ほんと、あなどれないですよね、人は、どう転ぶかわかんないんだから。

沢木　それ、どういう意味なの？（笑）

必勝法はあるか

井上　でも、剣豪小説に戻ると、ああいうチャンバラの中でも、そこに女性が登場して、エロティックなものを読者は感じ取る。特に沢木さんはそこを感じてますよね。

沢木　感じてる。だけど、そのパターンはそう複雑じゃないんだろうね。きっと。割と直線的なエロティシズムだと思う。崩れたものとか、欠けてるものに対して、エロティックなものを感じるという感じ方とはちょっと違ってると思うんだけど、確かに剣豪小説みたいなものにどっかでからめ捕られてる自分は少しある。たとえば色川武大さんの麻雀物、博奕《ばくち》物ね。色川さんの博奕物って剣豪小説のパターンとは本質的に違うんだけど、僕はやっぱりどっかで剣豪小説を基準にしていて、どうズレてるかという感じで理解していくわけね。

井上　そうなんでしょうね。

沢木　たとえば、麻雀はちゃんとやってないからよくわからないけど、カジノでのやりとりなんかありますよね。色川さんがカジノで発見していく劇というかドラマと、僕がカジノで発見していくドラマとやっぱりかなり違うのね。

井上　ええ。当然ね。

沢木　僕はどっかで剣豪ドラマ風の、時代小説風のドラマを見つけてると思うんですね。だけど、それでも現実はもうちょっと複雑だから、それから逸脱していく奴らがいっぱいいるわけじゃない。逸脱していく奴が周りにいっぱいいて、だけどどっかで自分が見つけようと思ったり、自分がやろうと思ってることが……だって今、僕がバカラで何をやろうとしてるかっていうと、柳生宗矩《やぎゆうむねのり》が剣の奥義《おうぎ》を求めているなんてのと同じように、「博奕で絶対に勝つという方法があるんだろうか」っていう疑問を解明するためにやり続けてるわけだから（笑）。

井上　博奕で？

沢木　博奕で。でも、博奕に絶対はないというのが……。

井上　常識ですよね。

沢木　だけど、あるかもしれない。あるいは、なければないでいいから、ないということを腹の底から知りたいと思って、延々とずっと続けてやってるんです。その一本の道の間を歩いてる中に、いろいろな人たち、それこそ上流階級の女だとか、本当にわけのわかんない男だとか、ヤクザならヤクザとかっていうのに、世界中のいろんなカジノのバカラのテーブルで会うわけよね。で、その人たちを面白がらないっていうわけじゃないですよ。

井上　それはいろんな奴に会うだろうからね。

沢木　去年の夏、ラスベガスで半月ほどバカラをやりつづけていたんですね。バカラのテーブルって、いまや、ほとんど中国人の世界なんですね。そこに稀にイタリア系のアメリカ人が来て、白人のワスプはほとんど参加しないと言っていいんです。参加できないわけ、あまりにも危険な匂いがしすぎて。そこにひとりの白人がテーブルについたんですね。身なりは、僕もいいとは言えないんだけど、もっとひどいわけ。中国人てのは身なりがものすごく悪くても、絶対に金があって、その夏ラスベガスで一緒にやった人たちは、一回に一億円のチップを持ってこさせて、それを賭けるっていう人たちだから。一方、僕は十万円単位の金しか持っていない。そいつもそうなのね、貧しい身なりで。だけど、すごくカッコいい白人で、知的で、自分なりの方法論を持っている。僕とは根本的に賭け方が違うんだけど、着実に金を増やしていく。僕はちょっと畏敬《いけい》の念を持って眺めてたわけですよ。こいつはどういう奴なんだろう。もしかしたらすごいギャンブラーなのかもしれないと思ったりね。その彼が、途中でほんの少しの額をタイというのに賭けたわけね。バカラというのは基本的には丁半博奕なんだけど、どちらでもないタイというのがあって八倍もつく。で、カードを開けたら、ものの見事にタイになっていた。そのとき僕としては、そいつが無表情に金をスッと取るのを見て、「むむ、こやつはできる！」と思いたかったんだけど、タイになった瞬間、「アイ・ゴット・イット！」と叫んでガッツポーズなんかするわけよ。まったく、トホホ、という感じでね。

井上　ハッハッハ。

沢木　面白いなとは思うけど僕が期待している振る舞いとはちょっと違う。そのときに僕じゃない人だったら、色川さんだったら、その辺からグーッとその人に向かっていく回路があるんだろうけど、僕は面白いけど困ったなと思っちゃうわけよ。

井上　剣豪小説の主人公みたいじゃないから（笑）。しかし、今、本当に必勝法はないかとか、ないということを確認したいとか言ってたよね。つまりプロレスなんかと一緒で、一つのショーという前提があって、でもショーだから別にどうでもいいというんじゃなくて、現実にはそれをわきまえた上でいろんな人が楽しむわけだけど、必勝法はないかという沢木さんの話は、どういうレベルのものなの。マジメなのか、それともそういう楽しみ方をしたいということなのか、そこのところがよくわからない。

沢木　かなり真面目みたい。

井上　僕が森の中で少女に会う夢を見るのを、ずいぶん現実的じゃないと笑われたけど、ひとりぐらいドイツの森の中で会った人はいると思うんですよ（笑）。でも、博奕で勝ち続けた人はこの世にいない。

沢木　いや、そうとも言えない（笑）。

井上　それはもうほんと、人間っていうのがどんどん神に近づくようなレースをやってるわけでね。でも、神になった人はいない。

沢木　麻雀の田村光昭さんもよくバカラをマカオにやりに行くらしいんだ。で、バカラの話をしたことがあるんだけど、田村さんは絶対の方法があるなんて夢にも考えない。考えないけど、彼が言ったことですごく新鮮だったのは、「一日の日当分を稼いだらやめます」って言ったのね。僕には日当分稼いだらやめるっていう発想は本質的にないわけですよ。別に日当は欲しくないわけ。だけど、それはすごく深い話で……。

井上　ちょっとね、こたえるよね。

沢木　こたえた。日当分稼いだらその日は終わって、あとはサウナなんかでマッサージしてもらいますっていうんで、上には上がいるなと思った。日当分稼いだらやめるっていうのは、彼はある程度経験則で勝ち越せるっていう感じがあるわけですよね。僕も経験則でやっていればほとんど負けないんです。しかし、それで勝っても僕にはあまり面白くない。僕は経験則ではなくて絶対の方法を見つけたいんですよ。

井上　それは本にしたいぐらいだろうね。『ハウ・ツー・ウィン』という（笑）。

沢木　もし見つけたら、そこの部分だけ袋綴《と》じにするの（笑）。

井上　話聞いてると、黒鉄《くろがね》ヒロシさんなんかもそうだけども、「陽水、聞いてくれ。俺はついに発見した、競馬の必勝法を」と、会うたびに言うんですけど、楽しんでるわけですよね。

沢木　でも、そのレベルとは違う（笑）。

井上　みんな自分ではそう思ってるんだけど（笑）。

沢木　ちょっと聞いてくれる？

井上　聞いてあげる（笑）。

沢木　競輪とか競馬の必勝法っていうのはあまり意味がないと思うんだ。というのは、条件が他に依存し過ぎるじゃない、競輪も競馬も。だけれども、たとえばここに偶数、奇数、偶数、奇数というのを一万枚書いた紙があって、それをゴチャゴチャにまぜて、裏にして一枚ずつ一万枚並べるとしますよね。これを当てていく。これは誰の意思も入ってないわけですよ、並べた瞬間に。ここから先は僕が決めればいいわけ。僕が一枚目を偶数と読むか奇数と読むかというだけの問題でしょう。

井上　五十パーセントですね。

沢木　ですね、確率は五十パーセント。ここには前にいる人が誰とか、並べた人が誰とかって問題にならないんですね。

井上　僕はすでにその前提が違ってると思うんですね。人間っていうのは、沢木さんは知らないかもしれないけど（笑）、つまり女性がそばにいると、なぜか奇数方向で目を読みがちになってしまうとかいう人がいるかもしれないんですよ。そういう可能性もあるわけね。

沢木　もちろんある。

井上　となると、周りに誰がいるか全然関係ないというわけではないですね。

沢木　もちろん、たとえば井上さんが絶世の美人でさ、彼女が奇数と言ったら、僕はどうしても偶数と言ってしまうということもありますよね。

井上　という傾向があるかもしれない。

沢木　同じ奇数と言いたいという奴もいるかもしれない。そこに影響を受けないというわけは全然ない。

井上　気温とかねえ、湿度とか。

沢木　だけど、ここに並んでいる運命はもう決まってるわけじゃない。競馬とか競輪というのは、レースの手前では、つまり馬券や車券を買う時点では運命が決まってないわけじゃない。

井上　そうですね。

沢木　突然体調が崩れたり、他人の転倒に巻き込まれたり、それは事前にはまったく決定されていない。そういった自分ではどうしようもない要素がありすぎるけど、偶数か奇数かを読むというのは誰の責任でもないわけよ。読めない自分が全部責任を背負うわけじゃない。それが面白いんですね。今、目の前に絶世の美人がいることによって読めない自分というのは馬鹿なわけで、それをも含めて読めるかどうかということで、この一万枚のカードに向かっていけるわけです。バカラっていうのは唯一そういう影響を受けない博奕なんですね。たとえばルーレットはディーラーの意思が入りますよね。だけど、バカラは他人の意思が入らない。

井上　あのね、そのカードを誰か並べるわけでしょう。

沢木　うん。

井上　バカラは誰が並べるんですか。

沢木　それはディーラーが並べる。ディーラーも見えないんだけど、裏返しにしたカードを八組、だから四百枚のカードをカットするわけね。それによって、もう運命は決定されちゃうわけ。

井上　運命が誰かによって決定されてる可能性はないですか。つまり、トランプというのはある会社が作りますよね。

沢木　そう。

井上　で、封をして出てきますよね。

沢木　決まった形で。

井上　それを誰か人間が開けるわけです。八組ですか？

沢木　八組。

井上　それをまぜるわけですね。

沢木　まぜるわけ。

井上　それを無作為にまぜてるという保証がないもの。

沢木　それも考えました（笑）。しかし、それは研究の対象から外してもいいというところまで研究しました（笑）。

井上　沢木さんはずいぶん研究しましたって言うけども、その時間と、そのほかに本もお書きになっている時間もあるでしょう。彼らは本も書かずにずっとそれをやってるんですよ（笑）。

沢木　逆に、ある傾向が出ても、それは構わない。何かは決定されたわけだから、そこから自分が対応していけばいいわけ。しかし、それを読んでいくっていうことが可能なのかどうなのかっていうと、絶対に不可能なんです。普通に考えればね。

井上　どう考えても不可能なんじゃないの（笑）。

沢木　いえいえ、これがあるんですね。袋綴じが、絶対に（笑）。

井上　じゃあ、どうして巨万の富を沢木さんは持ってないのさ（笑）。

沢木　あるはずだと言ってるわけ。

井上　まだ研究段階なんですね。

沢木　そう。だから、巨万じゃなくて、数十万ぐらいしか稼げないですね。

井上　早くそれを追究して、教えていただきたいですね。

沢木　でも、ないんだったらないっていうことを知りたいっていう、それだけなんだけど。でも、みんなそんなことを言ってるのかね。

井上　そうでしょうね。で、それがまた生きてるっていう証《あかし》でもあるし、いい文学作品もそこから生まれるということですので（笑）。でも、逆に言うと、田村さんの日当分が浮けばいいっていうのは、むしろそっちのほうが押さえた感じがあって、大人っぽいし、玄人《くろうと》っぽいし。つまり、そこに夢なんかを見てない感じが……たまたま沢木さんと比較すると、そっちのほうが深いですよね、博奕に対する認識が。

沢木　歴然とね。

井上　日当分でいいんだ、遊ばないんだっていうことですからね。

沢木　彼は千ドルとか五千ドルとかの高額のチップを持って、ここという一番にバッと賭けるらしい。

井上　もう短期の勝負しかないですね。しかし、この間、政治改革法案が曲がりなりにも通過して、ちょうど金曜日に通過したんですけど、土日があって、月曜日に僕は大金を持てるだけ持って、株を買えたらなあと思ったんです。

沢木　ほんと？（笑）

井上　もうここしかないという局面なんですが、でもそうは人間って張れないんですよ、やっぱり。張れるときもあるし張れないときもある。張れる人もいるし張れない人もいる。「間違いない」と思っても、張らなきゃダメで。もちろんドーンと上がりましたけどね、僕が買わなかったから（笑）。なかなかですよ。

沢木　バカラもまったく同じでね、ここでは絶対にこの目が出るって百パーセント信じてるのに、一万ドル張れなくて、千ドルぐらいしか張れなくて、二千ドル返ってきたときの屈辱感。だけど、そこが面白いと僕は思ってるのね。そんなふうに自分のことを確かめたりなんかする局面ってないじゃない。どうして俺って、こんな小さな金しか賭けられないんだろう。自分の持ってるリミットまでどうしていかれないんだろう、とかって思いながら賭けてるのが面白い。

井上　面白いね。でも、いずれ沢木方式で百パーセントという確証を得るときがくれば、どうしてこんな小さな額しか張れないんだろう、なんて、その辺はもうなくなっていてね、「井上君、お金ない」とか言って（笑）、ドーンと置くわけですからね、きっと。

人生のラック

沢木　井上さんの博奕はどうなってんの、今。

井上　もうずいぶん前に、やっぱりダメだっていうことで身を引いたんですけどね。

沢木　ということは、おつきあい程度の麻雀？

井上　そうですね。

沢木　それ以外は？

井上　だって、沢木さんは研究に研究を重ねてって言ったけど、そのほかにもずいぶん長時間本を書いたりしてるでしょ。でも、彼らっていうのは沢木さんが本を書いてる時間までそういうことをやってるわけで……。

沢木　彼らって、誰？　カジノの人？

井上　ええ。カジノの人でもあるし、僕の友人でもありますけど（笑）、彼らは膨大な時間をかけてるんで、かなわないなと思って。

沢木　なるほど。でも、時間だけじゃないよ。

井上　うーん。

沢木　方向が間違ってたらしょうがない。それと種目を間違っちゃいけない。なーんて、偉そうに言っている自分が恐ろしい（笑）。

井上　あのね、カラオケでずいぶんうまい人がいてね。こんなにうまいんだったら、プロになれるんじゃないかと思ったりする。それはカラオケボックスという空間だと成り立つんですけど、場所が武道館だとかになると……。

沢木　一挙に武道館になっちゃうの（笑）。

井上　東京ドームとか、ああいうところだと、そのカラオケボックスで出た力が出ないんですよね。だから、そこにやっぱりプロというものがあってね。ですから、今の話で言うと、もちろん沢木さんなりの傷のつき方っていうのはあるんでしょうけど、そこで巨万の富を得るとか、上昇ということになると、相当長く張る局面が出てくるでしょ。つまり、武道館で歌う局面が出てくるんですね。そこでコンスタントな気持を持てるのかどうか、カラオケ屋で歌ったように。これが難しいところだと思うんですよ。

沢木　そこはポイントだよね。大金が賭けられている場でどう対応できるかという問題は常にありますね。

井上　そこで心が揺れるのか揺れないのか。

沢木　まずは、一億、二億が行き来する中で平然と十万、二十万の持ち金で戦いつづけられるかっていうところが、レベル・ワンだね。僕はそのレベル・ワンには達したわけ。みんなが一億円持っているのに、僕が一日じゅう一万円を単位として賭けてることは全然平気になった。その上で、そいつらも僕が賭けていることでその場が成り立っているということを認識してくれるまでになることが、まあレベル・ツーぐらいかな。さらにこちらが彼らと同じような金額を持ってテーブルについたときにどうかは、ちょっとわかんないね。

井上　新しい世界ですね。

沢木　うん。井上さんのお金を借りて（笑）レベル・スリーに行くっていうのもいいね。

井上　僕も納得がいったらぜひ融資したい（笑）。

沢木　麻雀では、トータルの勝ち負けでいえば、そんなに負けてない？

井上　負けてますよ。色川さんで言うとね、これはもう人知を超えたところの話なんだろうけど、どうしても印象に残るのは、ウラドラっていうのがあるでしょう。あれがつかないんですよ、彼の場合。

沢木　色川さんはウラドラの乗らない人……。

井上　そういうのが僕にはとくべつ印象深かったような気もするけど、できるだけ客観的に見てもつかなかったと思うんです。五木寛之さんはたくさんつくようですね。ああいうのっていうのは、まず人知の及ばないところでね。

沢木　面白いね。それをどう理解するの、井上さんは。

井上　さんざんそこをさまよったあげくの運のなさってあると思うんです。その対極がビギナーズ・ラックですよね。無心というか……。

沢木　そうですね。

井上　無心と逆の形に、たとえば色川さんはなってますから、ラックはないんですね。

沢木　ラックを使い果たしたということではないのかな。

井上　それはね、ラックと技術的なものというのは、やっぱりうまい具合にバランスとれてると思いますよ。技術が長じれば長じるほどラックがなくなるみたいなね。
沢木　ああ、なるほど。でも、井上さんはラックがあったなということがありました、麻雀で？
井上　ありましたね、たまにね。
沢木　トータルすれば、ラックがあるほうだった？
井上　ややないぐらいですかね、トータルすると。
沢木　現実のいろいろなものとはうまくバランスがとれてるという感じ？
井上　そうですね。本業のほうでちょっと大ラックがあったんで、そこら辺はないだろうなと腹はくくってたわけですけどね（笑）。
沢木　本業のほうの大ラックっていうのは、いつごろの時点のことを指してるの。
井上　要するに、レコードが売れたというようなことですよね。
沢木　だけど、ずっと昔のことなのか、最近のことなのか……。
井上　時々あるんです、ラックが。
沢木　そうか。それで充分だね。
井上　何てったって、こうやって歌うたって飯《めし》食えてるという、これが大ラックですね。
沢木　すごいことだよね。
井上　これは百人いて一人いるかいないかぐらいです。

沢木　そんな数ではきかないでしょう。だって、この歳で歌をうたって食っていけるって、驚異的なことだよね。しかも、井上さんがいる場所というのは誰もが羨ましいと思うような場所だからね。

井上　これもラッキーですね。

沢木　だからといって、博奕のラックはなくてもいいやと思う？

井上　うん、思いますね。

沢木　すごい境地に達してるよ、やっぱり（笑）。

井上　いや、博奕はいいわ、女にはモテるわ、仕事はいいわじゃ、〝怖い〟っていうやつですよね。

沢木　ほんと？

井上　本当ですよ。

沢木　これはもうチベット僧の境地だね（笑）。

井上　でも、沢木さんも僕と似てるなあと思うところがあってね。さっきの話で言うと、こいつはなかなかやる白人じゃないか、知性もあるし、肚《はら》もすわってるし、スマートだし、しかも目先もきいてるようだ……ロマンがふくれて、あるところでつぶれちゃう。ここら辺のことが楽しいというところがありますね。

沢木　あるよね。

井上　でも、引っ張るだけ引っ張ってほしいですよね。最終的には見えるとしても。

沢木　うん、ほんと。

井上　早目にネタが割れるようじゃ、エッセイにもならないですからね（笑）。

沢木　彼が聞いたら勝手にしやがれと言うだろうけどね（笑）。

贅沢な旅

阿川　弘之
沢木耕太郎

あがわ　ひろゆき

一九二〇年、広島県生まれ。作家。

長いあいだ書けなかった『深夜特急』の第三巻が、第一巻と第二巻が刊行されて六年目にようやく出版されると、それが雑誌「旅」を発表誌とする「紀行文学大賞」の第二回目の受賞作に選ばれることになった。阿川さんとは、帝国ホテルで行われたその授賞式で初めてお会いした。

選評に《トルコからロンドンまで、殆どバスだけに頼つての大貧乏旅行でありながら、元手はたつぷりかかつてゐるといふ、ある種の豊かさを感じる》と書いてくださった阿川さんは、式後のパーティーで「こんどは飛び切り贅沢な旅をしてみてはいかがですか」とおっしゃった。そのひとことが、「旅」の九五年九月号で、「贅沢な旅」をテーマにした対談をする直接の契機となった。

なお、この本に収録した対談は、雑誌発表時のものよりかなり長くなっている。雑誌発表時にはスペースの都合でカットしなければならなかった部分を元に復してあるからである。（沢木）

最高の旅と最低の旅

阿川　ＪＴＢの紀行文学大賞を受賞されたのはいつでしたっけ。

沢木　おととしになります。

阿川　もうそうなりますか。早いですね。僕たちのような齢になると、あっという間に月日がたってしまうんでね。

沢木　僕らの齢でも同じです（笑）。その授賞式で、忠告というほど改まった調子ではなく、阿川さんがおっしゃってくださったことがあるんです。

阿川　どんなことを言ったんだろう。

沢木　貧乏な旅は『深夜特急』で充分だから、今度はとてつもなく贅沢な旅をしてみてはいかがですかって。

阿川　そんな金持ちみたいなことを言いましたか（笑）。

沢木　そのときの「贅沢な旅」という言葉が耳に残っていましてね。それ以降も残念ながら贅沢な旅はしてないものですから、せめて阿川さんとお会いしたら贅沢な旅についての話をしていただこうかなというふうに思って……。貧乏な話なら少しはできるんですが、贅沢についてはまったくできない。

阿川　いや、僕も貧乏旅の話ずいぶんできるんですよ。船の旅だけでも、世界最高に近い船旅と世界最低に近い船旅と両方してますから。ちょっとあんなことした人いないでしょうね。デッキ・パッセンジャーだったんです。

沢木　甲板で暮らしたわけですね。阿川さんにとって、史上最大の貧乏な旅はそれにつきますか。

阿川　さあ……、本当に貧乏な時代は海外に行けませんでしたからね、敗戦後十年くらい。だから、国内のそれを言い出すときりがない。いま言った船旅で最低の旅行というのは、以前、長門というたった一隻生き残った戦艦の生涯を作品にしたことがあって……。

沢木　『軍艦長門の生涯』ですね。

阿川　ええ。長門は、大和や武蔵と違って生き残ったばかりにアメリカの洋上原爆実験の標的にされて、ビキニで沈んだんです。それを書いたものとしては、やはり一度墓場に行ってくるべきじゃないかというんで行ってみたら、これが大変な船旅でね。乗ったのは、煙草や米や日用品を島々に配り、コプラや椰子の実を取って歩くという四百トンの漁船風の船で、船室はあるんですが、巡回の医者と看護婦が占領しているものだから、こちらはデッキで波しぶきに打たれ、毎晩リュックを枕に寝ていた。

沢木 それは、ある意味でやむを得ない状況でもあったんですね。お金がいくらあっても似たようなもんだったということですよね。

阿川 そうです。

沢木 ひどく金がない外国旅行というと、やはりフルブライトでアメリカに留学したときくらいですか。

阿川 そう。満洲は別として、初めて西欧の世界へ行ったのが昭和三十年でした。ロックフェラー財団のフェローで……。

沢木 ああ、そうだ、フルブライトじゃなくて、ロックフェラーでしたね。

阿川 最初が大岡昇平さん、福田恆存さん、中村光夫さん、石井桃子さん、そのあとが僕です。確かに金はそうなかったけど、最低の給費をもらっているんだから貧しいというのとは違いますよね。少なくとも、『深夜特急』のときの沢木さんほどは貧しくなかった(笑)。あれは、いつ頃の旅なんですか。

沢木 昭和五十年です。

阿川 じゃあ世の中はある程度もう豊かでしたね。

沢木 その頃はもう、ロックフェラーで研究員としてアメリカに行くというのはなかったような気がしますけど。

阿川　僕のあとに安岡、庄野、小島、有吉佐和子と続けて行ったけど、江藤淳さんくらいで日本もそういう援助をする時期ではなくなったというので打ち切りになりましたね。

沢木　僕は日本を出ようと思ったときに、行くんだったらアジア、中近東をへてロンドンとかパリに辿り着くというイメージしかなかった。その頃、僕らの世代はアメリカへという人が多かったんですが、なぜかアメリカというのは思いつかなかったんですよ。逆に、阿川さんのような世代の方たちこそ「アメリカなんか」という感じなのかと思うんですけど、どうして皆さんそんなにアメリカに行くことになったんでしょう。

阿川　なんといっても、ロックフェラー財団の申し出が魅力的だったんじゃないでしょうか。あの頃、海外に出るというのは、そう簡単にはいかなかった時代ですから。

沢木　仮に当時、同じような財団がイギリスにもあって、同じような申し出をしてくれて、米英どちらかをチョイスせよと言われたら、阿川さんどうなさいました。

阿川　なるほど、そんなこと考えても見なかったけど、どうしたでしょうねえ。

沢木　必ずしもアメリカということにはならなかった？

阿川　たとえば同じようなことをオファーされて、遠藤はフランスに行ってますね。

沢木　国費給費生として、でしたっけ。

阿川　四等船客でね。僕の場合、そう、今だったら英国をとるかもしれないけどね。

沢木　しかし、とにかく、あの時点ではアメリカに行くということしか考えられなかったんですね。

阿川　それと、僕が海軍にいて負けたというのは、連合国に対してというより、はっきりアメリカに負けた、という感じでしたから。僕は中華民国の漢口、いまのウーハンで終戦になったんですが、抑留された後、揚子江を下って上海に来てびっくりしたのは、あの黄浦江をアメリカの艦船が二列縦隊で埋め尽くしていたことなんです。こんなキングコングみたいなのと戦争して、馬鹿じゃなかったかという感じが……。

沢木　しましたか。

阿川　しましたね。それから日本に帰ってきて、コカ・コーラとかジープとかにびっくりした強烈な記憶もありますし……。

沢木　そういうときに、あいつに負けちゃった、びっくりした、だから行きたくない、と思う人もいますよね。

阿川　もちろんそうです。それとは別の、一種の反米思想としては、昭和三十年に僕がアメリカ行きの準備をしている頃、広津和郎さんが松川事件に夢中になっておられて、その被告たちがカンパや署名運動で僕のところに来られましたよ。素朴な感じの人たちで、僕も多少カンパをしたんですが、「こういう協力をしてくれる人がどうしてアメリカに行くのか」という質問を受けて、ちょっと心外だったけどね。それとこれとは違うって言いたかった。

沢木　そういう雰囲気の時代だったんですね。

阿川　僕なんか、やっぱりアメリカを知りたいという気持が強かったですね。なぜこんな国と戦争したのかということもあったけど、むしろ、どんな国なのか、兵士じゃなくて、普通の服を着た、普通の人たちがどんな生活をしているかを見たかった。

沢木　そういう意味では、アメリカに対してぜんぜん頑《かたく》なじゃなかったんですね。

阿川　アメリカを特に憎むということはなかったような気がします。広島が郷里ですから、原爆のことはあって、それを忘れはしませんが、逆にコンプレックスといってもいいし、憧れみたいなものもあった。ただ、掌を返したようにアメリカを賛美している日本人は嫌いでしたけどね。

沢木　昭和三十年といったら、まだ終戦から十年ですよね。その時期に、初めて渡る外国がアメリカの本土だったということについては、何か大変なことはありませんでしたか。

阿川　行くに当たっては向こうからの条件が二つありまして、一つは今から出発までに英語をしっかり勉強して欲しい、もう一つは、何を向こうで研究したいかテーマをはっきりさせてくれと。一応英語の勉強をしますと答えたけど、半年やそこらで大学の講義を聞けるようになるわけがない（笑）。さんざん考えたあげく、自分は広島出身でもあるし、日系アメリカ人の生活とその社会を研究テーマにしたいと言ったんです。そうしたら、それは興味あるテーマだ、自分たちのサゼッションとして、最初に一カ月ハワイに滞在したらどうか、と。だから、最初に行ったのはハワイなんですよ。そこはあなたも書いているように半分日本だもんね。しかも「ハワイの標準語は広島弁」というくらいで（笑）、これは気が楽だったですね。

沢木　なるほど。阿川さんのご本を読むと、ハワイが快適で好きだということが書いてありますが、それは最初の印象が大きかったんですね。ほとんど刷り込み状態（笑）。

阿川　そうですね。ただ、沢木さんがハワイ好きというのは、想像してなかったな。

沢木　好きなのがハワイと香港というんで、友達には思いっきり馬鹿にされてます（笑）。阿川さんはハワイのどういうところが気に入ってらっしゃるんですか。

阿川　いつか畑正憲に「ハワイに行くんだけどハワイっていうのは何がいいんですか」って訊かれたから、「風がいいんだ、風がコロコロッと肌の上を転がっていくよ」と答えたら、阿川にああ言われたけど、もっともだみたいなことをどこかに書いてたな。今、僕は本を読みにハワイへ行くということにしてるんだけど、嘘でしてね。すぐ寝てしまうんだから。

沢木　僕もハワイ大学の図書館に行って、昼寝するのが好きなんです（笑）。

阿川　宮脇愛子さんとの出会いもハワイが関係してるんですって？

沢木　そうです。僕も最初の西欧がハワイで、宮脇さんの御主人の磯崎新《あらた》さんと一週間、建築についての雑談をするためだけに行ったことがあったんです。ある日本の大金持ちが、その雑談の内容をもとにして、どんな建物を建てたらいいかの参考にするとかで。モアナホテルに泊まって、一日二、三時間雑談すると、あとは泳いだり食べたりしてました。贅沢といえばこれもかなり贅沢な話ですけど。そのときに宮脇さんからレストランでの振舞い方から、英語による注文の仕方から、ドレッシングの種類の違いまで、いろいろ教えていただいたんです。でも、だからといって、メインランドに行きたいとは思わなかったんですね、そのときは。で、すぐに『深夜特急』の旅に出ちゃったんです。刷り込みということでいえば、やはりその貧乏旅行が決定的だったような気がします。

阿川　あれは二十六、七歳ですよね。

沢木　はい。そのとき、お金が全然なかったものですから、旅をしながら最も気になったのは、あといくら残っているということだったんです。逆算すれば、あと何日間旅ができるかということがわかりますからね。あと百日はできる、もう五十日しかできないなんて心配していく中で、僕はすごくケチになったみたいなんです。その後も、外国に行くとついケチになる習性が出てしまう（笑）。日本にいるときは、わりと大雑把な金の使い方をするんですが、外国に行くと突如ケチになるらしくて、さすがの女房も一緒にレストランを探すのは御免だというくらい。ほら、パリなんかではレストランの前に今日は何々ができますっていうのが出てますよね、値段も一緒に。それを何軒も何十軒も見て歩いて、あそこは安くておいしそうだと当たりをつけてから、さらにまた三十分は歩かされると言って（笑）。

阿川　だけど沢木さん、そんなこと言うけど、ラスベガスでは十万単位の賭けをしてるというじゃない。

沢木　それはまた別の話でして（笑）。

阿川　僕にはそんなこと、とてもできない。それよりも今の話で思い出したのは、僕が最初に外国に行った頃は、一ドル三百六十円の交換レートで、それでもドルは手に入らない時代でしたから、一ドルが大変値打ちのある、貴重品という感じが未だに消えないんですね。だから、芦田伸介なんかとハワイで麻雀とかカードをやっていて、一ドル札を三枚も取られると、わあ大変、という感じです。

沢木　それはあるでしょうねえ。僕のときですら一ドル二百数十円だったから、いまの百円というのは画期的な気がしますね。でも、アメリカに一年留学したあとは、海外に行くのにずいぶん気持が楽になられましたか。

阿川　そうですね。もっとも、うちの親父というのが、明治三十年代に学校を出たあとウラジオストックにわたって、満洲などで仕事をしてましたから、それを海外というなら、子供の頃からわりと慣れていました。

沢木　それも立派な海外体験ですよね。

阿川　パスポートは不要だったけどね。でも、おっしゃるように、一年間留学して帰ってきてからは外国へ行くのがなんともなくなりました。沢木さんも何かで書いてらしたけど、荷物もなるべく少なくしてね。ただ、船に乗ろうとすると荷物が増える。

沢木　そうみたいですね。『女王陛下の阿房船』にも、百日のクルーズで五十着のドレスを持ち込み、一着を二回以上は着ないというおばあさんが出てきましたね。

阿川　あそこまでいかないにしても、やはり大荷物になる。

沢木　あの中に、同じ船会社の船に二度以上乗った人だけのパーティーというのがありますね。そこで何回、何十回乗ったかという表彰をするときに、何十回乗ったどころか、ずっと乗りっぱなしの人がいるというのが印象的でした。

阿川　それはボーリックさんという大金持ちの未亡人で、ロイヤル・バイキング・ラインの船の立派な船室を一室取りきって、ずっと乗ってるわけです。そこへ、子供たちが代わりばんこに空路訪ねてきて一緒に旅をする。長男がイスタンブールに来れば、次女がマイアミでという具合にね。

沢木　贅沢きわまりないですね。

阿川　贅沢といえば贅沢だけど、一種の老人ホームだと思えばいい。

沢木　恐ろしいほど完璧なサービスの老人ホームですね。メイドつき、コックつき、医者つき、それにエンターテインメントの要員もいれば、カジノまである（笑）。

阿川　あれだけのサービスの老人ホームはないだろうと思います。金に糸目をつけなくてすむなら……。

沢木　どのくらい糸目をつけなければいいんでしょう（笑）。

阿川　そこです（笑）。僕らも最晩年やってみたいけど、なかなか死なないで金だけ無くなってしまうというのは、ひじょうに困る。

沢木　困りますね（笑）。

阿川　それでもね、今日、沢木さんに会ったらぜひ勧めたかったのが、船旅なんですよ。

沢木　老人ホームの？（笑）

阿川　いやいや（笑）。戦後の船が、いまのジェット機の代わりの交通手段ではなくなり、旅を楽しむためのものになってきた頃、それは三十年前くらいなんですけど、フレンチ・ラインとイタリア・ラインが華やかな時代があったんです。その後いろいろな変遷があって、結局現在では、日本郵船が発注、建造、運航している「クリスタル・シンフォニー」と「クリスタル・ハーモニー」が、実質的に世界最高の船になっちゃった。これを造って送り出したのは、日本郵船会長の宮岡公夫さん。この人は僕と同じで学徒士官の海軍だったから親しいんですが、この夫婦が大変なあなたのファンなの。財界人にしては珍しくっていうか本を貪るように読む人で、一緒に航海しててもデッキなんか出てこない。部屋で本ばかり読んでいる。その人が夫婦で沢木さんのファンなんだから、あなたが気に入るかどうかわからないけど、一度「シンフォニー」か「ハーモニー」に乗ってご覧なさいと勧めたかったんです。もちろん、他の会社の船でもいいんだけど、船旅もなかなか面白いですよってね。

沢木　船旅というのは、僕なんかには想像がつかないんですけど。

阿川　アメリカのクルーズ人口は多くて、日本の新聞によると、どの豪華客船に乗っても船客の八十パーセント以上を占めているそうですけど、その中でこの「シンフォニー」や「ハーモニー」級の船に乗る人は五パーセントなんですね。あとはマイアミから出るカリビアン・クルーズで、飲んで食って博奕《ばくち》してどんちゃん騒ぎしている連中です。だから、贅沢というんなら、こういう船にぜひ乗ってご覧になるといい。二度とごめんということになるか、病みつきになるか。

沢木　なるほど。阿川さんの奥さまは気に入っていらっしゃるんですね、船旅。

阿川　僕たち夫婦は船酔いをほとんど知らない。あれ、酔うと辛いんです。乗客がよく、今度の航海は荒れないでしょうかなんて心配してるけど、僕は少しは荒れてくればいいと思うほうで（笑）。うちのかみさんも、そういう意味では大丈夫。

沢木　あと、船旅で日本人が萎縮するのは、外国人とテーブルが同じになったとき、そこできちんと会話を交わしながら楽しく食事できるだろうか、というのがありますね。

阿川　それは大丈夫。こっちが客で主なんですから、自分たちは夫婦二人だけの席にして欲しいとおっしゃればいいんです。もっと極端にいうと、パーティーがあろうが出ていかない。タキシードなんか持っていかない。部屋に閉じこもって本読んで、メシ食べてるだけというのでも構わない。

沢木　そういう人もいますか。

阿川　いますよ。それからクルーズによりますが、エーゲ海なんて次々島に入るでしょ。僕なんかは野次馬根性あるからクレタは初めてだ、やっぱりちょっと見物に行ってみようなんていうんで行くけれども、いっさい上陸しないで船に残っているのもいい気分のものですよ。

沢木　そういうクルーズというのは何回くらい参加なさいました。

阿川　数えきれないんじゃないかな。

沢木　その中で、最長の時間を費やされたのは？

阿川　シドニーから香港の三週間ですね。

沢木　二十一日間。結構ありますよね。

阿川　でも、周りは世界一周百日間を優雅に楽しむというような客ですからね。どうしてこんな短期間で降りてしまうのか、せめてボンベイまで一緒に行こうと言われましたよ。

沢木　仕事の約束もなくて、経済状態も完璧で、あらゆる状況が許すとすれば、世界一周百日間に乗るのは厭《いと》いませんか。

阿川　いや、厭うな（笑）。問題は食事ですね。すしが食いたくなる。それに、辻静雄さんに言わせると、あてがいぶちのものを毎日三度三度出して必ず食べてくれる客がいるレストランが、そう素晴らしい味になるわけがないっていうんですが、ごもっともです。

沢木　選択の余地がないんですもんね。

阿川　でも、そのわりにはいま言ったクラスの船はいい食事出しますよ。

船の旅を勧める理由

沢木　たとえばパリやロンドンまで、もしすべてを鉄道で行けたとしたら、鉄道で行くのと、航海で行くのとどちらがいいですか。

阿川　昔なら汽車に乗ってみたいよね。だけど今は歳取っちゃったから、苦しそうだもんな。

沢木　ミャンマーを通過しなけりゃいけない電車なんか、すごそうですもんね。

阿川　冷房はないだろうし。でも、マレー半島はいい列車が走ってるんでしょ。アジアの「オリエント・エクスプレス」って言いましたっけ。

沢木　いい列車のいい個室貰って、いい食堂車でおいしいものを食べる、というのをやったことないんですよ、僕は。列車はずいぶん乗ったんです、アジアでもヨーロッパでも。しかし、何とか号というのに乗ったことがない。

阿川　そりゃ、ああいう旅をしてりゃ、乗ってるほうがおかしいもんね（笑）。

沢木　いや、その後も。ほら、外国ではついケチになるもんで（笑）。

阿川　今度、英仏トンネル通るユーロスターに乗りに行ったらいいんじゃないですか。宮脇俊三さんに先越される前に。あれ、僕も乗りたいと思っているんですが、それだけのためにヨーロッパに行くというのもオックウでねえ。

沢木　僕は汽車に乗るのにそれだけの情熱はないけれど、阿川さん、かつてだったらそれに乗るためだけに外国に行ってましたか？

阿川　それは行ってもいいと思ったでしょうね。以前、シドニーからパースまでの足掛け四、五日かかるインディアンパシフィックというインド洋と太平洋をつなぐ列車があるんですが、あれに乗りに行ったことがあります。ラウンジにピアノが置いてあったりして、なかなかよかったですね。

沢木　どちらが主といえば、乗物なんですか、乗物に付随した雰囲気が主なんですか。

阿川　乗物が主なんで、機関車からずっと見て歩くのが好き。宮脇俊三さんがやってるとおりのことを、この齢になってもやってますよ。

沢木　最近ご旅行なさったのはどこですか。

阿川　船の方はさっき言った「クリスタル・シンフォニー」の処女航海です。日本郵船に有吉義弥さんという名物社長がいて、その頃から日本郵船の昔の伝統をなんとか生かしたいというのを実現させたのが五年前にできた「クリスタル・ハーモニー」。横浜から処女航海に出まして、世界で大変な評判をとった。その後、僕がある客船にモンテカルロから乗ったら、最初の晩にテーブルが一緒になったビバリーヒルズに住んでいるというアメリカ人の実業家夫婦が、「日本人か、日本人ならクリスタル・ハーモニーを知っているか」と言うから、「知ってる、処女航海に乗った」と答えたら、「あんな素晴らしい船はない」って言うんですね。現にいい船に乗っていながらそう言っていましたね。今も大変な盛況です。ところが、一隻だとローテーションがきかないんですよ。ちょっとドックに入れるとか、この船を地中海に廻したいというとき、太平洋のほうはどうするのかとかね。それで、もう一隻造ったのが、この間できた「クリスタル・シンフォニー」。

沢木　そういうことなんですか。

阿川　前のは長崎の三菱造船で造ったんですが、今回は単価が折り合わないということで、フィンランドの造船所で造って、処女航海に出たわけです。一番頑張った人は、ロンドンから乗ってニューヨーク、フロリダ、パナマを通ってロサンゼルスまでずっと通しで乗ってましたが、僕たちはフロリダから乗って、パナマを初めて通ってロサンゼルスまで。

沢木　それで何日になるんですか。

阿川　十五日。

沢木　意外と速いんですね。イメージとしてはもっとかかりそうですが。

阿川　昔は客船が今のジェット機の役をしていたもんですから、速さを競うようなところがあったんですけど、今は駆逐艦みたいに走る必要がなくなった。なにしろ老人ホームだから、ゆっくり走ればいい（笑）。

沢木　たとえば、どこにも寄港しないで赤道上をまっすぐ行くとしたら、何日くらいで一周できるでしょう。

阿川　赤道をまっすぐ一周はできないと思いますが……。

沢木　確かに（笑）。では、スエズを通ってパナマを抜けて、という感じで行くと。

阿川　それに近い一周が八十日から百日。万一寄港を一切しないとすれば、五十日もかからないかもしれませんね。

沢木　そういう感覚は、実際に船で航海したことがないのでわからないですね。

阿川　しかし、あなたの『深夜特急』、僕がまずひかれたのは表紙だったんですよ。

沢木　はっ？

阿川　表紙の絵、あれはノルマンディー号の処女航海のポスターでしょ。

沢木　あ、三巻目の表紙ですね。そうなんですか、知らなかった。

阿川　一九三五年の五月ですよね。フランス語でそう書いてある。これは何か船に乗っているに違いないと思って読んだら、船が全然出てこない（笑）。だから、お乗りなさいと勧めるんですよ。

沢木　僕が乗ったのはたかだかフェリーですからね。ギリシャのパトラスからイタリアのブリンディジまで、アルバニアの山並みが見えたりして美しいことは美しかったけど、ひどいですよねえ、表紙に立派な船が出てて、全然船旅が出てこないって（笑）。

阿川　そうですよ（笑）。それともうひとつ、あなたに会ったら船旅を勧めてみたいと思ったのは、確か黒海に憧れを持っていて、あの沿岸まで行ってますよね。

沢木　行きました。でも船には乗れなかったんです。

阿川　僕はおととし、初めて黒海に入りました。「ロイヤル・バイキング・クイーン」という船ですが、イスタンブールからヤルタへ行って、オデッサに入った。ヤルタにはチェーホフの家やヤルタ会談の宮殿があって面白かったですよ。それから下がってきて今度はイスタンブールに寄らないでボスポラス海峡を通り抜けるんですよ。あの風景がずっと動いていくんですからね、これはよかった。

沢木　アジアとヨーロッパをつなぐ橋の下を通るんですね。

阿川　そうです。第二ボスポラス大橋の下を通って、泊まったホテルが右に見えて、イルカが跳ねて。

沢木　いいですねえ。それはどういうクルーズなんですか。

阿川　あのときはイスタンブールから始まって、黒海に入ってイスタンブールを抜けて、ギリシャ、トルコの島々に寄ってアテネで終わった。

ファースト・クラスで大騒ぎ

沢木　船ではなくて、飛行機で最初にファースト・クラスに乗ったのはいつ頃ですか？

阿川　三十年くらい前かな。

沢木　そのとき、ひどく感動はしませんでしたか。

阿川　いいなと思いましたよ。いつもハワイに行くのに、エコノミー・クラスの席で小さくなって乗ってたもんですからね。さすがに今はビジネス・クラスにしてますけど。

沢木　篠山紀信さんは、撮影で外国に行くんでも、常にファースト・クラスを使うらしいんですね。それで、昔、いいですねと言ったら、「お前もいつか必要経費を落とすためにファースト・クラス使ったほうが経済的だという時代がきっと来るから心配するな」って。来なかったですけどね（笑）。

阿川　それはまあ楽ですけど、それにしても、船の船室ほど広くはないからね。

沢木　感動が薄いですか。

阿川　昔、747のジャンボジェット機のアッパー・デッキがラウンジになってたことがありますね。あの頃のファーストはよかったな。ちょっと気分変えに二階に上がっているとずいぶん疲れが取れたな。まあ、飛行機で疲れないようにするには、ほんとは何も食べないで眠ってるのが一番いいみたいですけどね。

沢木　二十年くらい前にロサンゼルスからニューヨークまで長距離の国内線に乗ったとき、食事は一回出ましたが、それ以降、もしお腹がすいた人がいたら、自分でオープンサンドを作って食べてくれとギャレーを開放してくれたことがありました。以後、アメリカでも見かけませんけど。

阿川　それは洒落てるね。機内食はいつもサラダとスープとステーキみたいなものばかりでしょ。それで、日本航空のマドリード支店長の発案でカレーライスを出したら、これが日本人客に大変好評だったんですって。ところが外人客から苦情が出た。

沢木　匂い、ですか。

阿川　そう、あの匂いがたまらないという。なかなか難しいところあるらしいですよ。

沢木　船もそうでしょうけど、飛行機の場合、ファースト・クラスの客というのは空間と雰囲気を買うんだろうから、ある程度静かだったり、一緒に乗る人があまりガサガサしていない人を望むだろうと思うんですね。

阿川　そういうことは多少あるかな。

沢木　僕が初めてファースト・クラスに乗ったのは、コペンハーゲンに行くときでした。搭乗時刻ぎりぎりまで原稿書いてて、すごく遅れちゃいましてね、ようやくチェックイン・カウンターに辿り着いたら、ビジネス・クラスがオーバー・ブッキング。ところが、幸運にもファースト・クラスに格上げしてくれることになった。

阿川　アップ・グレードというやつですね。

沢木　そのときのファースト・クラスは二、三人しかいなかったんですが、汚いジーパンとTシャツ姿の僕が息せききって駆け込んだものだから、スチュワーデスがこの人は何だろうと思ったらしいんです。入れ替わり立ち替わりいろんな物を持ってきてはそれとなく、あなたはどんな商売かというようなことを聞こうとするんです。最初は笑いで紛らわせていたんですけど、若いジュニアのスチュワーデスみたいな人が横に座って、真剣な眼差しで聞くものですから、これはきちんと答えようと思ったのはいいんですけど、モノ書きとかいうのが妙に恥ずかしくて、かっこつけて「まあヤクザみたいな商売です」って言ったら、「さようでございますか」って納得して戻っていっちゃった（笑）。

阿川　ファースト・クラスでおかしかったのは、僕は一種の顔音痴でテレビ、映画の人気タレントをなかなか覚えられないし、よく知らないの。いつかハワイへ行くんでＪＡＬの桜ラウンジにいたら、同じハワイ行きに乗るらしい中年の和服を着たきれいな奥さんがいたんで、一緒にいた平岩弓枝さんに「きれいな人がいるね、あの人どういうところの奥さんだろうかね」と言ったら、「なに言ってんのよ、山本富士子じゃないの」って笑われたことがある。

沢木　それはすごい音痴だ（笑）。

阿川　もう一つ。その音痴が、黒鉄ヒロシとハワイへ行こうというんで、やはりファースト・クラスを取っていたと思ってください。そうしたらある日、黒鉄が電話を掛けてきて、松田聖子といってもアガワさんにはわからないだろうが、彼女が結婚式のあとすぐハワイに発つ。それがＪＡＬで、どうやら我々と同じフライトらしい。こりゃ大変ですよ、報道陣がバアッときてワアワア大騒ぎして、きっとアガワさんは癇癪起こして怒り出すに違いない、と言うんです。これはもう、早く成田に着いて先に酔っぱらってしまうよりしようがないというのが黒鉄ヒロシの意見でね。それで当日、早く着いて、予定通り酔っぱらって、先に飛行機に乗り込んで、乗るなり博奕やってたのね。そしたら結局寝られなくなって一と晩中博奕のしつづけ。

沢木　松田聖子のほうはどうなったんです。

阿川　彼らは二列後ろの席だったんだけど、きちんと報道陣をシャット・アウトして、それはそれは静かなんですよ。騒々しいのは我々二人だけ。

沢木　ハッハッハッ。

阿川　それでとうとうスチュワーデスが、お客様恐れいりますが、もう皆さんお休みなので、少しお静かにって（笑）。あれは恥かいた。

沢木　そのときは花札ですか？

阿川　ブラックジャック。あのときのハワイは同じホテルに泊まってて、二人とも不規則な生活だから夜中に目が覚めたりするわけでね。ドアの下から紙がスーッと入ってきたなと思ったら、「もしお目覚めでしたら」とかマンガ入りで書いてある。で、それじゃって始まる。僕のほうは僕のほうで、「起きたら知らせろ」なんて書いてドアの下から入れて、朝から晩までホテルの部屋でブラックジャック。

沢木　ハワイなんか行かなくたって同じだった（笑）。

阿川　ほんとに（笑）。

文士たちのブラックジャック

沢木　阿川さんの博奕観というのはどういうものですか。

阿川　僕はごく堅実派で、その場のお楽しみとしてやればいいという。僕がカジノではほんとうにすきなのはクラップスなんです。あれは難しいんです。シューターが客だから、たぶんからくりは何もない。

沢木　でも、あのクラップスというのは、システム自体がどうやっても勝てそうになくて。最後には必ず客が負けている。

阿川　それは全部そうですよ。なぜならば、一一と六六は三十六分の一ですよね。それに対して三十倍しかくれませんから。井上陽水さんとの対談の中で博奕の必勝法があるなんて言ってたのはどっちだったっけ?

沢木　僕です(笑)。あってもいいって。

阿川　バカラは僕は知らないんだけど、面白いんだって?

沢木　面白い。あれは自分の中に入っていくのが好きな人は面白いと思う。まったくの空白の中で自分がAかBかを選択するのを研ぎ澄ますだけですから。しかも、テラ銭が平均すれば二・六パーセントですからね。あれの面白さはキング・オブ・カジノだといえます。

阿川　ああそう。「クリスタル・シンフォニー」の航海のとき、宮岡さんたちはバカラをやってましたよ。どうやるのかなって思ったけど、教えてもらわなかった。

沢木　単純です。まあ、オイチョカブですから。でも、阿川さんには誰かと相対でやるのが面白いってところがありません?

阿川　そりゃ、吉行とほとんど毎日のようにやってたのは、お互い罵り合いながら博奕をやるのが、不愉快でもあり面白いからでもあったけどね。花札をやったり、ブラックジャックのときもあった。

沢木　柴田さんとは？

阿川　あれはブラックジャック専門。

沢木　お金もささやかにやり取りはするんでしょう？

阿川　ささやかどころじゃなかったよ。あの頃は大流行作家の柴錬の経済水準でやられるんだから、こっちはたまったもんじゃない。柴錬はバクチで稼いだ金で家族連れてルフトハンザのファースト・クラスでヨーロッパに行ったもんなあ。それ、みんな我々が貢いだんだもの（笑）。

沢木　吉行さんと阿川さんはトントンくらいですか。

阿川　そうですね。ただ、吉行はパチンコは上手でしたよ。指先の勘がいいのか。麻雀は騒々しくていけない。

沢木　僕も、井上陽水さんたちと二回ほど一緒にやらせていただいたことがありました。

阿川　すぐ、ヒャーとか声出すんだよね。煙草の灰は落とすし、薄汚いんだよ。女殺しのハンサムには見えない。

沢木　僕の仕事場というのが駒沢にあるんですが、このあいだ、井上陽水さんが訪ねてきまして、一緒に昼飯を食べながら雑談したんです。近所のファミリー・レストランでランチの定食というのが情けないんですけど（笑）。彼のお母さんはまだ九州にいらっしゃって、久しぶりに訪ねて、前夜帰ってきたらしいんです。その帰り福岡空港で、ふと、このまま東京に帰ろうかロンドンに行ってしまおうか迷ったというんですね。

阿川　それに似たことは、沢木さんとの対談でも言ってたでしょ。

沢木　そうなんです。あれと同じことがあったみたいで、ふとロンドンへ行きたくなったらしいんです。福岡から直接ロンドンへは行かれないけど、ソウルまで出ればロンドンに行かれるんじゃないかというんで調べてみたら、ちょうどいい時間に福岡—ソウル間の便があった。で、チケットを買おうと思ったら、午前と午後を勘違いしていて結局乗れなかった、それで仕方なく東京に戻ってきたっていうんです。彼はそんなことを本当にしょっちゅうやってるらしい。

阿川　それは吉行流にいうと、相当面白い解釈になりそうだけどね。そりゃ、よっぽど家に帰りたくなかったんだよ、とか（笑）。

沢木　何か帰れない理由があったんだよ、とかね（笑）。

阿川　ここはあとでカットしてもらいましょう（笑）。

沢木　いえ、こんど会ったらよく謝っておきますから（笑）。

阿川　でも、僕にはそれはできないなあ。高等学校の学生の頃、ふっと学校行くのが嫌になって、広島駅に行って上りの急行に乗って奈良まで行き、奈良ホテルに泊まって何日か帰ってこないなんてことはやってましたが。

沢木　それもかなりすごいですね（笑）。しかし、何しろあっちは、ふっとロンドン、ですからね（笑）。

阿川　井上陽水さんは、あまりエキセントリックなところを感じさせない人なんだけど、そういうふっと、というのがあるんでしょうねえ。しかし、一つには金があるということだな（笑）。

沢木　それは絶対条件ですね（笑）。だって普通はオープンチケットなんて買えないですもん。

阿川　まず、どこかに安いチケットはないかということになる。

沢木　そのとき、井上さんとメシ食いながら、吉行さんが亡くなった前後の話になりましてね。結局、阿川さんが吉行さんの最後に立ち会う巡り合わせになっちゃったんだな、と言って……。

阿川　うん、僕だけだった、肉親と嶋中鵬二さんを除くと。

沢木　どうして阿川さんが残っちゃったんだろうね、と二人で話していて、阿川さんと吉行さんがさまざまな関わり合いがあることは存じ上げた上の話だけど、やはり阿川さんに吉行さんはある信頼感を抱いていたのかなあ、とか話をしているうちに、すごい失礼な話になって、阿川さんももしかしたらそんな何十年も生きるわけじゃないから、そのうち二人で話を聞いておかなくてはいけないんじゃないだろうかっていう（笑）。

阿川　ハッハッハッ。それで今日の対談になったの？

沢木　いや、その後で佐和子さんにその話をしたら、それは勘違いだって。うちで一番長生きするのは父だと思うとおっしゃってましたから（笑）。

阿川　怪しいですよ、もう。

沢木　これは全然話が変わって、ちょっとお聞きしたいと思ってたんですけど、昔お書きになった『あひる飛びなさい』という作品がありますよね。あの中の横田大造っていう人、あのモデルになったというか山田泰吉さんっていう……。

阿川　キャラクターを借りたんですけどね。ご存じなの、名古屋の面白いおっさんだったらしい。

沢木　ええ、キャバレー王でパチンコ王で名古屋のバスの王様だったようですけど、なんでお知り合いになったんですか。

阿川　あれは永沼さんていうバス会社の大番頭みたいな人がいて、その人からうちのオヤジっていうのは面白い人だっていうんで、話を聞いて書いたんです。あれを書いた後、そのお嬢さんから手紙がきたんで、叱られるかと思ったら、父のことをあんなによく書いてくれて、というようなことがありました。

沢木　じゃあ、直接はお会いしてないんですね。

阿川　直接はたぶん会ってないです。

沢木　この人はホントに面白い人で、阿川さんが書かれた後に、赤坂に「ミカド」というレストラン・シアターを作るんですね。今日、贅沢な旅の話をしようと思ったときに、そういえば山田さんの話というのがあるなと思って。山田さんも初めて外国に行ったのがハワイなんです。そしてラスベガスに行ってすごく感動して、自分のパチンコ屋もカジノみたいに豪華にしようというんで、名古屋のパチンコ屋をすごくきれいにしたんだそうです。

阿川　今から何十年も前に名古屋のパチンコ屋ってきれいだったたですものね。

沢木　それともう一つは、大西洋を越えてパリに行って「リド」でカンカン踊りを見て、この踊りを持ってこられるような空間を東京で作ってみたいと思っちゃうんです。

阿川　それで「ミカド」を作ったんですか。

沢木　ええ。彼の全財産をつぎ込んで、しかしすぐにパンクしちゃう。その後に僕は知り合ったんですけど、さらっとしてるおじいさんで、いやあホントに「ミカド」はよかったですよ、と言うんです。たとえば、オープンしたときは世界中のＶＩＰが来てくれて、一番嬉しかったのはクロークに日本中のどの毛皮屋にもないような毛皮がザーッと並んでいたことだって言うんです。それだけで満足だったと。

阿川　どういうような客だったんだろう。

沢木　世界中のいろいろな人を最初の一週間くらい招《よ》んだんですね。政治家や芸能人やこちらの大使なんていう人を。客席を歩いていくと、周りからあれがプレジデント山田だとかザワザワって聞こえてくるんですって。「いや、それだけでよかった」と。

阿川　我が世の春だね。

沢木　ところが、その失敗で財産をすべて失ってしまう。だから、すごく高くついたパリ旅行でしたねって言ったんですけど。晩年はほとんど無一文でしたが、やはり昔のプライドがあるらしくて、山田さんは酒飲まないものですから、会うとなるとケーキ屋さんで会うんですが、帰るときには必ず二十個くらい詰めた箱をお土産に手渡されるんです。それって断れないし、持ち帰ってもケーキ二十個は食べられないんだけれど、ありがとうございますって貰って帰ってくるという……。

阿川　そうでしたか。

沢木　なかなか心に残る人でした。

阿川　その話は知らなかったなあ……。そう言えば、あなた、東大のボート部の根岸さん、亡くなったけど、会って話を聞いているんですって？

沢木　ええ。

阿川　それも全然知らなくてね。僕は「テムズの水」っていうのを……。

沢木　お書きになってらっしゃいますよね。

阿川　あれはあなたのことを知らずに書いたんで、ある意味で著作権侵害みたいな……。

沢木　そんなこと全然ありません。

阿川　あの人たちも、もうメンバーが欠けちゃってね。全員いたら来年で六十年目のテムズになるんですが。日本のボートクルーが世界的なマーローのワンデーレガッタっていうんでケンブリッジに勝ったんでしたっけ。日本のボート史上初めての例なんですけど。僕はそのことを短編に聞き書きで全部本名で書いたんですけど。そしたらそれより前に、あなたがちゃんと根岸さんの話を書いていたんですよね。

沢木　ちょうどあの時期、ベルリンオリンピックを取材するためいろんな人に会って話を聞いていたんです。陸上の田島さんとか競泳の前畑さんとかいうメジャーな競技の選手だけじゃなくて、ホッケーとか体操とかのマイナーな競技の方たちにもお会いしようということで、ボートの根岸さんにもお会いしたんですけど、オリンピックの前哨戦として出場したイギリスのレースで優勝したなんて、そのとき話を聞いて初めて知ったくらいのことでしたから、阿川さんの「テムズの水」とは目のつけどころがまったく違っていたんです。

阿川　そうですか。そういえば、志賀直哉先生の二番目のお嬢さんのご亭主に中江さんという方がいらっしゃるんですが、これはベルリンオリンピックのバスケットの選手です。

旅が旅であるためには

沢木　今、たまたま志賀直哉の名前が出たんでうかがうんですけど、いわゆる文士の旅というのがありますよね。志賀直哉にしても、海外に行くのは生涯に一度だけですが、国内はいろいろな土地を移動している。昔の文士が書いたものを読むと、国内での文士の旅って独特の豊かさというか贅沢があるような気がするんですが。

阿川　しかし、このあいだも旅ということで一つ原稿書かなくてはならなくて、旅を定義してみようと思ったんだけど、これが結構むずかしいものでね。辞書引いてみたら、住まいを離れて一時他の土地に行くことってなってるのね、たしか『広辞苑』かなにかで。では、一時じゃないといけないのかっていう疑問が出てくるでしょ。生涯の放浪詩人みたいなのこそ本当の旅だろうと思うのに、一時じゃないといけないのかって。それと、僕がそれこそ名古屋に行って永沼さんと会って一杯飲んで帰ってきたら、一泊旅行になるだろうけど、小田原まで海を見に行って新幹線で二十五分で帰ってきたら旅なのかどうなのか。それも旅なら、僕はたまプラーザに住んでるんですが、隣の鷺沼《さぎぬま》の植木市に行くのはどうか。旅じゃないと思うけど、なぜ旅じゃないのかとかね。どう思いますか、沢木さん。

沢木　吉行さんに、自分にとっては近所の煙草屋に行くのも旅のようなものだ、みたいな文章がありますよね。

阿川　そんなことを言ってますかね、吉行が。

沢木　吉行さんは体があまりよくなかったからでしょうけど、確かに、旅にはその人が旅だと思えばそれはもう旅だというところがあるような気がするんです。

阿川　なるほど。

沢木　阿川さんの『志賀直哉』の中にも、こういう態度で書けば小説で、こういう態度で書けば随筆だという志賀さんの言葉が載っていますよね。

阿川　随筆も創作も書く態度、心構えによるという。

沢木　それに近いんじゃないですかね、旅って。

阿川　そうとすると、旅を旅であらせるために必要な心構えは何でしょう。

沢木　その肝心なところは志賀直哉も言ってない（笑）。

阿川　確かに（笑）。

沢木　また話を戻すことになるんですけど、僕らより齢下の物書きに限定していいんですが、海外へは自由に、ある種豊かな旅が頻繁にできているような感じがするんですが、国内旅行はけっこう貧しいというか、昔の小説家の旅に比べて……。

阿川　貧しいし、わりに無視されているようなところもあるかもしれませんね。

沢木　僕がその辺の話にこだわっているのは、たとえば志賀さんが奈良にお住まいになりますでしょ。そうすると、あっちに小林秀雄とか行くじゃないですか。

阿川　そうそう、みんな集まる。

沢木　そして住んだり、また出ていったりという人がいて、それは旅かどうかっていうと、住んじゃえば旅じゃないかも知れないけれど、感じとしては旅ですよね。小林秀雄が奈良にいたら旅のような気がするじゃないですか。そういうところから生まれる豊かさとか。

阿川　そうね、小林さんとか尾崎さんが奈良にいたのは旅といえば旅だけど、大きな神社の御旅《おたび》という感じがあるな。

沢木　え？

阿川　一時の行在所《あんざいしょ》。御旅所《おたびしょ》って言葉あるでしょ。

沢木　知りません。

阿川　厳島《いつくしま》神社なら厳島神社が、本宮から一時どこかへ移動して仮住まいする、それを御旅と言いますが、その感じが多少あるな。

沢木　御旅ね。志賀直哉だけじゃなくて、川端康成とか、堀辰雄とかがここで何かを書いたとかいうのが各地にありますね。そういうような「文士が行く」風の旅は、阿川さんの時代でも味わえました？

阿川　どうだろう。昔は箱根の温泉に一泊してくるのも、戦争に負けてこういう時代が来たと思って、まずいメシ食っても嬉しかったけどね。でも今じゃ国内旅行も高くつくでしょ、それならハワイに行っちゃおうかと思う。自分のコンドミニアムがあるんだし、そこにいればただだから。

沢木　そうかもしれませんね。

阿川　旅じゃなくて引っ越しの話だけど、僕は二十五年くらいたまプラーザに住んでいるんです。文士が二十五年も同じところに住んでいるのはどうかと思う、思い切って晩年は京都に住んでみようか、外国に住んでみようかって女房に言ったことあるんです。そしたら、あなたは外国でもすぐに麻雀仲間を見つけられていいだろうけど、私は英語もできないのにどうしたらいいのっていうんで、外国はやめになった（笑）。

沢木　で、京都になった（笑）。

阿川　いや、それもどうかという話になってね。ハワイ在住の知人夫婦が日本に来るとき、ユーレイルパスみたいな、日本中どこでも乗れるというJRのパスを向こうで買ってくるんですがね。それが便利で、何度でも乗れるから京都なんか用がなくたって二人でサッと行くわけですよ。このあいだも京都へ行って上等な日本旅館に泊まったらしいんです。で、亭主が風呂に入ってアメリカのつもりでザーッ、ザーッと湯を浴びてたら、女中さんがお湯加減どうどすって聞きにくるんで、いい湯加減だ、ありがとうといってザーッとやっていたら、また、お湯加減どうどすって（笑）。要するに、この田舎っぺ、むやみに湯を使うなって言われているのがわからないわけよ。きっと、僕らが行ってもそれをやられるだろうというので、京都に住むのもやめたほうがいいってことになりました。

沢木　でも、京都に住んでみようかなという気持は、冗談じゃなくて、ちょっとありますか？

阿川　ある、非常にある。京都でもどこでも住んでみたいんです。ただ、荷物片付けたりすること考えると、夫婦二人とも、それで死ぬんじゃないかと思ったりする。

沢木　なにしろ本という荷物がありますからね。

阿川　坂西志保さんが言っておられたけど、日本の文士も本の贈りっこするのやめたらどうだって。読みたい本があったら、友達のでもいいから買えばいいと言っていたけど、その習慣つけたほうがいいかもしれないですね。貰ったもんでなきゃ古本屋へ売るのも抵抗ないもんね。

沢木　そうかもしれません。僕は知人がブラジルに図書館を作るというんで、本は全部送っちゃいました。しばらく清々した状態が続いていたんですけど、この二、三年でまたワアッと増えて、本当に困ってます。

阿川　まったく本には悩まされるね。

もうひとつの人生

沢木　以前、淀川長治さんとお会いしたときに、もし淀川さんから映画を引いたら何が残りますかって訊いたら、お前は顔に似合わず残酷なこと訊くねと言われました（笑）。
阿川　何が残ると言ってました？
沢木　僕から映画を引いたら、教師になりたかったという夢が残るかなって。
阿川　少し意外な答えだね。
沢木　そこで、怒られるのを覚悟の上で、あえてお訊ねすると、阿川さんから海軍と志賀直哉を引いたら何が残るでしょう（笑）。
阿川　そうですねえ。
沢木　阿川さんが、もし海軍にも行かず、志賀直哉にも会うことがなかったらどうなさってましたかね。
阿川　さあ、つまらんものしか書いてないでしょうなあ。
沢木　だけど、書いているのは間違いない？
阿川　わからないな、それも。ただ、海軍ということを考える前に志賀直哉に夢中になっていましたから、書きたい気はあったんですよね。そして、非常な思い違いなんだけど、あの明晰な文章というのは、ああこれなら自分にも書けると思うから、書こうとはしたろうけど、何を書いたかな、田舎者の、大して生活の苦労も知らなかったような坊やが。ポツダム文士というのは遠藤の言い出した言葉で、「お前かて俺かて戦争がなくて、戦死した奴がみな生きとったら、未だに同人誌作家かもしらへんで」と言うんだけど、そうかもしれない。海軍というのはたった三年半の経験なんですが、七十何年の生涯の中で非常に重い部分を占めています。重いというのは大切というのとは少し違うし、あの戦争を肯定する気はないんですが、重い部分を占めていますね。

沢木　作品の上での志賀直哉には遭遇したでしょうけど、現実にお会いになるかどうかわからなかったわけですよね。ああいう形で身近に接することがなければ、何か状況は変わってましたか。たとえば、作家にはなっていないとか。

阿川　どうだったろうねえ。やはり学校の先生で一生暮らしたかもしれませんね。僕の場合は国文、国語の教師でしょう。国語学には興味ありましたから。ただ、この時代に歴史的仮名遣いしか使わない国語の教師というのは……。

沢木　かなり周囲と戦争しなくてはならないかもしれませんね。

阿川　くびになっていたでしょうね。

沢木　ごくシンプルに言って、志賀直哉という人は魅力的な方だったんですか。

阿川　中村光夫さんの『志賀直哉』というのはかなり直哉に対して否定的な本ですが、そうであるにもかかわらず、その中で不思議な動物的な魅力を持った人だったと書いていますからね。一種の人間磁気みたいなものを感じさせる方だったと思います。

沢木　晩年でも、それは感じましたか。

阿川　もちろん。小林さんでも尾崎さんでも、いわばぞっこん惚れ込んじゃっているわけですからね。惚れ込まない人から見るとなんだいということになると思うけど。

沢木　志賀直哉はあまり本を読まなかったとお書きになっていましたね。

阿川　長与善郎さんが読まない奴にやってもしょうがないって、志賀先生に本を贈らなかったって話があるくらいです。沢木さんは貪るように読むらしいねえ。

沢木　僕はたいしたことありませんけど、阿川さんは読まないんですか？

阿川　私は悪いとこだけ志賀直哉に似てるっていわれます（笑）。

沢木　海軍に関する本が出たりすると必ず目を通されます？

阿川　資料として必要なときは目を通しますが、すべてというわけじゃありませんね。

沢木　取材でアッツ島においでになられたり、いろいろなところにいらっしゃいますよね。

阿川　大分調べをつけられてるようですね（笑）。

沢木　ええ（笑）。そうした旅行というのは、クルージングで遊びに行くのとはちょっと違いますか。

阿川　それは違いますよ。とにかく帰ってから書かなくちゃいけない。船旅に行くというと、では、という出版社があるわけです。でも、楽しみに行くんで、書かなくちゃいけないと思うと仕事になるから、勘弁してくれといって書かないんです。

沢木　取材旅行の心構えとは相当違いますか。

阿川　まずノートが必要になりますね。もうぽんこつコンピューターが七十年たって壊れかけて片っ端から忘れるから、メモを取らないといけない。先日の船旅なんて初め少し日記をつけたけど、後は全然メモも取ってないですから書く気になったとしても書けやしない。沢木さんも、あれだけの旅をあれだけ書けるというのは、ちゃんとしたノートがあるわけね。

沢木　それがノートというより一種の金銭出納帳なんです。あといくら残っているか、あとどのくらい旅ができるかという……。

阿川　切実な問題だもんな。

沢木　ええ。午前八時にバスでどこかに行くとすると、それがいくら、昼飯はここで食っていくら、ここで宿泊代いくらというノートがあるだけなんですけど、それは完璧に旅の細部を思い出させてくれるんですね。若い人から旅に出たらどういうノートつけたらいいんですかと訊かれると、金銭出納帳をつけたらいいと答えることにしているんです。
阿川　それはいいこと聞いたけど、七十四歳にもなってからじゃ無理だな（笑）。

贅沢もむずかしい

沢木　ところで、阿川さんは故郷の広島についてお書きになっていらっしゃいますか。
阿川　書いたこともあります。県人会なんていうのは好きじゃないけど、瀬戸内の風景は涙が出そうなほど好きですよ。エーゲ海よりどこより美しいと思います。
沢木　遠い将来、死の床に就いたとき（笑）、思い出しますかね。
阿川　思い出すかもしれませんね。猪熊弦一郎さんという亡くなった画家がいたけど、あの人がやはり高松あたりの出身で、昔「二十四の瞳」の試写を猪熊夫妻と一緒に見ていたときに、奥さんが猪熊は瀬戸内海の風景が出てくるとすぐ泣くのよって言っていた。その気持はわかりますね。沢木さんは東京？
沢木　そうです。東京というのは思い出すべき風景がないですね。
阿川　下町には少しあるかもしれないけど、山の手はね。
沢木　阿川さんの場合、海軍、志賀直哉、瀬戸内海と、かなり確固としたものがおありになりますよねえ。

阿川　生涯離れられないものはありますね。

沢木　そういうのは、僕は残念ながら持っていません。それは僕の個人的な資質や環境だけの問題じゃなくて、僕より下だったらみんなそうかもしれないと思いますね。

阿川　親しくしている海軍の同期生もほとんど東京の山の手育ちですけど、二代くらいさかのぼると鹿児島だったり、金沢だったり。

沢木　うちも四代前までいけば静岡なんです。三河なんですけど。

阿川　というと、徳川の？

沢木　下級武士だったらしいですけど。

阿川　そういや、沢木さん、徳川の侍みたいな顔つきをしてるかな（笑）。

沢木　ハッハッハッ。僕は人と旅行することがほとんどないんですが、阿川さんはいろいろな方と旅行するの平気でしょ？

阿川　本当はかなり人嫌いなんですけどね。

沢木　でも、『南蛮阿房列車』では北杜夫さんや遠藤周作さんと一緒に行かれていますよね。

阿川　そりゃ、マンボウなんかと一緒に行けば楽だもの（笑）。あっちが勝手に事を起こしてくれるんだから。

沢木　そうか、書くのに困らない（笑）。

阿川　しかし、一人旅もずいぶんしてるんですよ。もう三十年も前だけど、ハンブルグでレンタカーをして東ベルリンまで入ったことがあります。夜中に入ったら、パトカーに追いかけられて、靴下の中まで汗かいちゃった。ホテルで聞いたら行けるって言われたんですよ。ただ、地図とカメラは持って行かないほうがいいと。夜の十二時過ぎだったけど、ゲートのアメリカ兵はOKと言うし、向こう側でも検査されましたが入るところまではOKだった。それでいい加減に走ったらパトカーが二台すっ飛んできて、どこへ行くのかと。こっちも、それがわからないんで困ってる（笑）。

沢木　それは向こうだって困りますね。

阿川　それで片言のドイツ語で西へ帰るところだって言ったら、荷物を徹底的に調べたあげく、帰るなら、こっちだっていうんでその方向に走って戻ったら、またアメリカ兵がいい加減な調子で通してくれた（笑）。

沢木　あるとき、高倉健さんがやっぱりドイツを車で旅行していたら、古いシャトーのようなホテルがあって、そこに泊まったそうなんです。その階段の踊り場に昔の騎士のような素敵な男の肖像画が掛かっていた。帰りにホテルのオーナーにあの絵を譲ってもらえないかと言ったら、あれは売るわけにはいかないと言われたそうです。誰の描いたものかと聞いたら、レンブラントだというんですって。でも、実はこれは本物ではない、本物はベルリンの美術館にあると。パリに行ったときにある女性とその話をしていたら、それに近い絵を手に入れることはできるという。どういうことかというと、ルーブルに模写専門の人がいる、その人をベルリンに派遣して模写させればそれに近いものは手に入ると。その代わりお金はいくらかかるかわからないし、その模写の名人は老齢だから途中で死んじゃったら終わりです、と言われた。それを承知して頼んだら、半年くらいして完成して絵が送られてきたそうです。そして、高倉さんはその代金として百万の単位のかなりの額を払った……。

阿川　妥当な額かもしれないけど、高いといえば高いかな、偽物なんだから。

沢木　贅沢ではありますが。

阿川　贅沢といえば、これは十何年前にパリで聞いた話なんだけど、一泊百万円のホテルがあるというんです。中庭があって、プールが付いていて、その上にロールスロイスが運転手つきで待機している。僕はそんなの嫌いだけど、遠藤みたいな好奇心の強い奴をそこに一泊させて、あいつがどうするか見物して発表するというのは面白いと思う。部屋にいなきゃ損、ロールスロイスに乗らなきゃ損、プールにも入らなきゃ損だというんで、忙しくて忙しくて、寝てる暇がないんじゃないか（笑）。

沢木　ハッハッハッ。

阿川　向こうの金持ちなら、ロールスロイスは停めとけって言って、ウトウトその部屋でひる寝してるでしょう。

沢木　僕らだったらどうするでしょう。

阿川　やっぱり、じっとはしてられないかもしれないね。ロールスロイスが付いてるってのがいけないよね。

沢木　運転手にどういうふうにお世辞を使っていいのかわからないとか。

阿川　チップをいくらやればいいのかとか。

沢木　そんなことで悩んでいるうちに一日が過ぎてしまいかねませんね（笑）。

阿川　なかなか贅沢もむずかしい（笑）。

十年の後に

此経　啓助
沢木耕太郎

これつね　けいすけ
一九四二年、東京都生まれ。日本大学芸術学部教授。
私には、自分がつい前のめりになって進んでいると感じられるとき、常に思い浮かべる顔が二つあった。ひとつはヨットマンの多田雄幸さんの顔であり、もうひとつが此経啓助さんの顔である。私にとって多田さんと此経さんは、誰しもが必死に登ろうとする山の頂を前にして、その麓で上手に遊ぶことのできる人として認識されていた。それが、いまはない「グランディ」という雑誌の八四年八月号に掲載されたこの対談中における、「生きる達人」という言い方になったのである。
だが、その「生きる達人」たる多田さんがオーストラリアで自死の道を選んでしまったいま、私の中で「麓で上手に遊ぶ」人生を送っているというイメージの人は此経さんしかいなくなってしまった。果して此経さんが、私の勝手な思い込みのように生きているのかどうか、もう何年と会っていないのでわからない。しかし、先日、近況を訊ねる電話をしたとき、向こうから返ってきた声を聞いて、これなら大丈夫そうだと安心した。私が、「最近はいかがですか」と訊ねると、此経さんは、以前と変わらない少し高めの明るい声で、こう言ったのだ。「ボツボツやっています」。（沢木）

二人の出会い

沢木　僕の本を読んだ人から、此経さんてどんな人ってよく聞かれるんだけど、うまく説明できないんです。実はよく知らないんだよね（笑）。日本に帰ってきてから、東京で何回かお会いはしているんだけど、なぜインドに行くことになって、向こうでどうしていらしたか、そういう話はしたことがなかった。結局、インドには何年いらっしゃったんですか？

此経　うーんと、七年。

沢木　ずっとブッダガヤですか？

此経　そうです。

沢木　僕はインドからユーラシアの端の方へ移動していったわけだけど、此経さんは、一カ所にずっといらした。どうして、そうなっちゃったのか（笑）、今日はそこのところを話して下さい。

此経　いいですよ。僕にも訊きたいことがあるし。
沢木　インドに行く前は、どんなことをしていらしたんですか？
此経　日大芸術学部文芸学科の助手でした。時代背景からいくと、まず学園紛争があって、その後、ヒッピームーブメントとか学生が面白いことをやっているという時期がかなり続いた。ところが、学園紛争の終焉《しゅうえん》が見えてきて、何かおかしいんじゃないか、と思い始めたんです。学校をやめるかどうか、逡巡《しゅんじゅん》もしたけど、ともかく、どこかでゆっくり考えたい、と思ったんですね。
沢木　それですんなりとインドに行くという方向が出てきたんですか？
此経　最初はパリへ行こうと思ったんです。
沢木　わりと普通ですね（笑）。
此経　勉強しようと思ってたものが、パリにあってね。日大の文芸学科って文学理論を研究している学科で、ドイツ文学が中心だったんですが、僕はもう少し違う方向から文学を考えたいと思ったんです。
沢木　文学理論を放棄するんではなく、つきつめていきたかったんですか。
此経　そう。つきつめていくと記号論になって、人間の生きざまも記号ではないか、と思ってね。いま、世の中は記号論ブームだけど、僕には先取りする力がなくて、学問としてまとめきれないまま拡散してしまった。

沢木　パリへ行こうという考え方は、かなり強かったんですか？

此経　うん、強かったと思う。僕は森有正が好きでね。パリへ行くと、人一倍勉強するか、物乞《ものご》いにでもなるかのどちらかだって、森有正が言ってるんです。でも、パリには立派な人がたくさん出ているからもういいのかもしれない、それなら何となく気に入っているインドに行こうか、インドに長く居てみようか、という方向が出てきた。大学で助手をやっていたとき、学生を連れて、インドに行ったことがあったんです。

沢木　パリか、しからずんばインドか。わかるような気もするし、節操がないような感じもする（笑）。

此経　インドに長く居るために、新聞社の特派員とか、その助手とかの口を探していたら、ブッダガヤにいた後輩からマガダ大学で日本語の講師を探しているという情報が届いたんです。すぐに履歴書を送ったんですが、なかなか返事がこない。それならとにかく行ってみようって、行っちゃった。

沢木　大胆というか、いい加減というか（笑）。僕が此経さんとブッダガヤでお会いしたとき、おいくつでした？

此経　三十二です。

沢木　学者としては進むべき道がはっきり決まってくる年齢ですよね。しかし、此経さんは、なれるかなれないかわからない日本語教師の口のためにインドまでいらしたわけですね。

此経　日大は、学者としての養成ってあまりしないので、学者になる自信がなかったということもありますね。居残っていれば助教授、教授になれたかもしれないけど。教授連は、僕がインドへ行くのは、昇格させろというデモンストレーションだと思ったみたいですが、僕としては、自分の人生を揺さぶりたい、距離をおいて自分を見たいということだったんです。

沢木　ブッダガヤでお会いしたとき、まだ日本語の先生になれない、というときだったんですね？

此経　あのときから三年間なれなかった。

沢木　三年間！　それはやはり凄いことですね。でも、そのわりに陽気に生きてたなあ。

此経　心配はしてたんだけどね。

沢木　あれで（笑）。

此経　ええ（笑）。あのとき、一緒にアシュラムに行きましたね。東京農大生も一緒に行って、稲刈りしたよね。

沢木　僕は日本の外に出て大学の評価が変わりましてね。最もよい学生は東京農大と拓大の学生でした。彼らには生きていく活力みたいなものがあったんです。そういえば、デリーで面白い奴に会いましてね。死ぬほどの右翼で、死ぬほど馬鹿馬鹿しいことを考えてる。デリーに攻め入った軍隊は、どこに本陣を張るべきかっていうんですよ。それを真っ黒になりながらうろつき回って探している。でも、日常生活は実に気持いい男で、ドミトリーでもひとつ突き抜けた感じの快さを持っていました。旅先でいろんな大学の学生たちとすれ違ったけど、東京農大生と拓大生を越える水準の学生はいなかったですね。

此経　沢木さん、運動部気質があるんじゃない（笑）。

沢木　そんなこともないと思うけど、確かに仁義なんていう言葉が嫌いじゃないですね（笑）。

インドで得たもの

沢木　ところで、此経さんはインドで何を得たいと思ってました？

此経　得る、得ない、じゃなかった。年齢が三十を超えて、教師で、堅気で人生を半分生きて、でも、これからの半分は自分のために生きてみたい、自分自身を観察したい、ということだったんだよね。あの地に自分を置いてみて、干からびるのか、液体の玉が低い所に転がるように自分の道を行くのか……。理屈でわかる学問は三十までで結構だ、と思った。

沢木　違う生を選ぼう、というのが濃厚にあった?

此経　選ぶ、というより……これからは好き勝手にやりたいな、という……。

沢木　単純に言えばヤクザな生き方をしてやろう……。

此経　一カ所にずっといてね。

沢木　にもかかわらず、お会いしたとき、此経さんがとても健全なのに驚いた。こんなところに暮らしていて、こんなに健全な人がいるんだというのが最大の驚きだった。それと、印象的だったのは『マラケシュの声』がとても素敵だという話をしてくださったこと。日本の友人から送ってもらって旅先で読んだんですが、僕にとって、それはとても重要な本になりました。

此経　そう、一緒にエリアス・カネッティの話をしたの覚えていますね。

沢木　インドで陰気になったことあります?(笑)

此経　あんまりないな。自分の中に道徳というほどたいしたものではないんだけど、ひとつの律のようなものがありましたからね。つまり、自分はこのインドではただでさえはみ出しているアウトサイダーなのに、それにまた、大学をやめてインドに行くというのもれっきとしたアウトサイダーなのに、さらにそれに輪をかけて訳のわからない不透明なアウトサイダーになるのはいやだ、と思っていた。

沢木　それが、此経さんの健全さだと思いますね。

此経　だって三十二だったから（笑）。

沢木　ほとんどノーマルですよね。その普通さをあの状況の中でも持しているというのは大変なことだと思いますね。それができたのは、ずっと一カ所に、定点に位置していたからかな。

此経　沢木さんはずっと旅をしてらした？

沢木　もう、絵に描いたような冒険大活劇路線（笑）。僕の場合、飲み友達、というと畏《おそ》れ多いけど、イラストレーターの黒田征太郎さんに、あるとき、いやぁ、男は二十六までに日本を離れなければね、と言われたんですよね。二十六というのには何の論拠もなくて、ただ黒田さん自身がアメリカに行ったのが二十六だったというに過ぎないんですけどね。でも、僕には妙に素直なところがあって、そうだ！　と思っちゃって（笑）。

此経　確かに沢木さんにはストレートなところがありますよね。

沢木　ちょうどフリーランスの物書きとして仕事を始めて三年たった頃で、なんとなくルポライターとして世の中に認められそうになってしまったのをどこかではぐらかしたいと思っているときだったもんですから、黒田さんにそう言われて一直線に出ていっちゃった。

此経　何も考えずに？

沢木　いちおうは外に出ていくテーマを自分に与えましたけど、それはオマケでね。パリ留学でもよかったし、ニューヨークへ好きな女の子に会いに行くんでも、なんでもよかったんです。

此経　そのテーマというのは？

沢木　僕にとって初めての外国は韓国でしたけど、ソウルに向かう飛行機の上から韓国の禿山《はげやま》を眺めていて、突然、思うことがあったんです。いま、ここから落下傘で降りて、ヨーイ、ドン、で歩いて行けば、パリへ行かれるんだな、と。ソウルから何時間歩けばパリへ着くか、いまの僕にはわからないけど、ちゃんとわかる人がいるんだろうな、と。たとえば河口慧海《えかい》のような人ならわかるのだろうな、とも思いました。だから、デリーからロンドンまでバスに乗って行こうとしたのは、自分の体内に地球を測ることのできる距離計を作りたかったからなんですね。でも、そうしたテーマも、自分を奮い立たせるための、ほとんどどうでもいいものだったような気もします。なにしろ計画もいい加減で、デリーまで四日で行くつもりだったんですから。

此経　どんな計画だったの？

沢木　香港一泊、バンコク一泊、カルカッタ二泊、そしてデリーへという予定だったんだけど、デリーまで行くのに半年もかかっちゃった（笑）。此経さんとお会いしたのは、旅に出て三カ月目の頃でした。

此経　ブッダガヤでお会いしたとき、とにかく香港は面白かった、という話を聞いたけど、香港はどうだった？

沢木　カルチャーショックを受けて……いや、この言い方は正しくないな。「わーっ、凄い！」の一言でしたね。香港の後は、タイからマレー半島を下っていっても、何かつまらないな、物足りないな、と思いつづけていました。それはシンガポールに着いても同じでしたが、カルカッタに着いたら、「わーっ、凄い！　凄い！」とまたぶっ飛んじゃった。

此経　それからブッダガヤにきたの？

沢木　僕、ガイドブックを持っていなかったんです。地図も西南アジアとヨーロッパの二枚だけ。インドで知っているのは、カルカッタ、ボンベイ、デリーという大都会の名くらいでした。それなのに、なぜブッダガヤへ行ったかというと、カルカッタでぶっ飛んで、ぶっ飛んだまま半月ほどいて、とにかくこの街を出ようと汽車に乗ったら周りの人が、わーっと話しかけてきて、これからどこへ行くと訊いてきたんですね。決めてないって言ったら、ブッダガヤにただで泊めてくれる所がある、という。それはありがたい、とすぐ行くことにしたんです。なにしろ、ロンドンというゴールだけ決めて、あとは何も決めないで、ただ進んでいくだけだったから、いつでも、誰かが、どこそこへ行ったら、というのに導かれて歩いてきた感じがします。でも、香港でぶっ飛んだら、一年いてもいいのに、一カ月で移動してしまったのは、僕に前に進んでいこうという前のめりの姿勢があったからだと思うんですが、どういうわけか平衡感覚だけは持っていた。

此経　ブッダガヤで会ったとき、そういう印象を持ちましたよ。さっぱりしてて、うまく口ごもる人だなって感じた。

沢木　そういえば、当時此経さんが一緒に暮らしていたインド人のアショカ少年についての総括を聞いてないんですが、彼とはどういうわけで共同生活に入ったんですか？

此経　僕の師匠筋にあたる岡本博さんから頼まれたんです。高校か大学までの学力をつけてから養子にしようという計画で、勉強の能率を上げるために僕が引き取ったわけです。当時、アショカは十五歳で、彼にとってもブッダガヤは外国同然で、慣れるのに二、三カ月はかかった。アショカはカジュラホの出身でしたからね。

沢木　どこで暮らしてたんですか？

此経　ビルラ・ダラムシャという巡礼宿で、小さなベッドが二つある小さな部屋でした。

沢木　何カ月、一緒でしたか？

此経　八カ月。その後はカジュラホからの通いで、足かけ二年。

沢木　根気のいい話だなぁ。

此経　そうね。彼がカジュラホに帰って高校に入ってからは、四、五歳の小さなみなしごと一緒に暮らしたんだけど、その子とのほうが長かった。

沢木　それは知りませんでした。

此経　カルワーという名で、ハリジャンの両親が死んで、チベット人の中に野良犬と同じように暮らしていた。僕もチベット人のテントに住んでいて、毎日顔を合わせているうちに、ついずるずると。ベッドも二つあるし（笑）。

沢木　いとも簡単におっしゃるけど、大変なことですね。

此経　そのとき、よくわかったことが一つあった。カルワーは栄養失調気味で、お腹がポコーンとふくれていたんです。

沢木　ビアフラの子供みたいに。

此経　そう。ところが、三カ月、一緒に暮らしたら、腹がへっこんだ。理屈抜きで、体でわかったね。飢えている子供に何かをするということの意味が。

沢木　普通に、なんでもないことみたいに此経さんは言うけど、眉間《みけん》に皺寄せて、百日かかって語ってもいいような話ですね。なのに、一分足らずで言ってしまう……。

此経　ブッダガヤにいるだけで、カルワーみたいな子に出会うことは多いんです。たとえば、カルワーの一つ上の兄貴なんかは野性化してましてね。

沢木　一緒に面倒を見ていたんですか。

此経　彼は僕になつかなくて、外に寝て、食事だけ一緒にしていました。早く仕事を見つけたいと言っていましたけど、いい具合に、デリーのちょっと北のデラドゥンにチベット人のコロニーがあって、そこの金持ちがブッダガヤに巡礼にきたとき雇われていきました。
沢木　すごい生命力ですね。
此経　カルワーも、なかなか僕の言うことをきかない。学校に入れたんだけど、先生に立たされ続けて、とうとう追い出されてしまった。僕は、インドの普通の青年になってくれたらいいな、と思ったんです。読み書きくらいできる、ね。そんなことがあったあとで、カルワーをデラドゥンに連れていったら、兄貴の主人がカルワーも置いてもいいよって言ってくれた。
沢木　その人、どんな人ですか？
此経　デリーで貿易商をしていて、デラドゥンにお屋敷を持ってる。
沢木　彼をそこへ連れていくのが、彼との最後の旅だったんですね。
此経　そう……数年前にデラドゥンに様子を見にいったんです。お屋敷の屋上で静かに掃除をしている子がいて、それがカルワーだったの。チベット人からグルと皮肉な仇名をつけられていました。
沢木　グル、というのは？
此経　ヒンディー語で人生の師という意味でね。一見、グルみたいに無口で大人しいからなんですね。でも、元気でよかったなあ、と素直に思った。
沢木　いい話ですね。

インドから日本へ

此経　僕は定点観測していたけど、沢木さんは移動してて、どうでした？

沢木　どうだったんだろう（笑）。ほんとに何を見ていたんだろう。

此経　僕にも憧れはあったんです、移動していく旅に。ほら、沢木さん、壮大なロマンを語っていたでしょう、ニューデリー発ロンドン行きのバスに乗るんだって。インドのような所では、なぜ、という理由なんかそんなに必要じゃないんです。だから僕も訊かなかったけど、確かあの後、ネパールへ発《た》っていきましたよね。沢木さんを見ていて、あんなにさわやかに、なぜ旅ができるんだろう、と思ったものです。

沢木　でも、移動していくと、子供と老人だけじゃないですか、旅人と関わってくれるのは。まっとうな仕事を持った人とは忙しいから関われない。ひとつ、またひとつと国境を越えていっても、その国のことを理解する契機すら持てない。僕には何も学べなかったという思いがあるんです。たとえば、イランに比較的長くいたけど、暇な青少年と老人にかまってもらっただけで、その国のことは何もわからなかった。飯の味や、土地の匂いくらいでね。僕にわかったのは、何もわからなかった、ということですね。覚えているのは、誤解によって喜んだり、悲しんだりしたことと、ぶつぶつと独り言を言って自問自答したことばかりで……。

此経　実は、僕がインドで初めて考えたのは、インドについては何も得られないんだ、ということだったんです。インドって、大言壮語しちゃいそうなところがありますからね。僕はインドの歴史とか文化とかが好きなんじゃなくて、インドへ行ったのは、未知の国だったからで、僕の持っている費用で大丈夫そうだ、生計も立てられそうだ、ということだったんです。いま、言えるのは、インドとは、ということじゃなく、隣の誰それさんの話だけですね。インドを理解するために勉強しなくちゃ、とたまに僕だって思うことあるけど、怠惰だから、つい、やらなくて。

沢木　僕も外国のことはわからなかったけど、自分のことは少しわかるようになったかもしれないな。旅をするのは、人の親切にすがっていく部分があるけど、疲労困憊《こんぱい》してくると、人の親切がうまく受けられなくなるんですね。わずらわしくて。たとえばバスでタバコをすすめられたり、食堂で会った人が食べ物を半分わけてくれる。ところが、だんだん肉体的な疲労がたまってくると、人を拒絶するようになって、その果てに、人に対しても自分に対しても無関心になって、どうでもいいじゃないか、たとえ死んでもかまわないいじゃないか、と思うようになってしまう。自分に無関心というと超越的な何かをイメージするかもしれないけれど、そうじゃなくて、単純な肉体的疲労なんですね。死んでもいい、生きる必要なんかないんじゃないか、と思っていても、疲労が癒されると、やはりバスで前へ進もう、となる。

沢木　わかるな。

此経　三島由紀夫が、肉体を鍛えていれば太宰治も自殺しなかったかもしれないというようなことを言いましたが、僕も、とりあえず、こう言い切ってしまいたいと思う。怠惰とか倦怠の八十から九十パーセントは、肉体的に健康で疲労が取り除ければ消えちゃうんじゃないか、ってね。飢えた子に食糧を与えれば、三カ月で腹がへっこむのと同じで。

此経　僕の場合、あちこち動いていないから、ぎりぎりの、自分を一番つきつめたところで、つまらない日常生活に支えられているな、と思った。そう考えたんじゃなく、環境から、それがわかった。マガダ大学からの辞令を三年間も待ち続けて、いいかげん身にしみて、どうでもいいと思ったとき、自分の周りの一つ一つのものが愛《いと》おしくなってきて、いろんなものが平等に僕に押しかけるようになってね。同じ所にずっといてわかったのは、すべてはどうでもいい、ということですね。それまではつまらないプライドを持っていた。好き嫌いとか、ね。たとえば仕事でも、これは好きだからやる、嫌いなことはやらないというような。すべてがどうでもいいことなんだ、とわかってから、好き嫌いがなくなって、子供と暮らすことでも、なんでもやれる、というふうになったね。出会ったものに一生懸命になって、やっていけるようになった。

沢木　僕には、凄い人だな、と思って親しい気持を持っているヨットマンがいるんです。個人タクシーの運転手をやっていて、金を貯めてはレースに出たりして、金がなくなるとまたタクシーに乗る。ごく普通の人なんだけど、実に鮮やかな生き方をしている。此経さんは、その彼に近い感じがするね。仮につまらないことをやっていても、何もしていなくても、此経さんは生きる達人じゃないかと思う。それも、さりげない達人。ハリジャンの子供と暮らして、なんでもないことのようにしゃべることができる。ギンギンの達人なら、ああだから、こうだから、といろいろ能書きを言うだろうけど、そうじゃなく、ベッドがあるから一緒に暮らして、兄貴のいる所へ連れていって、それで此経さんの話は終わり。凄いなぁ……。

此経　でも、彼が大きくなったら、一緒に話をしたい、とは思っている。

沢木　あのとき、どう思っていたのかというような……。

此経　うん。彼といろいろ話をしたいね。話したいからって、つべこべ言うつもりはないんだけど。

沢木　彼から、此経さん、いま何をやってるのと訊かれたら、何て答えます。

此経　そのとき、やってる仕事を答えるしかないね。僕の欠点なんだけど、将来何かをするためにいま何かをする、というのができないんです。

沢木　それも凄いことかもしれないな……。

此経　沢木さんの仕事ぶりにも、それに近いものを感じるけど。今日は、なんと、カバンを持ってるけど、仕事道具なんか何も入ってないんじゃないか（笑）……夢のカバンみたいな気がしますね。

沢木　夢のカバン、というのはいいですね。

此経　物を書く、というのは、いつも二重人格的なところがありますよね。でも沢木さんは、作品のために何か取材していなくても、沢木さんの人生そのものが面白いという気がします。よく若い人にいますよね、書くために取材する、取材することが仕事という……。沢木さんにはほとんどそれを感じなくて、そこがとてもいいんだけどね。

沢木　取材しよう、書こうという気持がないわけじゃないんです。アシュラムだって、職業的興味がなかったわけじゃないから。でも、アシュラムでの朝、子供たちのサンスクリット語の経文が流れてきて……。

此経　きれいでしたね。

沢木　ほんとにきれいな響きでしたね。アシュラムはそれがすべてだったと言ってもいいくらいきれいな響きでした。旅もそれと同じで、一年間、充分に楽しんだんだから、書くことはないんじゃないかと思っていたけど……年取ったのかな（笑）、書かないで放置しておくのが、もったいなくなってしまったんですね。僕が旅から帰ってきて思ったのは、好きな女性に話できることがひとつくらいはできたかな、ということでした。

旅に出る前は、人から話を聞くことはできても、人に話をすることなんてできないと思っていた。自分ががらんどうで、カラッポな人間で、何もないという気がしていましたからね。でも、帰ってきたら、一つくらいは話せることができたな、それでこの旅はオーケーだなと思いましたね。それが十年たってみて書こうと思ったのは、もうあの旅は僕の中で終わったということかもしれないんです。

此経　なるほど。

沢木　帰ってきて、自分が自分に認めたことは、僕はやっぱり日本で生きていくだろう、ということでした。どんな所でも、どんな状況でも生きていけるだろう。でも、選ぶなら日本、それも東京で、と思った。どこでも生きていけるというのは、いまも生きてく上でのささやかな支えになってると思う。あんなに苛酷な旅をしたんだから、それを思えば、この東京なら、どんなことをしても生きていける。

此経　そうですね。僕なんか、東京にいてもインドの地平線が見える。インドの、村々が見えるんだよね。なにしろ長いつきあいだったから、彼らの朝晩の生活が目に見える。日本の友達を越えて、彼らとも出会っているような気がする。

沢木　いまでも？

此経　ええ。

沢木　そうですか……。

此経　インドでいろんな人に会ったけど、その中の一人で、黒い学生ズボンに白いワイシャツの袖をまくっているような、若い友人なんだけど、何年かすると、どこか力なくブッダガヤに現れる。彼は日本で暮らせないんだね、活力が足りなくて。インドへ行って、日本に帰って、またインドへ行ってしまう。その繰り返しの中で消えてしまいそう。もうちょっと方法があってもいいんじゃないかなと思うんだけど。

沢木　好奇心が磨耗しているのに外国旅行をしなくてはならないというのはほんとに切ないことですね。

自分の物差し

此経　僕はインドで、無為、ということがよくわかった気がするな。老子や荘子が言ったことは大変なことだったんだね。じっとしているって、なかなか……、普通はじっとしていられないんだよね。

沢木　だから僕も、焦って、前のめりに進んでいったんだろうな。無為に耐えられるほど強靭ではなかったから。

此経　僕もいちど移動する旅したことがあるんですよ。ビザを取るためいったん日本へ帰って、またインドに戻るとき、アテネを経由して、中近東から入ろうとしたんですね。

でも、お金がないから安く行こうとして、旅が荒《すさ》んできた。

沢木　そういう旅をしているときに出会う人って、独特の臭いがあるでしょう。

此経　ありますね。

沢木　僕はその臭いをまといたくなかった。でも、そういう旅をしていると、旅の技術を学ぶのにつれて、その臭いもまとうようになってしまうんですね。

此経　旅の技術、ね。

沢木　たとえば、東南アジアに行って売春宿で安く泊まる、とか。売春婦を抱えている旅館は、平日は暇だから、部屋を貸すのを喜ぶでしょう。売春婦は、暇なとき、ヒモの兄ちゃんと部屋にきて、食べ物くれたり、ピクニックに連れていってくれたりする。でも、これが誰にでもできるかというと、できない。泊めてくれなかったり、兄ちゃんが寄ってこなかったり。そういうのは人からハウ・トゥーを教わっても駄目なんです。汽車の切符をどこで買うかは教えられるけど、自分で体得しなければならないものもあるんです。

此経　沢木さんから、香港では売春宿に泊まって面白かったって聞いたもんだから、僕、日本へ帰るとき、香港に寄って探したんですよ。でも見つからなくて、仕方ないからYMCAに泊まった（笑）。

沢木　売春宿からYMCAへ、ですか（笑）。

此経　インドでこっぴどく教えられたことがある。こういう旅をしていたら、歯止めがきかなくなって、自分が駄目になるなと思わされるような、ね。汽車に乗ったときなんだけど、もう誰も乗れないくらい満員なの。そこで僕は、五ルピー札を手に持って、インド人がたくさん並んでいるところを車掌にお札を見せながらすり抜けたわけ。乗ってから車掌が来たんで、五ルピーを渡して、インドは初めてなもんで、とか英語で言ってね。その頃、ヒンディー語が少しわかってきてたから、車掌が他の乗客のインド人に、奴はインドが初めてだと言っているが、そんなはずはない、とか言っているのがわかっちゃった。それを聞いて、もう、やめようと思ったね。自分が寂しくなっちゃった……。

沢木　そうなんです、旅の技術というのは両刃《もろは》の剣みたいなところがあるんですね。

此経　旅の技術を学ぶのを面白がっていた時期もあったけど、結局、初めての旅と同じ旅をしよう。初めての旅の繰り返しをやろう、というところに落ち着きましたね。騙されたっていいや、と。

沢木　思い切りがいいですね。初めての土地では、騙される機会が常にありますよね。だから、騙されまい、と頑張る。騙されてもいい、と思うと、世界が変わりますね……。

此経　そういえば沢木さん、以前『ミッドナイト・エクスプレス』を見てとても怖かったって言ってたでしょう。僕も、ほんとに恐ろしかった。あの映画と裏表のような旅してたんだなぁって。

沢木　やっぱり怖かったですか。

此経　永く定住していると、だんだん現地の人に伍《ご》していけるという傲慢な気持になっていくんですよね。だから、どこかで自分の物差しを作っておかないと、訳がわからなくなっちゃう恐怖を感じます。

沢木　ガヤからブッダガヤまでリキシャでいったんですが、僕は、もう、絶対に最低の値段で行ってやるからな、なんて突っ張って、値切りに値切って一・二五ルピーに値切った。いざ乗ると、十分ぐらいでいけると思ったら、大変な距離で、いやぁ、悪かった、一・五ルピーあげよう、なんて思って着いたら、そいつが二ルピーのはずだなんて言い出す。そうなるとこっちも、ふざけるなということになって、絶対に一・二五ルピーしかやらねえぞ、と頑張っちゃった。いまでもこのときのことが気になりますね。旅先では、いつも負けまい、甘くみられまい、と肩ひじ張っていた。値切ることに妙な自己満足を覚えていたけど、それでよかったんだろうかといまは思う。騙されることは、そんなにいけないことだろうかって。騙されてスッテンテンになったら、今度はこちらが騙せばいい。生きるか死ぬかの一歩手前まで、騙されていいんですよね。騙されまいとして頑張るなんて、もしかしたらつまらないことなのかもしれないと思う。

此経　最終的には、インドの人々も同じ目に遭うんだ、ということですね。

沢木　なるほど……実は、彼らだって同じなんだね。

此経　インド人はいつも値切ってるようにみえるけど、彼らは彼らなりに相応の金を払う。金持ちは多く払うし、バクシーシーを進んで払おうとする。

沢木　それがノーマルなんだよね。最初はそれがわからない。そうしてみると、知るってことも悪くないな。知らないとギンギンに肩ひじ張ってしまう。そうか、インド人も騙されることがあるんだよね。

此経　その地平から頑張ればいい。日本だって似たり寄ったりだよね。

沢木　性善説と性悪説と二つあるけど、僕はほとんど性善説なんです。旅で盗まれたことが一度だけある。まるでこの世の終わりみたいに怒った手紙を友人に書いたんだけど、何を盗まれたかというと、ザックにつけた鈴ひとつ。子供がきっと、ほしくて盗ったんだよね。子供の僕に対する親愛の情みたいなものかもしれない。なのに、すごく怒ってしまった。でも、物を盗まれたのはこの一回だけで、恵んでもらったのは数知れず。

此経　中近東を歩いているとき、自分が憐《あわ》れになったことが一回あるんです。お腹が空いてて、目の前に羊の脂身を煮ている鍋があってね、いつの間にか無意識に手を出していた。掌にその脂の煮たのをのっけてくれてね……。自分の無意識が、寂しかったなぁ。お金をなるべく出さないで旅しようとして、食べ物の前で手を出すなんて、歯止めのない恐ろしさを感じた。

沢木　それがいちばん怖いことかもしれませんね。行くところまで行くことで何かが生み出せる、という奴がいるけど、僕はいやですね。

此経　僕もいやだ。

沢木　そういう奴に限って、ほんのちょっと旅をしただけで、すぐに滔々《とうとう》とインドはこうだ、イギリスはこうだと語りはじめる。あれには驚くな。

此経　僕がほんとに驚くのは、語るより住んじゃう人。アメリカ人に多いみたいだけど、この土地が気に入ったからって、住む人がいるじゃない。東南アジアなんかで、女まで愛して住みついてる人、いるよね。

沢木　そういえば、いますねぇ。僕もバンコクで会いました。うどん屋の女と暮らして、子供まで作っている。日本人にもそういうスケールの旅人っているのかな。

此経　まず、女に惚れやすいことが条件（笑）。

沢木　此経さんはどうでした？

此経　僕、外国人にもてないの。

沢木　そういう情熱がなかったから？

此経　逃げ腰だった（笑）。沢木さんは？

沢木　移動する旅だったから、むしろ困る、という感じがあったかもしれないな。

此経　困る困らないの問題じゃないと思うけど（笑）。

沢木　外国人ということでいうと、よく、その土地のどこか辺境の民に似ているって言われました（笑）。インドならネパール人、イタリアならシシリー出身とか。旅人なのに、その国の田舎の人みたいな扱いをされて面白かった。

此経　逆に、僕の場合は、用事があって出掛けると観光客だと思われていちいち話しかけられる、なんていうことがあった。感傷にふけろうと思っても、うるさくてできやしない（笑）。

沢木　旅のことって抽象的に語れない、とは思いませんか？　たとえば香港のことでも、アイスクリームをなめながら十円のフェリーに乗って、それがとても気持よかった、としか言えない。僕には、たかがいくつかの国を短期間歩いただけで、わかったようなことは言うまい、と決めているようなところがありましてね。自分が自分に、おーおー知ったかぶりして、と言いたくなるようなことはやりたくないと思っているんです。

此経　僕もそれは感じてる。いつだったか、デリーの駅前の安食堂でアルバイトでチャパティを焼いている日本人を見て、とっても感動した。慣れた手つきで、黙って焼いている。着実にインドで暮らしているんだなあ……。

沢木　そういうのはさり気なくて、いいですね。

此経　そう。憧れちゃいましたね。

帰るべき場所

沢木　旅ってある意味で一回性のもので二度と応用がきかないから、後でなぞると失望しますね。

此経　僕ね、帰ってから、またインドへいったとき、ブッダガヤのチベット・テントのおばさんに太ってよかったね、と言われて、とてもうれしかった。

沢木　いいですね、明快で。

此経　それと反対のこともあった。前は地べたに坐って一緒に同じ物を食べたのに、もう体が受けつけない。貧しい家の男で、歓迎の意を表わして、豚の脂身を火にくべて、地面で切って、あ、お客さんに申し訳ないねって板きれの上で切って、食べろって僕にくれるんですよ。

沢木　彼の気持はありがたい。

此経　そう、彼にとっては最高のもてなしだからね。でも一つだけ食べて、あとは周りでほしそうな顔をしている子供たちにあげてしまった。

沢木　マカオでポルトガル風の階段がある雰囲気のよさそうなホテルに泊まったことがあるんです。前が海で、なんて素晴らしいホテルだろうと思いましてね。でも、その数年後に行ったら、信じがたい汚さで、自分が何に感動していたかわからないくらいでした。それほどあのときは苛酷な旅をしていたということなんでしょうけど。

此経　あんまり美しいので、ここで旅のけじめをつけようと思われたところがあったでしょう？　ポルトガルの端っこの何という岬でしたっけ？

沢木　サグレスです。深夜着いて、老母と息子がやっているいいホテルで、安く泊めてくれて、一夜明けてガラッと窓を開けたら、前に美しい海。それでオーケー、と思った。ユーラシアの東の端から西の端まできて、これで完了にしようとすんなり思ったんです。いまもういちど行ったりしたら、美しくもなんともない、ただの岬がありました、ということになってしまうかもしれないですけどね。

此経　最初の印象が何回も甦ってほしいとは思うけど、長く居つづけると甦ってこなくなる。だから、初めてインドにやってきた旅人に、カルカッタはどうでした、なんて訊くんですよ、老人みたいに。そして、その人がいろいろに言ってくれることを聞きながら、自分の記憶をたぐったりするんです。

沢木　しゃべってくれます？

此経　詩人だからね、旅人はみんな。

沢木　ホームシックはありました？

此経　ホームシックねぇ……。

沢木　僕は、いつでも、帰りたいと思っていたような気がしますね。旅している間、忘れているときもあるんだけど。

此経　そういえば、夜空を見上げていると、デリーからカルカッタやバンコクに向かう飛行機の灯《あかり》がちらちら見えてね、帰りたいなあ……。

沢木　あれ？　バンコクに行く飛行機、ブッダガヤを通りましたっけ？

此経　通らないかな（笑）。

沢木　此経さんが日本へ帰られたのは、どういうことからですか？

此経　十年くらいはいるつもりだったんだけど、物理的なことで七年で帰ったんです。おふくろが具合が悪いという手紙がきてね。もっとも、その前からけじめはつけなくちゃ、と思ってはいた。マガダ大学の給料は微々たるもので、ガイドをやらないか、なんて話もあり、やりたくない、と思う一方で、そういうものもやらなきゃいけないな、という思いがあったりして。貪欲にインドに居続けて、この国に負けないようにしたい、と思っていたんだけど……。

沢木　日本に帰ってきてからも、インドへ何度か行ってますよね。

此経　一昨年が二回、その前の年にも行って、去年だけ行かなかった。

沢木　僕は、次に長い旅をするんだったら、異国のひとつの場所にずっととどまっていたいな、と思ってるんです。素朴に冒険大活劇調の旅をしたいとも思うけれど、どこかで此経さんのような異国での在り方に憧れているところがあるのかもしれません。日本から出て、流れていくといった旅のよくないところは、戻ってきた東京すらも定点じゃなく、通過点みたいな気がする瞬間があることですね。

此経　いまの僕は、日本、というより東京とインドとの三角関係で生きている感じです。

沢木　三角関係を楽しんでいらっしゃる（笑）。

此経　いやいや、いま自分はヤバイかな、と思っているんです。出入りする活力を失いつつあるような気がしてね。

沢木　確かに、出入りする活力だけは失いたくないですね。

死に場所を見つける

高倉　健
沢木耕太郎

たかくら　けん

一九三一年、福岡県生まれ。俳優。

八三年から四年にかけてのことだが、FM東京で『アウトドア・スタジオ』という番組を毎週やっていたことがある。私が会いたいと思う人と好きな場所で好きな話をする、というなかなか楽しい番組だった。思い返すと、それには実に多くの方がゲストとして登場してくれたものだった。吉永小百合さん、美空ひばりさん、阿佐田哲也さん、中島みゆきさん、それに高倉健さんも出てくださった。

高倉さんとは、北海道の牧場に泊まり込んで、二日がかりで録音した。まったく、ラジオの番組としては異例の贅沢さだが、暖炉の火にあたりながら夜遅くまで話しつづけたことを印象深く覚えている。

このときの高倉さんについては粋な後日談がある。東京に帰った数日後に、ディレクターが出演料の取り決めをしていなかったことに気づき、高倉事務所におそるおそる電話をした。ディレクターがいくらギャラを払えばいいのか訊ねると、事務所の女性がこう言ったそうである。「ラジオの予算ではとうていお払いになることはできない額だと思います」。ディレクターは青くなりかけたが、事務所の女性の言葉にはさらにその先があった。「だから、一銭もいただかなくてよいと申しております」。なお、その放送をもとに文字化されたこの対談は、八四年一月二・九日号の「平凡パンチ」に掲載された。（沢木）

自分らしくいられる場所

沢木　いつだったか女性誌のインタヴューを読んでいたら、世界でいちばん好きな土地はどこですかという質問に、高倉さんがハワイと答えていらしたんですね。僕には、それがとても印象的で、ドスを片手に敵地に乗り込む健さんとハワイは似つかわしくないように思えるが（笑）、だからこそ本心なのだろう、というような話をマクラにしてある文章を書いたことがあるんです。

高倉　僕は、沢木さんのその文章、読みました。

沢木　世の中にまったく同じ意見の人がいて嬉しくなったことと、ただし俺だったら香港を付け加えるなと思ったんですけど、高倉さんがハワイが好きだという理由はどういうものなんですか。

高倉　人が温かいですね。

沢木　ハワイだと、僕らの場合だったら、短パンに、シャツ一枚に、食べる物も、その辺で果物を買って過ごして、物を持たないで暮らせるというのがいいと思うんですね。高倉さんの場合だったら、人が温かいという以外に何が……。

高倉　もう一つは、仕事が、東映時代に、十何年、ものすごく本数をやっていたものですから。多いときは一年に十五本ぐらいやっていましたし、七本、八本というのがざらだったですからね。だから、へとへとになって休みをもらって、解放感がたまらなかったんでしょうね。二、三日の休みで、行くところというと、西海岸まで行くのは遠いし、どうしてもハワイへ行って、あそこでひねもすグーグー寝てばっかり……。

沢木　海岸で？

高倉　はい。

沢木　でも、そういう状況からは、いまはもう遠ざかりましたね。

高倉　そうです。最近はあまり足が向かなくなりましたね。

沢木　いまだと、向かうところは西海岸になるんですか。

高倉　ええ、最近は西海岸が多いですね。

沢木　同じアメリカでも、ニューヨークとなると居心地があまりよくないんですか。

高倉　そのときのコンディション次第ですね。精神的に疲れていると、とてもつらくていやですし、体育館でみんなと競ってトレーニングしているときのような、ピリッとした気持のときは心地いいですし。ほんとにへたっているときは体育館に行く気がしないんです。僕は、実際、『南極物語』をやっていた一年七カ月と、終わってからいままでの間、まだ体育館に行けないんですね。なんとなくいままで一緒にやっていた人たちよりも肉体的に落ちているから、同じプログラムを全然消化できないし、そういうのがなにかイヤで、ある程度シェイプアップしてからでないと行く気がしない。ニューヨークも、そんな場所のような気がするんです。ハワイはこちらがいくらボロボロでも、ボロボロで辿り着きたいという気がするんですね。あそこへボロボロになって行って、どんなでもいいから体を横たえて……昔はそうだったんです。いまは日本人が多すぎて、江ノ島みたいで。このあいだも、『南極物語』の撮影の帰りにシドニー経由のパンナムで帰ってきたので、途中ハワイへ寄るつもりで空港で降りたんですけど、すでにその空港で日本人が余りにも多くいたもんですから、そのまま外に出ないでロスまで飛んでしまいました。

沢木　いま、僕と高倉さんはたまたま北海道にいるんですけど、いまこの瞬間に、ここから自由にどこへでも行かせてくれるといったら、いちばん行きたい土地はどこですか。

高倉　ポルトガルですね。この前行って、とても素敵だったんですね。あんなに気持が和む外国ってあるんだろうか。行ったあとにそう思いました。

沢木　ポルトガルはリスボンからどこかへ回られたんですか。

高倉　リスボンから近くのカスカイスとか、名もない田舎の小さな駅を撮りに行ったたんです。シンプルライフのコマーシャルのためで、観光が目的じゃなかったもので、スタッフが選んでくれた田舎がほとんどでした。自分が特に行きたいと思って行ったのはサンタクルスという漁村です。亡くなられた檀《だん》一雄さんがそこへいらしたエッセーみたいのを読んだことがあって、ここからどのくらい回り道をすれば寄れるのかと訊いたら、車だと一時間半もあれば行かれると言われたんですね。ああいう方が日本を捨ててもそこへ住みたいと思われたところはどんなところなのか、とっても興味があったもんで回り道をして行ってきたんです。そうしたら、エッセーに出てくる洗濯のおばさんがいましてね。家主のおばちゃんもいて、取材か何かで来たと勘ちがいしたらしいんですね。しかし自分でも何しに来たのかわからなくて、ほんとに不思議な気持になりました。

沢木　僕も、何年か前に長い旅行をしたときの終点がポルトガルだったもんですから、とても印象が強いんです。ポルトガルの南の方の端にサグレスという岬があって、夜そこへ辿り着いたんですね。しかも冬だったもんで、なかなか宿が見つからなくて困っていたら、小さなペンションの母と息子が安い金で泊めてくれましてね。寝て食べられたらそれで充分と思っていたんですけど、朝起きて、ブラインドを開けたら、目の前が大西洋だったんです。それまで一年くらい、大部屋とか屋根裏とかいうようなところしか泊まれなくて、窓を開けたら海があるようなのは初めてだったもんですから、心が震えました。それで、もうこれでいいかなと思うようになって……それまではいつ旅を切り上げようか悩んでいたんですけど、このユーラシア大陸のいちばん端っこで、こんなきれいな朝が迎えられたんだから、もうやめてもいいだろうって。だから、サグレスという名と共に、ポルトガルという国は、僕にとっても大事な国なんです。

高倉　それまで僕はスペインが好きだったんです。ポルトガルには行ったことがなくて、行ってみて、もしいま、どこにでも自由にと言われたら、やはりポルトガルへ行きたいと答えたいですね。

沢木　高倉さんは、闘牛はお嫌いですか。

高倉　大好きなんですよ。スペインへ行くと、何しに行ったかわからないほど、闘牛、闘牛って、闘牛のスケジュールを調べてもらって見に行くんです。ポルトガルでも見ました。

沢木　ポルトガルの闘牛は見たことがないのですが、殺さないんですか、牛を。

高倉　殺さないんですね。スペイン人の激しい血と、ポルトガル人のやさしさがすごくあらわれているみたいで……。

沢木　対照的ですね。僕もゾクッとするほど大好きなんですが、高倉さんは闘牛のどこに惹かれますか。

高倉　命がかかっている、ということなんでしょうね。

沢木　牛にあの鋭い角がなくて、ひっかけられても誰も死なないということになれば、あれほどの魅力はないかもしれませんね。

高倉　そうですね。感動を呼ぶのが何なのか、よくはわからないんですけど、本当に自分が傷を負ったり、命を落としたりすることをみんなに見せながらお金を稼いでいるという、きっとそんなところに惹かれるんでしょうね。

沢木　ひとことで言えば見世物ですよね。しかし、死と隣合せで、美しい技術を見せる。ああいう職業というのは他にもあるんでしょうか。

高倉　レーサーが事故で死んだりしますね。あれとまたちょっとちがうような気がするんですね。

沢木　Ｆ１グランプリのレースなんかを現代の闘牛というふうに形容する人がいますけど、死との隣合せ方がちがうような気がします。

高倉　ちがいますね。

沢木　僕が最初に見たときの闘牛士というのが恐ろしいほど下手でしてね。牛にはねとばされて、非難の声のなかを助け出されたりしたんですけど、もうそのお粗末な闘牛から僕は魅入られましたね。この闘牛士はいつかうまくなるんだろうか、それともこのままで終わってしまうのか。このままで、もし延々と闘牛士を続けなければいけないとしたら、これはつらいなあと思って……。

高倉さんは、役者として、最初の頃は不器用でしたか。別にいまの闘牛士の話とは関係ないんですけど（笑）。

高倉　いまでも不器用だと思いますけど、僕ほど不器用なヤツって少ないんじゃないですかね。

沢木　最初から、自分は不器用だと思い込んでいらしたんですか。

高倉　意外と自分は器用だと思ってたんです（笑）。東映の場合、新人は俳優座へ委託で預けられるんですね。一年の養成期間がありまして、六カ月が俳優座で、あとの六カ月が撮影所の京都と東京に分けられるんです。僕は俳優座に二カ月通ったんですが、その二カ月間でいかに自分が他の人と比べて不器用なのかというのを、本当に思い知らされましたね。バレエをやってもできない。日本舞踊をやってもできない……。僕と今井健二君のふたりがみんなより一カ月ぐらい遅れて入ったんですけど、そのふたりがやるとみんな笑って授業にならないんです。僕らは一生懸命やっているんですけど……。

沢木　それがよけいおかしいわけですね（笑）。

高倉　おかしいんですね。授業にならないから見学していてください、あなたたちがやるといつまでたっても授業が進まないからと、それは非常に自信を失いましたね。

沢木　自信を失って、役者をやめようなんていう気にはなりませんでしたか。

高倉　飯が食えなくなっちゃいますからね。向かないから、あなたはやめたほうがいいと言われましたけど、いえ、僕はやめるわけにいかないんですよって、そんな具合でした。ただ、二カ月くらいで僕に役が来ちゃったんですよ。『電光空手打ち』という映画がね。それで卒業公演も何もやらないまま、ずっと撮影所での仕事が続くことになって、いままで来てしまったわけです。

沢木　映画俳優になったのはとにかくお金が必要だったからとうかがっていますが、でも、それだけでは持続しませんよね。

高倉　そうですねえ……。

沢木　何かもう少しちがう要素があって俳優でありつづけたとすると、何が高倉さんを持続させたんでしょう。

高倉　すごく恥ずかしいのですが、この三、四年ですか、自分が追いかけてきたのは何なのかなと、まったく見当がつかなくなっちゃったんですね。自分が心から望んでいたものとちがってしまったんじゃないかなという気がするんです。お金も、日本でいちばん高いギャラがとれる俳優に、とにかくなりたいなと、非常に単純な、志の低い俳優で二十何年きましたけど、なんとなくその上位のほうにいまきちゃっているというのがわかったら、それじゃないんですね。では賞かというと、賞も運がよくて、この何年間でいくつかいただきましたけど、それでもない。何を追いかけてきたんだろう……わかんないんですね。

こだわることと壊すこと

沢木　たとえば、高倉さんのどこかに、いつ俳優をやめてもいいと思ってらっしゃるようなところはありませんか。

高倉　そうですね。何度もやめようとしましたが、これだけやってきたんだから、別のことをやろうとすると、最初から全部やり直ししなきゃならないから大変だぞと、自分で自分に言いきかせながらやってきました。いまでもそうですし、いつどういう形でやめるかというのがいちばん大事じゃないかなと思っていますね。

沢木　僕は自分の仕事が天職だなんて、どうしても思えないんですね。その辺は隣の芝生はよく見えるということでしかないのかもしれませんけど、そうではなくて、いま自分がやっている仕事とまったくちがうことができたんじゃないか、あるいはするべきだったのではないかということをいつも感じていて、でもとりあえずこの仕事だけはきちんとやっておこうと思っているうちに、十年以上も書くという仕事をしてきてしまったんです。高倉さんにも、どこか別のところに自分がすべき仕事があるのではないか、というような感じがあるんじゃないでしょうか。

高倉　すべきというか、自分に向いているというか……僕は志がとっても低いんですよね。自分が幸せになるためには、手っ取り早く金があればすむなんて、そんな程度のことを考えていたわけですから。いまもこの仕事じゃなくて、ほかの仕事で、もっと人間的に幸せになれる仕事があるんじゃないかというふうに、どこかで思っているんでしょうね。僕の場合は、まったくの他人の芝生ですね。

沢木　もう少し快適な空間とか、仕事とかがあるかもしれないと思われるわけですか。

高倉　どこかで思ってるんでしょうね。

沢木　高倉さんにとって、最も快適な状態というのは、どのようなものなんですか。いまたまたまお金のことがでましたが、もちろんお金も必要でしょうし、あったほうが快適だと思いますが、高倉さんにとって最も快適な状態というのはどんなものなんでしょう。

高倉　いまは……人並みということでしょうかね。人並みであるということが自分がいちばん気が楽なんじゃないですかね。

沢木　しかし、かなり人並みであることが、ありにくい状況ではありますね。

高倉　ありにくいですね。

沢木　そうすると、あまり快適ではない。

高倉　ぜんぜん快適じゃないですね。だから、沢木さんとお話をしている、こういう瞬間を束の間《つかま》たのしんでいるにすぎないんです。それに、毎年、毎年、やる本数が少なくなってくると、一本、一本、へたばるわけにいかないですから、なにがなんでもこの一本当てなければならないという……だんだん苦しくなるんですね。たくさんやっていた東映の頃は、そういうふうに一年に一本とか、三年かかって一本とかと、外国の俳優さんがやっているような仕事をやりたいというのが……。

沢木　それが夢だったわけですよね。

高倉　夢だったんです。

沢木　しかし、いざそうなると……。

高倉　ちがうんですね。一年に十五本もやっている頃は、一本や二本いい加減なのがでてきたってあとのやつで取り返せばとそういうところがありましたけど。

沢木　いまだったら、その一本を必ず当てなくてはならないわけですよね。僕らみたいに売れる売れないということをあまり考えなくてもいいような、つまりマスではないものを相手にしているような仕事をしていると、逆にこれだけ売らなければならないとか、人を入れなければならないとかいうのは、ゲームとして素晴らしく面白いように思えるんですが、やっているご当人にしてみれば相当しんどいんでしょうね。

高倉　しんどいですね。俳優は、昔はそういうことを心配しなくてよかったというように聞いていますが、テキヤで、露店でその日の売上げを計算しているみたいで、悲しいですね。

沢木　………。

高倉　あの、僕が質問してもいいんでしょうか。

沢木　もちろんです（笑）。

高倉　沢木さんにとても聞きたいことがあったんで、夕食の時間に聞こうかなと思っていたんですが、沢木さんに、どうしてこういう仕事を始められたのかなというのを、いつかお聞きしたいなと思っていたんですね。この前も円谷《つぶらや》選手のお話とか、幾つかお書きになったものを読ましていただいて、どうしてこういうふうにこだわる職業を始められたのかなという、いつかお目にかかったときにおうかがいしたいなと思ってたんです。

沢木　恥ずかしいのですが、本当に成り行きなんです。僕はいろいろな思いがあって、サラリーマンになるんだと決めていたのですが、どうしても、勤めるわけにはいかないような事情ができてしまって、大学を卒業して、どうしようかと思って数カ月フラフラしていたら、大学の先生が食うに困っているんだろうということで職を紹介してくれたんです。その職というのは、おまえ、何か書いてみないかという話だったんです。大学の教師は、僕は経済学部に籍を置いていたものですから、社会科学関係の論文のようなものを書ければ、ちょっとでも小遣いかせぎができるんじゃないかなと思って、雑誌社に紹介してくれたらしいのですが、そのとき、僕はそういうのがいやだったんですね。もし書くことができるんだったら、何か書いてみようとは思ったのですが、ある雑誌社の編集長が会ってくれたときに、あなたはどんなものが書けるんですかと言われて、そのとき、とっさにルポルタージュというものなら書けそうな気がすると答えてしまったら、それですぐ仕事が始まってしまったんです。二十二歳のときです。

そのときにしばらく書いていたルポルタージュというのは、その当時、みんながやっているのと同じようなものだったんですね。それがだんだんいやになっていって、自分の気持に一番かかわりのあることだけをやっていこうと、この何年かなってきたわけです。そうすると、どんどん書くものが減ってきちゃったんです。ここ三年、ひとつのものをやっと書いただけで、それ以後、二年ぐらい仕事ができないし、そういう自分にとって大事なものだけをやっていこうというこだわり方は、仕事をできにくく、しにくくしてしまいましたね。ある一定のスタイルで書いていくと、それは幾つでも繰り返せるんです。興味の対象を移していけば百個でも千個でも書けるんです。でも、それをなぞるのがちょっと辛《つら》いという気がするんですね。自分の形みたいなものがあって、その形をなぞるのは辛すぎる。だからその形を壊して一個ずつ前に行けたら行きたいんですよね。

高倉　かっこいいと思いますね。

沢木　なかなか壊れないんですよ。だから、なかなか前に進めないんです。しかし今年から来年にかけて一個ぐらい仕事をしようと思っていますけど……。

狭くなる心をもう一度開かせたい

高倉　ラスベガスからお手紙をいただいて、そのときから、人間って不思議だなと思うのですが、自分が積極的にお目にかかりたい、お話を聞きたい、自分のいろいろなことを話したいとか、そういう人がありますよね。まったく話したくない人、顔も見たくない人と。僕はまたそれがすごく激しいですから。職業で食うためにどうしても会わなきゃならない。一緒に仕事をしなきゃならないということもたくさんありますけど、インタヴューとか、取材とか、対談なんていうのは僕の本業とは何らかかわり合いがありませんから、そういうところではすごくわがままを言うのですが、事務所にも言っていたんですね。沢木さんだったら、どんなことでもするから、いつでもあけるから。そういう方があるんですね。僕は全然お目にかかってないのに、手紙を読んだときに、この人にお目にかかりたいとか、この人が書いたものを読みたいとか……。

沢木　その話、なぜ、手紙を出したかということをここでしゃべってもいいですか。

高倉　はい、もちろんです。

沢木　長くなるので簡単に言いますと、僕はモハメド・アリとラリー・ホームズという人の試合をどうしても見たかったのですが、思ったときが遅かったものですから、チケットが全然手に入らなくて、僕のロサンゼルスに住んでいる知り合いに電話をして頼んでみたのですが、だめだということで、その僕の知人が高倉さんの知人でもあって、高倉さんのために用意してあったチケットを、もしかしたら僕に回してもらえるかもしれないと彼が判断して、高倉さんにお願いしてくれたんですね。そうしたら、自分が見るよりはといって、そのチケットを譲ってくださったわけです。ラリー・ホームズとモハメド・アリの試合は辛い試合で、モハメド・アリが引退してもう一回カムバックしようという試合だから、あまりにも辛すぎる試合なんだけど、アリの試合だけは見ておこうと思ったので見に行ったんです。その一部始終を見終わったあとで、深夜、ホテルに帰って考えたんですね。この試合については何か雑誌に書くのではなくて、チケットをくださった方に書こうと。そこで、ちょっと長目の手紙というより、レポートのようなものですが、書いて送ったところ、それを高倉さんが読んでくださって、面白かったですという返事をもらって、それは僕もうれしかったです。

高倉　面白いんじゃなくて、感動したんですよね。あの手紙、いまでも大事にとってあります。ここ数年、人にある興味を持つとか、好意を持つとかいうのは……何十年生きているかわからないですが、何人の人にそういうふうに思うんだろうと考えるようになりましたね。

沢木　僕の場合は、心がどんどん狭くなっているみたいで、どんどんそれが少なくなってるような気がしているんですね。それは逆に言うと、もう一回奮い立たせたいという気持もあるんです。それを、あまり無理しないで、自然に年をとってくれば、好奇心とか、そういう思いが少なくなってくるのは当然だと思い切ってもいいんだけど、何かその辺は心をもう一回開かせたいと思っているんです。

この間、武田鉄矢さんとお会いしたときに、大学時代というか、大げさに言うと青春時代はわりと退屈だったとふたりで話したんです。彼のかつてやっていた番組に、若い人たちが手紙を寄せてきて、退屈で退屈でしょうがないとか、面白くないとか、つまらないことばっかりだ、という手紙がいっぱい来る。だけど、自分たちの時代はどうだったろうかと考えてみると、武田さんも、僕も、退屈で退屈でしょうがなかった。けれど、退屈をどうしてそんなに恐れるのかなという話になったんですよ。退屈だということは全然いいことで、それは悪いことじゃないんじゃないだろうかという話をふたりで延々やっていたことがあるんです。

高倉さんの大学時代、あるいはもうちょっと前でもいいのですが、退屈はしませんでしたか。

高倉　やっぱり退屈なんですかね。もて余していましたね。

沢木　もて余してどうしていましたか。

高倉　あんまりお話しできないような学生生活でしたから。

沢木　かなり荒っぽい……。

高倉　荒っぽかったですね。すれすれのところを歩いていましたね、いま考えたら。だから、人の運なんていうのは、どこでどういうふうになるか……。

沢木　そのすれすれみたいなところで、こっちに行くか、あっちに行くかというときに、あっちもこっちも行かないで、いまの線を歩いてきたのは何かがあったからでしょうか。それとも、ただ運だけでしょうか。

高倉　僕の場合は母親というのがとっても強いですね。鉄矢みたいですけど(笑)。あんまり世間体の悪い生きざまだと母親が悲しむという、父親のことはそんなに思いませんし、兄弟のこともそれほど強く思わないのですが、一番強い、何かのときにブレーキになっているのは、やっぱり母親ですね。

沢木　もし、お母さんという存在がなければ、あっちかこっちかのときに、あっちに行っちゃったとかいうことは大いにありえますか。

高倉　何度かそういうことがあったですね。あの瞬間をまちがったら、まるで違う人生を歩いているなということは、いま考えてみるとありますね。

沢木　いまの話は大学時代のことなんですけど、それからずっと、いまに至るまで……。

高倉　俳優になってからもありますね。負けたくないという。その負けたくないというのは何なのかな。最初のうちは、一番高いギャラをとる俳優が一番なんだと。

沢木　それは役者になったときにそう思われたんですか。それとも途中からですか。
高倉　途中からですね。
沢木　最初は、主役をとりたいとか、そういうことですか。
高倉　いえ、入ったときは、主役でも端役《はやく》でも何でもいいから、好きな女と暮らせるだけの金が入ればいいという、非常に単純な動機だったんですけどね。やっているうちに、恋はまるで違うほうへ、ずたずたに破れて飛んでいって……。
沢木　役者という生活だけが残って。
高倉　ええ。そして、何年かあがいて、結婚もしてみたんですが、結婚もどこかへ飛んでっちゃって、結局、何が残ったのかなというのがこの何年かですね。
沢木　それは何かの折に、物というのは消えてしまう、関係もある意味では消えてしまう、残るものは何なんだろうという感じのことをしゃべっていらっしゃったような気がするんだけど、たとえば、物のことですが、高倉さんは、物に対してあるこだわりはありますか。たとえばいい物を好きだ、いいと思うこだわり方と、それを持ちたい、あるいは身の回りに集めたいというこだわり方と二通りあると思うんですね。最初のほうのこだわり方は明らかにありますね。
高倉　そうですね。
沢木　物を集めたいと思われた時期はありますか。

高倉　ありますね。集めたいと思っていたんでしょうね。いまでもどこかで思っているんですけど、実際にはそういう方向に向いてないんですね。というのは、仕事の取り方が全然違っていますから。僕の場合は、一日幾ら、時間で幾らの仕事ではないですから。一本幾らなのに、一本やるのが二年も三年もかかったのでは、まるで間尺に合わないんですけどね。間尺に合う仕事の仕方というのは、もう二十何年もやっていれば、まがりなりにもわかりますし、南極や北極の果てまで行って、もしかすると死んじゃったかもわからないような仕事の仕方をするんだったら、ちょっとコマーシャルひとつやれば、ものの一週間もしないでそのくらいの金はかせげるということもわかりますし、コマーシャルの仕事の依頼は結構あるんですけど、それをようやらないんですね。自分はどうしようかということがわかってないんじゃないかなと思うんです。

沢木　ぞんざいな言い方になってしまうけど、それは素敵ですね。

高倉　素敵なんでしょうか。

沢木　物ってふえますよね。もちろん火事とかそういうことがあって、一瞬にして消えてしまうでしょうけど、そういうことがない限り、人の関係とか、物とかがふえていくに従って、不自由になっていきますよね。僕は、そういうふうに物をふやして、関係をふやして、そして不自由になって、安定した感じで生きていくようにはなりたくないと思うんですよね。どうしてもそれはちょっと……。

ただ、それでも避けられない、余儀ない物のふえ方、関係というのは幾らかは引き受けていかなくてはならなくて、その兼合いなんか、本当に難しいですね。

高倉　難しいですね。ある時期、僕、とっても苦しくなって、比叡山《ひえいざん》に入ったことがあるんですね。それは仏門に入ったということではないんですけど、たまたまそういうコネクションがあったものですから、何日間かお寺さんへ住み込んでいっていたら、そこの御前様と呼んでいる住職の方が、「おまえ、毎日、毎日何しにきているんだ。この寺を掃除して、滝を受けたりして、おまえ、俳優らしいな」と。そんな人なんですね。まだ八十四歳でお元気ですけど。最初のうちは全然口もきいてくれなかったんですけど、二十日目ぐらいからちょっと声をかけてくれるようになって、「何か苦しいことがあるのか」という質問だったんです。「自分でよくわからないのですが、何となくここにいると、電話もかかってこないし、どこかほっとするものですから。目障りなところでちょろちょろして済みません」と答えたら、「物でも人でもこだわるな。おまえの悩みが何なのかわからないが、そういうこだわりを捨てると、人間というのは、急に心が楽になる。自分は四十の年に頭を丸めて、ずいぶん遅い出家だったが、いまでも、まだここから大津の灯を見ると気持が誘われる。あそこには信徒がたくさんいて、自分は酒が好きだから、下へ降りるとお酒を飲ましてくれる。ここは刑務所と違って檻があるわけではないから、自分で自分の心の中に作るだけで、刑務所よりずっと辛いんだ。見ろ、ちらちら灯が誘っている。それを行かないで、ここにいるというのは、すごく辛いんだ」とおっしゃるんです。

沢木　こだわりみたいなのは、まだ捨て切れないんですね。

高倉　この前、お目にかかったら「生きている限り、煩悩《ぼんのう》の灯というのは絶えない」とおっしゃったですね。

沢木　物とか何かから逃れたいという思いがとても強くて、物を持たないということは、僕の場合は金をかせがない、かせがなくても済むという状態をどうやってつくっていくか。それが僕なんかの場合だったら、仕事を選ぶということにつながったわけですね。それをもし、物というものにこだわり始めれば、お金というものにこだわらざるを得ないし、お金にこだわると、やがて仕事の選択の自由が失われるという循環だったんです。

それはいままでもそのやり方で通してきて、人から比べれば、本当に物なんて少ないし、何もないんだけど、何もないことがとても自由で、とてもよかったんですね。でも、それはさっきから話していることと本当に似てきちゃうんですが、それは逆に物にこだわっていることになるんじゃないかと思いはじめてね。だから、いつでも行きつくところは、どうしてもっと自由自在に、欲しいものは欲しいと言い、欲しくないものは欲しくないと言い、それにとらわれずに、自由に生きていかれないんだろうかと思ってしまうんです。

高倉　僕もそうですね。とってもかたくななところがあるんですね。だから、自分の心に本当に正直に生きたいなと思うのですが、かわいいなと思えばかわいいなと言いたいし、いつも自分の心をねじ曲げて、うそついて生きてきたような気がして、だから、何十本仕事をしても、幾つになっても、自分が幸せだなと思えないんじゃないかと、いま思いはじめているんですけどね。

強烈な体験のなかで見えたもの

沢木　東映を出てから、いろいろな監督さんと仕事をなさいましたよね。それぞれに印象が強い方たちでしたか。

高倉　ここ何年間か一緒に組んでやってきた方というのは、自分から進んで仕事を始めた方ですからね、どなたも必死なんですね。ある時期の東映のように会社が決めたほとんどオートマチックな組合せでやっているのとは、やはりだいぶちがいました。

沢木　しかしどうなんでしょうか。あのオートマチックに組み合わされて一年に何十本という凄まじい撮られ方をして、走り回って、切りまくってというような状況をいま振り返ると、よくないですか、あの時期のご自分は。

高倉　いいえ、すごく一生懸命やっていたなと思いますね。

沢木　いま見ると、ちょっとよかったなと思いませんか。

高倉　一生懸命やってたなと思いますね。だから、一生懸命やっていたのにどうしてあの当時の作品が……と思うんですね。不公平だなと思いますね。三年かかってやった『八甲田山』や、一年四季を追いながら撮った『幸福の黄色いハンカチ』や、一年かかって撮った『駅』や、そういうものだけに陽《ひ》が当たるわけです。あの頃撮っていた写真は本当にもうどうかすると十八日ぐらいで一本撮ったりしていましたけど、仕事をしている気持みたいなものは、あの頃のほうが、ずっと純粋だったんじゃないかなという気がします。

沢木　映画に出るようになって、これまで本数でいうと、二百……。

高倉　二百までいってないんです。超したと思ってましたら、二百本ちょっと前です。百九十何本だと思いました。

沢木　百九十何本かの間で、自分が最もきらきらしていたというか、昂揚《こうよう》していたというのはどんなときでしたか。

高倉　『南極物語』のときなんかは、意外とそうかもしれませんね。死ぬかもわからないなんて思って行ってましたからね。普通の撮影で死ぬということはあまりないですけど、これはもしかしたら危ないかなと思ったり、実際に、ああこうやって人間というのは死ぬのかって、丸二日間も寝袋の中で考えつづけたり……そんな撮影に参加したことないですからね。だから自分の気持が高ぶっていたというと、あれがいちばん激しいのかもしれませんね、激しいということでは。

沢木　よほど強烈な体験だったんですね。

高倉　ええ、強烈だったですね。何かが見えたという感じでした。寝袋から救出されて、雪上車に乗っかって、立ったままブリザードが静まるのを見ているとき、やっぱり何かが見えたという感じがしましたね。

沢木　その何かというのはどんなものなんでしょう。これからの仕事につながる何かですか。

高倉　生き方にはつながるかもしれませんね。本当に人の命には限りがある……そう言うと大ゲサですけど、目の前で時が流れていくのを見たような気がしました。

沢木　その『南極物語』に続いて『居酒屋兆治』ですね。これはどんな映画なんですか。

高倉　ここ数年、暗いものというか、つらいものが多すぎましたから、明るい、見た人があいうのにあやかりたいというような作品をやりたいやりたいと思い続けていて、それでもやっぱりちょっと暗いんですね。切ないというのか、はかないというのか。人生ってそういうものだろうという、そんな話にはなってると思いますけど。

沢木　何の記事だったか忘れてしまったんですけど､以前､高倉さんがこういう感じの作品が好きだということをしゃべっていらっしゃって、確かタイロン・パワー主演の……。

高倉　『長い灰色の線』というジョン・フォードの作品です。ジョン・フォードが僕はとても好きでしたし、タイロン・パワーにとっても恐らく最高の作品じゃないかと僕は勝手に決めているんですけど、スコットランドからアメリカに移住してきたふたりの気性の激しい男と女が、ウェストポイントの陸軍士官学校に就職するんです。士官学校の生徒たちの面倒を見たり、掃除をしたりする下積みの従業員としてなんですが、その男女が夫婦になり、奥さんが亡くなって、やがて男が定年になって学校をやめるまでの話なんです。最後に灰色のユニフォームを着た士官学校の生徒たちが長い灰色の線になって彼を送り出すんですね。

沢木　それで、『長い灰色の線』。面白そうですね。

高倉　僕も非常に感動して何回も見たのを覚えてるんです。

沢木　本当に映画はいろいろで、ときどき映画の批評とかベストテン選びとかの記事を読むと、わざと面白いのを除外しているようでしんどくなるんですけど、僕が子供の時代に見て最も面白かった洋画といえば、やはり『ローマの休日』なんですね。あれを見て、あっそうだ、俺も勉強しなけりゃ、と関係ないことを思いましてね（笑）。高倉さんは、昔から映画をよく見てましたか。

高倉　僕も沢木さんと同じように、北九州の小さな炭鉱町の、三つある映画館は父の顔でフリーパスだったんで、よく見ました。映画俳優に自分がなるなんていうのは思ってもなかったですけど、ちょうど英語会話なんてのがブームになってていましてね、対訳テキストなんていうのがあった。『哀愁』ですか、ロバート・テーラーとビビアン・リーの『ウォータールー・ブリッジ』という、その訳本なんかを買って覚えました。もちろん英語の勉強のためだけじゃなく、映画のすばらしさと両方だったですけど、英語の台詞をみんな覚えてましたね、この次はこう言うはずだなんて……。

沢木　それも何回も見直したわけですね。

高倉　ええ、十何回か見ていますね。アメリカ人というのは、愛し合っている男と女が久し振りに会うとこんなふうに言うんだな、「あなたはいま幸せか」なんて。九州ですからわりとそういうことを言わない風土がありますから、友達を連れて行って、女に久し振りに会うと男が「あなたは幸せか」って言うんだよ、それで「完全にか」って訊き直すんだよ、いまほら見てみろ、そう言ってんだよって、友達にね。

沢木　それは自分の台詞とはなりませんでしたか。

高倉　なりません（笑）。

沢木　そういう話を聞くにつけ高倉さんには映画に対する独特な思いがあるように感じられるんですけど、その思いがこれまで必ずしも実際の役と結びついていなかったような気がする。来年はどういう役をやろうと思ってらっしゃるんですか。

高倉　ものすごく漠然としているんですけど、仰々しくなく、あまり寒い風の吹かない、生きてるっていいなって話をやりたいと、そればかりなんですね。

沢木　そういう映画をぜひ見たいですね。

高倉　たとえば、さっきおっしゃっていた『ローマの休日』とか、僕はあの頃の写真が大好きなんです。『昼下りの情事』だとか、ああ生きてるっていいなあという……。

沢木　見て、ちょっと元気が出そうな。

高倉　そう。元気の出るものをやりたいと思うんですけどね。

沢木　いま、オードリー・ヘップバーンの作品が例に挙がってきましたけど、ヘップバーンのように個性的な俳優さんは、年をとると逆にその個性によって役づくりが難しくなっていくというところがありますね。高倉さんはどうなんでしょう。自分の演じている役柄と、自分というものがピタッとはまっていて、そしてそれが無理なくて、これからもそういう感じで次の作品を撮っていけばそれでいいという状況にいるのか、あるいは自分の年齢とか、自分の感性とかが、いまやっている役柄と少し離れはじめていてやりにくい状況なのか、どうなんですか。

高倉　わりにやりやすいところにいるというか、そういう仕事をしているんだと思いますね。わかりやすい、自分がいま最も感じやすいものを選んで、いちばん感じそうだなというものに身を寄せているみたいですね。

沢木　いま、映画のストーリーに関係なく、こんな役柄をやってみたら面白いんじゃないかというようなのはありますか。

高倉　いま……すごくヤクザをやりたいんです。

沢木　ヤクザ、ですか。

高倉　ええ。いやというほどやったんですよ。百本以上やりましたから。百本やったら、たくさんだと思うでしょうが、不思議ですね、いまやりたいんですね。

沢木　わかるような気がしますよ。

高倉　それと、縁日から縁日を渡り歩くテキヤ、ですね。

沢木　どこからか来て、どこかへ流れていくという姿には、本当に人の心を震わせるものがありますからね。流れていてもそれに耐えられるという強さに対して、人はある種の畏怖《いふ》の念を抱くんだと思いますね。高倉さんご自身では流れ流れていると感じているのか、それともやはり常に出ては戻っていくということなんでしょうか。

高倉　どうなんでしょうね。自分の中には、やっぱり流されているというのがあるんでしょうね。自分が意識して流れているんじゃなくて、流されているというのがあるんじゃないですかね。流されないですむところにいたいというのは、どこかにあるはずなんですけどね。

沢木　その流され流れていくプロセスというのは、時には同行する誰かがいることもあるんだろうけど、基本的にはひとりなんですか。

高倉　ひとり、ですね。だから、俳優ってつくづく孤独な、まあなんの職業でもそうかもしれませんけど、どんなに自分が好意を持っていても、どんなになんとかしてあげたいと思っても、実際に映される場合、演じる場合というのは、やっぱりその人ひとりなんですからね。このあいだもある高名な俳優さんが、台詞が引っかかってなかなか言えなくて、それを横っちょで調子が出てくるのを待っていたんですけど、そういうときってつらいですね。なにか自分の未来を見ているみたいでね。だけど、それは自分がどんなにその人のことを案じても、スタッフがどんなに案じても、それは代わりにやってやるとか、代わりにしゃべってやるということはできないんです。

沢木　待つより仕方がないんですね。待ってもついにダメな場合もある。

高倉　ええ。それから、その人がどんなに南極に行きたいとか北極に行きたいと言っても『八甲田山』をやりたいとか言っても、もうある年代になるとできない役ってありますね。それはどうやっても耐えられないという、平たい道だって何キロも歩けないのが、五メートルも吹きだまりのところを、毎日毎日マイナス二十度近いところを、たとえどんな装備したって、身動きひとつできないという、そういう現実がありますよね。そういう苛酷なところって、俳優にはあるんじゃないですかね。セットで、夏は冷房、冬は暖房で、椅子に坐って、ほんとにまばたきひとつ、額に微かに皺を寄せるだけでできる芝居もあるけれど、まったくやれない、それは自分がどんなに厳しく体を規制してトレーニングしていても、ある年代になるとできない役ってあるんじゃないですかね。

沢木　そういうことは悲しいことですか。

高倉　僕はこの前は悲しいと思いましたけどね。

沢木　そういうふうに、いつか何かがひとつひとつできるようになり、できなくなるようになる。それはやはり悲しいことかな。

高倉　悲しいというのがオーバーなことなら、寂しいですね。決して陽気にはなりませんね。

沢木　それを自然なことだというふうには思われないんですね。

高倉　ええ、やはり僕がそう思っているからでしょうね。本人は南極なんか行きたくねえよって言われるかもしれないですけど、行きたいと思っても、この人はもう行けないんだろうなと思うとね。

沢木　自分の未来を見るようでとさっきおっしゃっていましたけど、高倉さんの未来はどんなふうに見えているんですか。

高倉　何も見えていませんね。僕はついこのあいだまでは、メキシコのモーテルでからからになって死んでたよ、なんていうのはかっこいいなんて思っていたこともありましたけど、いまはそういうのはいやですね。

沢木　いまは？

高倉　いまはね、そうですね、いまだったら、アクアラングで潜ったたまま ぜんぜん出てこないというのがいいですね。なんだかカリブ海に潜りに行ったたまんま上がってこないよ、というのが一番いいですね。

沢木　……。

高倉　沢木さんは、こういう何かを書くというお仕事以外にやられるとしたら、一番おやりになりたいことは何ですか。

沢木　それは単純に、できるかどうかは別としてですが、何がいまでもしたいかというと、たとえば、イメージでしかないので、しゃべるのも恥ずかしいのですが、豆腐屋さんになりたいわけです。四角くてきちっとして、そういうものをつくる仕事に、どうして俺はつかなかったんだろうと思います。

高倉　豆腐屋さん……。

沢木　しっかりした形のあるものをつくって、そして、売ってお金をもらう。いまでもどこかでそういうことを空想するときがあります。それ以外の仕事につけば、それはきっと同じことだろうと思います。高倉さんは、もし役者さんじゃなければ、何をやりたかったですか。

高倉　何ですかね。大学は商学部の商科ですから、貿易商なんていうのを漠然と夢見ていたんですね。

沢木　それは外国ということにどうしても戻るんですね。

高倉　ええ、あったんですね。特に時期が終戦直後の、アメリカというと金持ちという、幸せとかぜいたくとかはみんな向こうにある、そんな単純な考えが成り立つ時代でしたからね。

沢木　いまでも、外国には何かがあるというイメージはありますか。

高倉　自分の住んでいるところから遠くに何かあるという気がするんですね。

沢木　たとえば日本では、東京でもどこでも、帰るべき土地としては存在していませんか。ただ仮に住んでいる感じですか。

高倉　ええ、そうですね。ずっと僕はここにいるんじゃないとはどこかで思っていますね。

沢木　それは九州でもなく？

高倉　はい。自分がここで死ぬんだというところを早く見つけたいという、そういう気持はありますね。

沢木　それはもしかしたら外国かもしれないわけですね。

高倉　僕は外国でもいいと思っています。

旅を生き、旅を書く

高田 宏
沢木耕太郎

たかだ　ひろし

一九三二年、京都府生まれ。作家。

『深夜特急』の第一巻と第二巻が発刊されると、当時新聞でノンフィクションの時評を担当していた高田さんは、その現代的な意味について懇切な批評を書いてくださった。しかし、その最後に、作者は第三巻を書くつもりらしいが、この作品は第二巻で終わってもいいのではないか、という意味のことをお書きになった。それには、私も強く影響されて、何度第三巻を書くのを放棄しようとしたかわからない。

だから、というわけでもないが、どうにか第三巻が完成すると、版元のPR誌である「波」の対談に出ていただけないかとお願いすることになった。だが、九二年の十月号に掲載されたこの対談には、「『深夜特急』の発刊を機に」という前提があったため、高田さんに無用な心遣いをさせてしまう結果となってしまった。いまでも申し訳なく思っている。

高田さんは、日本の国内を自在に歩く熟達した旅人である。そして、そうした現代の旅を、日本の伝統的な自然観の中で捉え直す試みもしていらっしゃる。今度は、『深夜特急』などと離れて、日本の自然と旅の文学というようなテーマで話をうかがいたいと思っている。（沢木）

十七年目の第三便

高田　『深夜特急　第三便　飛光よ、飛光よ』、完成おめでとうございます。第一便、第二便が出てからどのくらいになりますか？

沢木　約六年です。実際に旅をしたのは二十六歳のときですから、もう十七年も前のことになります。もはや〝反時代的作品〟ですね（笑）。本当は、一便、二便の後、翌日にでも出ると自分でも思っていたんですが……。

高田　そんなにたちましたか。でも、ノンフィクションの書き手である沢木さんが、二十六歳の自分を作品のモデルとして見るにあたって、一便、二便を書くまでの約十年間と、今回の六年間にはそれぞれに意味があったような気がしますね。

沢木　正直な話、三便の目次まで最初に作って本に載せてしまったことがこの六年間、ずっと気になっていました。自分の旅を後から読み直すにあたって、目次を作った段階でひとつの作業が終わったと思うんです。で、その目次があと六章分残っていることに対して義理を果たさなければ、という気持が常に頭の中にありましたね。読者のことはあまり考えなかった（笑）。

高田　三便を書くにあたっての六年間は、三十代後半から四十代半ばという沢木さんの人生において大きな意味をもつ時間でしたよね。その間に、〝旅人・沢木耕太郎〟に対して一便、二便のときとは違う読み方ができていると思いました。

沢木　そうですね。長い旅は、大げさにいえば一生と同じだと思うんです。幼年期があって、青年期、壮年期、老年期がある。その中で、青年期までが一、二便にあたるとすると、三便は収束の段階になるわけです。それを書くのが、実年齢でもだいぶ歳をとってからだったおかげで、すごく理解しやすかったような気がしますね。

高田　第三便の大きな特徴というのは、全体を通して〝旅とは何か〟ということが語られている点ですね。紀行文であると同時に「旅論」になっていますね。

沢木　そういう感じは強いかも知れません。人生においても、〝生とは何か〟ということは五十代、六十代になるにつれて次第に反芻しながら考えるようになるでしょう。それと同様に、一便、二便の青年期の頃には、〝この旅は何だろう〟という問いかけは必要ではなく、旅を生きていればよかったんですね。場所も東南アジア、インドと波瀾万丈でしたし。それが、終わりに近づくにつれて、西欧という落ち着いた場所になったせいもあって、出来事が向こうから迫ってこないんですね。それに対する物足りなさも含めて、〝旅って何だろう〟と考え続けたところはありましたね。

芭蕉との共通点

沢木　僕は、これまで自分の作品を人がどう読むか、ということにはまったく関心がなかったんです。書いた対象の人が生存している場合には、その相手がどう読んでくれるか、ということにだけは関心がありましたが、それ以外はどうでもよかった。でも、『深夜特急』だけは、場合によっては実用書として読んでくれるのかな、とかいろいろと考えてしまうんですよ。

高田　旅のハウ・ツーは読者は求めていないでしょう。小説を読むのと同じように読むんじゃないかな。

沢木　僕は中学一年生の頃に小田実《まこと》さんの『何でも見てやろう』を読んだんです。それで、旅への情熱のようなものは吹き込まれたけれど、具体的に一日一ドルで暮らすにはどうしたらいいか、といったことは書いてないので失望した記憶があるんです。それと同じように、『深夜特急』の読者もあれを読んでも何も外国のことはわからなかったということになるんじゃないか、という気がするんですよ。有名な観光地にはほとんど行っていませんしね。

高田　第三便でも、エッフェル塔にはお金がもったいなくて昇ってないしね（笑）。

沢木　だから、もしあれを面白いと思ってくれている人がいるとしたら、何を面白がってくれているのか、正直いって僕にはわかりにくいんですよ。

高田　事実を探して読むんじゃなくて、そこにいる主人公の二十六歳の沢木耕太郎を読んでいくんですよ、読者は。もっと正面切っていえば、人生論として読むんだな。

沢木　そこまではどうか……（笑）。

高田　人間はいかに生きるべきか、という昔からの問いをこの『深夜特急』に読むという読者は相当いると思うな。それがたまたま、ユーラシア大陸への旅という形をとっている、と。

沢木　でも、この作品に書かれているのは、ある出来事に対して自分が行動面、心理面でどういうリアクションをしたか、ということであって、アクションと呼べるようなものはほとんどないんです。高田さんが紀行文をお書きになる場合も、リアクションを書いているんだという意識はもっていらっしゃいますか？

高田　たとえば、僕が書いた縄文杉《じょうもんすぎ》のことを例に挙げれば、本当の意味であれを書くということはできないんです。つまり、幹回りが十六メートルで根回りが四十何メートルといったことを書いても、縄文杉を書いたことにはならない。したがって、結局は縄文杉に会ってから歳月がたつにつれて自分の中に縄文杉が根を張って存在してくる、それを書くわけです。だから、リアクションといえばリアクションで、それは『深夜特急』の書き方と同じじゃないかな。もはやそれは虚構なんですね。

沢木　つまり、動いている物を摑もうとしているわけですね。

高田　そう。今の自分が読み取った形で作り上げているわけですね。

沢木　だから、仮に縄文杉が枯れても、僕の中にはもっと強く根を張って存在し続けるものでしょう。そうなると完全に虚構の世界ですね。それと同様に、『深夜特急』ももちろんよい意味で虚構として読ませてもらいました。

沢木　虚構の『深夜特急』の旅を十七年間かけて旅したという感じですね。たった一年の旅を十七年もかけたというのはすごいことかも知れない（笑）。

高田　でも、僕はこの作品から芭蕉の『おくのほそ道』を連想したんですが、彼は元禄二年、四十六歳のときに百五十日くらいかけて奥州、北陸を旅しています。しかし、『おくのほそ道』が定稿になったのは、学者の解説によると五十一歳で彼が死ぬ年らしいんです。芭蕉も、自分の百五十日の旅をすぐには書かないで、後から作品化していくという作業をしたんですね。もちろん、旅の途中でメモなどは付けたでしょうがそれは材料にすぎず、作品化するときに事実を変更したりもして、死ぬ年までかかって書き上げた。読みながら、それとイメージが重なるのを感じましたね。

沢木　確かに、旅を即文章化する必要というのはまったくないんですね。旅を反芻しながら、或いは鍛えながら文字化していくということは以前には多くなされていたんだ。実は、十何年もたって旅を文章にする意味は何なのか、と聞かれたときに答える論理的な構えがなかったんですが、それを伺って励まされました。これからは堂々と言っちゃいましょう、芭蕉だってね、と（笑）。

「漂泊」の表現者

沢木　僕はあるとき、現代に書かれた日本の紀行文を読んでいくという作業をやったことがあるんです。それで気付いたんですが、帰りが決まっていない旅の紀行文というのはほぼ皆無なんですね。みんなたとえば、二年間留学をして帰るとか、二カ月間取材をして帰るという旅で、帰りの決まっていない旅をした人はもちろんいるんでしょうが、それは書かれていないんです。

高田　作品化されていないんですね。

沢木　そうなんです。僕は帰りを決めていない旅をしている人が、どうやって〝さあ、帰ろう〟と決めるのかということに興味をもっていたんですけどね。

高田　今度の第三便はその〝旅の終わり〟というのが一つのテーマでしたね。

沢木　そうです。どうやって旅を終わらせるか、ということですね。ただ、現代の日本の紀行文にはそのサンプルがなくて、唯一あるとしたら金子光晴だけなんです。彼は、ヨーロッパへ行ってフラフラした挙げ句に「潮時を逃さないように、さあ帰ろうか」と言って日本に帰ってくるんですが、それ以外に現代の日本人は終わりが決まっていない旅をあまりしていない。あるとき、竹西寛子さんにその話をしたら、でも、近世においてはそういうことをやった人は沢山いるじゃないか、と言われたんです。それで、〝あっ、そうか〟と思ったんですが、芭蕉にしてもそうなんですよね。

高田　『おくのほそ道』の最初のほうで「古人も多く旅に死するあり」と言ってますよね。自分も旅の途中で死ぬ可能性を考えて、家も手ばなして出かけていますね。

沢木　ですから、そのような文学的伝統があるのに、それを受け継いだ紀行文が途絶えてしまっているでしょう。そのことにある時気付いたんですよ。

高田　なるほど。芭蕉の場合、旅に出て途中で死ぬことにむしろ憧れをもっていますね。決してそれは失敗ではなく、むしろ旅の完成であるという感覚なんでしょう。

沢木　そこにおいては、旅というものと、生というものがイコールとなって存在しているわけですね。そのような旅を存在させることは、現在では難しいんでしょうか。

高田　どうでしょうか。難しくはないんだろうと思う。作品として存在させることはね。ただ、その問題は、突き詰めると「定住」と「漂泊」という問題になると思いますが、「漂泊」というものに対する恐怖心が現代の多くの人にはあるでしょうね。

沢木　非生産的ですからね。

高田　何も役に立たない感じがするので、そこにのめり込むのは人間としてまずいんじゃないか、という感覚はほとんどの人がもっているでしょう。

沢木　でも、それは非常に面白い問題で、それではなぜ、かつて芭蕉を始め多くの人が腹をくって「漂泊」というような存在の仕方を選んだかというと、そこに文学というものが出てくると思うんです。「漂泊」というのは非生産的な行為にもかかわらず、文章を書くという一点において生産性をもち、それによっていわばマイナスが一挙にプラスに転化してしまう。そのことを彼らは知っていたんじゃないですか。

高田　確かに彼らは知っていたし、実際に文章で表現もした。でも、それはかりではないという気もしますね。定住社会、生産社会からドロップ・アウトしたいという欲望は、多くの人の心の底に眠っているでしょう。その欲望を解放したとき、結果として「漂泊」の文学表現に繋がることもある。でも、一方でそれは浮浪者として何もせずに生きていくという生のあり方に繋がる場合も出てきますよね。

沢木　ええ、現実には何も表現しない人が無数と言っていいかどうかわかりませんが、存在しているんでしょう。そして、文学表現をする「漂泊者」がいたとしたら、その中間的存在なんでしょうね。

高田　ヘッセの『クヌルプ』は、一生を漂泊の中に送り、最後は雪山で凍死してしまいますよね。そのときに神が現れて、〝クヌルプよ、それでいいんだ。世の中の多くの人は定住して生きているが、時にお前のような存在も必要なのだ〟と言う。つまり、「漂泊」の欲望は多くの人が押さえつけていますが、それを出す人間もいないと、世の中は硬直化して腐ってしまう、ということをヘッセは言いたかったんですね。

沢木　今の日本でも、「漂泊」に匹敵する存在の人が文章を書くということがもう少しあれば面白いと思うんですけどね。

高田　『深夜特急』のように実際には帰ってきているんだけれども、作品上は帰ってこないという文学作品としての「漂泊」は、多くの人のガス抜きのための装置として必要だと思いますね。

迷子になる可能性

沢木　高田さんは「木」という概念、或いは実体をもとにしていろいろなことを考察しておられますよね。それにあたる言葉が僕の中にあるとしたら「道」なんですよ。

高田　ああ、なるほど。「ロード」ですね。

沢木　そうです。その「道」について考えると、旅をしていたときには、地球の距離感が肌でわかっていたんです。たとえば、東京からこのくらい歩いて行くとパリに着く、という感覚が自分の中にありました。それは、日本からヨーロッパまでバスで地表を走っていったからだと思うんです。「道」を走っていったおかげで、ある意味で地球全体を感じることができたんですが、その感覚は残念ながら十七年たった今は消えてしまいましたね。

高田　でも、その距離感というのは大事ですよね。僕も日本を旅するときにまず飛行機には乗らない。それから、各駅停車の列車に好んで乗っていますね。それは、距離感が摑めないと、僕の中で旅が発生してくれないからなんです。

沢木　だから、石垣島に行くのにも船に乗る（笑）。

高田　大阪までは新幹線だけど、そこからは船で行った。そうすると、飛行機ならわずか四時間のところを四日かかるんですが、そうやって行くと石垣島の存在が非常によくわかってくるんです。だから、「旅を生きる」感覚というのは、基本的には徒歩でしょうね。芭蕉のように。

沢木　そうですね。それでおそらく、芭蕉の体の中には日本の中をどのようにしてどのくらい歩けばどこに着くか、という感覚があったと思うんです。芭蕉だけでなく、当時の人にはそういった距離に対する感覚があったんでしょうね。

高田　そうだと思います。それと同時に、常に迷子になる可能性をもっていたんですね。つまり、予定通りにはなかなか行かないわけです。『深夜特急』もそうですが、その迷子になる可能性というのが、旅の本質に含まれているんじゃないのかな。

沢木　それは重要なファクターですね。迷子になる可能性がないのは旅ではない、という言い方もできるかも知れませんね。

高田　なぜかわからないが、迷子になってしまうというのが旅なんじゃないですか。

人に会う旅、木に会う旅

沢木　それから、『深夜特急』の旅では、旅をしていて違う方向から来た人たちと擦れ違うという感覚を味わうことができたんですが、それも僕にとってたった一度の経験でしたね。

高田　沢木さんの旅と僕の旅の現象面で違う点は、沢木さんは人に会うんだ。僕も酒場に行ったりして人には会いますが、どちらかというと、ほかの生物、存在に出会うことを内心密《ひそ》かに求めているところがあるんです。それは木であったり、山の中でばったり出会ったカモシカだったりするわけですが、ほかの動物や植物と出会うことが人間に会うのと同じように面白くなってきたんですよ。年をとるにつれて。

沢木　その辺はある種の教養の問題だと思いますね。動物、植物といったものに対する教養。それがないと、単純に言えば面白がれないんですね。つまり、自分の背丈以上の物は見えないんですよ。だから、『深夜特急』の旅でも、あのとき僕が美術品や遺跡を見なかったのは、自分にはそれを理解する教養がないということがはっきりわかっていたから、拒絶したんですね。

高田　唯一、見たのが第三便に出てくるローマのミケランジェロの「ピエタ」でしょう。あの部分はよかった。

沢木　あれだけですね、反応したのは。あれは、きっと誰にでもわかるんでしょう。

高田　いや、どうだろう。とにかく、『深夜特急』をずっと読んでくると、あそこで沢木耕太郎が反応したということは、読者を引きつけますね。それまでにあちこちの美術館でたくさんの物を見てきた上だったら、読者もビックリしないでしょうが……。

沢木　あれはタダで見ることができたんですよね（笑）。

高田　その〝安い〟とか〝タダだ〟というのが『深夜特急』を貫いているキーワードですね（笑）。

沢木　僕は決してケチではないつもりなんですが、この旅の間に恐怖心のようなものが染みついたようで、今でも外国に行くとお金を使いたくないんですよ。第二の本能のような習性ができてしまったみたいです。

高田　でも、お金がないほうが逆においしい物が食べられたり、旅が楽しくなるという側面はありますよね。ところで、第三便の最後の一行はいつ頃考えたんですか。

沢木　いや、本当にギリギリになってからなんです。

高田　あの終わり方を読むと、第四便もあるんじゃないかと期待したくなりますね。

沢木　そうですか。最後の部分を書いているとき、ようやく競技場に戻ってきて、もうすぐゴールなんだと思いました。でも、一着じゃなくてずいぶん遅くにフラフラになって帰ってきたから、インタヴューはないな、なんて（笑）。

高田　でも、オリンピックなんかでもそれが一番拍手が多いんですよね（笑）。

出発の年齢

山口　文憲
沢木耕太郎

やまぐち　ふみのり
一九四七年、静岡県生まれ。エッセイスト。

山口さんの名前を知ったのは、なんといっても『香港　旅の雑学ノート』だった。そこには、私が知っているはずの香港が、まったく新しい貌をもって描き出されていた。

『深夜特急』が文庫化される際、すべての巻に対談が付されることになった。香港の章を含むその第一分冊にオリジナルの対談を用意することになったとき、できれば話し相手として山口さんに登場してもらいたいと思った。頼むと山口さんは快く引き受けてくださり、初対面同士の対談としては快調なテンポで二時間余りをしゃべりつづけることができた。

やがてその対談は、速記者と編集者の手によってまとめられ、ゲラの形になって出てきた。対談のときには明確に把握できなかったが、山口さんがそのゲラを訂正した箇所を見て、山口文憲の山口文憲であるところの所以が理解できたように思えた。それは……それは営業上の秘密に属することなのでここで明らかにするわけにはいかないが、少なくとも、山口さんが極めて生産量の少ない書き手であることが納得できたとだけは言える。

この対談は九四年三月発行の文庫版『深夜特急1』の巻末に収録された。

（沢木）

「外国」との出会い

沢木　山口さんは何年生まれですか。

山口　一九四七年です。

沢木　えっ、僕と同じ年ですか。てっきり、四八年生まれだと思っていた。

山口　あらら、こっちは沢木さんが四八年生まれなんだと思ってたんだけど。

沢木　お互いにひとつ下だと思っていたわけだ（笑）。同じ年だとすると、山口さんの中で外国というものが浮上してきたのはいつ頃になりますか？

山口　そうですね、最初は十代の終りくらいかな。フランスに留学したいと思ってました。パリにコンセルヴァトワールってあるでしょ。いまから考えるとウソみたいだけど、トランペットを吹く音楽少年だったんで（笑）、まず芸大にいくつもりで二年くらい浪人してたんです。その頃の話だから、外国といっても漠然としてますね。リアリティーが出てくるのはベトナム反戦に首を突っ込むようになってからでしょう。小田実《まこと》が代表だったべ平連に出入りしてたんですけど、あそこは一種国際的なところがあって、よく外国人もいたし、会議をやっていると、誰かが電話をつかんでいきなり英語でしゃべり出すというようなことがわりと日常的でした。たぶん、具体的に外国を感じたのは、このときが最初だったと思います。

沢木　そこに集まってくる若い人にとって、べ平連というのは一種の学校という感じがあったのかな？

山口　そうですね、そういう感じはあったな。吉岡忍あたりが学級委員で（笑）。当時、べ平連は、市民運動とはべつに、ベトナムから休暇で来た米兵に脱走を呼びかけて、ひそかにソ連経由でスウェーデンに送りだす活動もしてたんですけどね。私はそっちの非公然グループへ入れられた。二十《はたち》ぐらいだったでしょうね。いろいろなやつがそれにかかわってたから、今頃になって、「エッ、あなたもやっていたの」みたいなこともよくあるんだけど、私は車の運転ができたんで、北海道の港まで脱走兵を連れていく実行部隊にいたんです。

沢木　そういう経験を通して外国というものを意識するようになっていったわけですね。

山口　そうですね。まんまスパイ小説ですよ（笑）。深夜、指示された時刻に最北の港の突堤に車で行って、三回ヘッドライトを点滅させたりするわけ。すると、接岸中の灯火を消した漁船からオーケーの合図があって、暗い突堤の上をアメリカ兵たちがだっと駆けていく。それを見届けたら、私はUターンして全速力でその場を離れるんだけど、そのときに思いましたね。私もあのまま連中といっしょに行ってしまえば、沖合いにはソ連の警備艇が待っていて、行先は国後島《くなしり》か樺太《カラフト》かわからないけれども、とりあえずこの国からスッと消えてしまえるわけでしょう。国境なんてものは、やっぱり虚構なんだって感じですかね。このときの実感はいまだに尾を引いてるような気がします。

沢木　国境線というのはとても厳密に引かれているもののようでいて、ひどく杜撰《ずさん》なところがあるものだからね。

山口　そう。戦後の日本人にとっては、海岸線が即国境だったわけで、沢木さんや私は、明治このかた、いちばんコンパクトで、国境のはっきりした日本で育った世代でしょ。だから、戦前世代とちがって、国境なんて杜撰なものなんだという常識に欠けるところがある（笑）。実際にパスポート持って国境を越える前に、そういう常識を身につけることができたのは、まあよかったのかもしれないって思いますね。

それからもう一つ、こういう体験も面白かったな。脱走兵は、出発の日まで、シンパの文化人の別荘かなんかで、お守り役の私なんかと隠れて暮らすんですよ。ところが、こっちは英語は高校で習っただけで、おまけに英会話みたいなことに全然関心がなかったから、話がまるで通じない。でも、私のほうから通じさせる必要はないの。彼らにしてみれば、私は世界に対する唯一の窓なので、向こうが私に通じさせなくてはならない。

だから、ミーはこれからどうなるのか教えてくれ、みたいなことを、一日がかりで必死に私にしゃべるわけですよ。英語を学習する環境としては、非常に恵まれていた（笑）。こっちが圧倒的優位に立った、密室の外国体験ですね。

沢木　たしかに、それは外国に通じるひとつの道だよね。

山口　あれ？　なんだか私ばかりがしゃべってるみたいだな（笑）。じゃ、沢木さんは？

沢木　僕のほうはわりあい気楽な学生時代を送っていて、もっと外国へ行くということを真剣に考えてもよかったのに、ほとんど考えなかった。アメリカという国とか、あるいはインドの文化などに強烈なあこがれを持っているやつは行こうとしたんだろうけれど、別にそういうところにそれほどの関心もなかったし。ぼくは大学を卒業して一日で就職先をやめてしまったんですよね。でも、そのときに、どうして外国に行くということが出てこなかったのか、今から思えば不思議だなあ。その気になれば適当に金を稼いで行くことができたかもしれないのにね。

山口　沢木さんも、そういうことに気がついたのは結構遅いんだな。

沢木　そう、少なくとも大学卒業前には考えなかった。

山口　私も初めて外国に行ったのは二十六ぐらいですから、当時としてもすごい奥手です。もっとも、同世代の作家のなかには、三十ぐらいになってから初めて行ったというのもいますけど。これはまあ貧困のせいだと本人は言っている（笑）。

沢木　関川夏央さんのこと？

山口　あ、言っちゃいましたね（笑）。

沢木　山口さんの中に、外国に行こうかというような、あるいは外国に行くかもしれない、行きたいという気持が具体的に芽生えたのは、浪人中にパリに留学でもしようかなと感じたときですか？

山口　留学と芸大は、べ平連に身を入れるようになった時点で、もう半分挫折してたんですけどね。それからしばらくして、脱走兵がらみの事件で私は逮捕されるんですけど、そのときこの顔が新聞やテレビのニュースに出たんです。そうなると、音楽の先生なんていうのは超保守だから、とんでもないやつだということになって、それでおしまいです（笑）。

沢木　絵に描いたような〝人生の転機〟ですね（笑）。

山口　しかし、今でも少しは気になるんでしょうね。テレビにオーケストラが映ると、金管のメンバーの顔は身をのりだして見てますね。大昔の知り合いがいるんじゃないかと思って。

沢木　心が残るという感じはあるの？　今はもう、こうした会話の中でさらりと冗談めかしてしゃべることができるようになったかもしれないけれども、どこかにやっぱりやりたかったなという思いは残っていますか。

山口　どうかなあ。どうせ私には才能もなかっただろうと思うし。

沢木　その〝どうせ〟という部分を除けばどうなのかな。

山口　そうですね。原稿書きで辛《つら》い思いをしているときなんかは、一種の自己憐憫《れんびん》で、ああ人生まちがえたと思うことはありますよ（笑）。ラッパのケースを抱えて、初老を迎えるのがよかったかなと思わないでもない。

沢木　しかし、その音楽少年から現在の山口文憲へというのは相当の変化だね。

山口　音楽少年の次は政治少年みたいなこともやってみたわけだけど、これも中途半端で、しょうがないから雑文でも書こうかという気になった。でもね、自分で文章作ってて思うんだけど、展開とかリズムとかテンポなんかが、やたらと気になるところはあるみたいですよ。

沢木　そうか、山口文憲の文章には音楽の夢がこめられていたのか（笑）。唐突に物書きの世界に入ったということでいえば、山口さんは僕ととてもよく似ているんですね。

山口　何がなんでも物書きに、というのではまったくなかったですね。今でもないです。

沢木　そうすると、山口さんが初めて行った外国はどこだったの。

山口　それが、やっぱりパリだったんです。取りあえずパリに行って、うろうろと一年ぐらいいた。

沢木　どうしてパリだったんですか。

山口　どこでもよかったんですよ。要するに、東京からどこかにころっと行っちゃいたいというだけでね。まわりはみんなアメリカなんかへ行ってたけど、アメリカには全然興味がなかったということもあったでしょうね。

で、パリでボーッとしているまに、ベトナム戦争も終わった。あれは、一九七五年の四月三十日でしたよね。その次の日、メーデーを見物しにナシオンの広場に行ったら、でっかい横断幕が出ていて、「サイゴン陥落」と書いてある。そのときまで、知らなかったんです。私はフランス語全然できないんだけど、「落ちる」という動詞は知ってたらしい（笑）。私をベトナム人だと思って握手を求めに来る労働者もいたりして、そうか、ベトナム戦争は終わったのか、と感慨にふけったのを覚えてますね。

沢木　えっ、じゃあ、僕は山口さんとほとんど同じ時期にパリにいたんだ。そのメーデーのときにはいなかったけど。

山口　ほんと？

沢木　だって、僕は『深夜特急』の旅の途中で、七四年から七五年にかけてパリにいたんだから。クリスマスからお正月にかけて。

山口　ああ、そうですよね。じゃ、たとえば七四年の十二月三十一日は何してました？

沢木　十二月三十一日は、カルチエ・ラタンの、いつも行っていたレストランに女の子と入ろうと思ったら、顔なじみのウエイターが今夜はやめといたほうがいいと言うんですよ。僕は訳がわかんなくてどうしてだと聞いたの。

山口　どうして？

沢木　その日はニューイヤーズ・イヴの特別メニューで、ディナーがべらぼうな値段だったんです。きちんと席がしつらえてあって、正装した男女がいてね。威勢よく入ったのはいいけれど、僕の懐具合では払えなくて、結局連れの女の人に払ってもらったという惨《みじ》めなことになってしまった。

山口　実は私も、その年の大晦日《おおみそか》の夜のことははっきり覚えているんですよ。ほら、パリでは午前零時がきて新年になると、街歩いているひとに抱きついてキスしていいことになっているじゃありませんか。だからシャンゼリゼだとかモンマルトルなんかに女連れで行くのはバカなんですけどね。にもかかわらず、私は日本人の女の子とふたりで、凱旋門の広場のようすを見物に行ったんです。そしたら、案の定、アラブ人のガキどもが手ぐすねひいてて、十二時になったとたんに襲撃してきた。ブチュブチュブチュと、ほとんど輪姦《りんかん》状態ですね。その間、私は関係ありませんと逃げてたんで、あとからその子が泣いて私をなじるんですよ（笑）。一方その頃、青年・沢木耕太郎は？

沢木　僕は川を挟んで反対側にいた。オデオンの近所にいて。

山口　じゃあどこかですれ違っていますよ。私はリヨン駅のそばに住んでたから、帰りはその辺を通ったはずだ。ところで、連れてた女の子って、フランス人ですか？

沢木　これにはいろいろ難しい問題がある（笑）。

山口　私のほうは問題ない。オペラ通りの香水屋のおねえちゃんでしたけどね。

沢木　そのときのパリの一年について、山口さんは何か書いていますか。

山口　あるPR誌に、パリから毎月短い見聞記を送ってはいたんですが、ほかにはほとんど書いてないです。いつかは書きたいと思ってますけれどね。

先人たちの旅

沢木　僕は根が〝勤勉〟だから（笑）、山口さんのようにウロウロ、ぼんやりしていて一年を過ごすというのはほとんど堪えられないと思う。今、僕は金子光晴を読んでいるんですけど、彼は金がないために異国をウロウロしまくりますよね。奥さんの森三千代を連れて中国から東南アジア、フランスからベルギーまで行ってウロウロしている。

山口　『どくろ杯』から『ねむれ巴里』までの道中ですね。時代は昭和の初めですか。

沢木　『ねむれ巴里』からはさらに『西ひがし』で東南アジアに戻ってくる。あれを見ていると、本当にウダウダ、ウダウダしているじゃない。あの、ウダウダ感というのは僕にはないんだよね。僕はもうちょっと前に進もうと思っちゃう。

山口　私もパリに行く前に金子光晴を読んでいたんです。私はウダウダ派だから、『ねむれ巴里』みたいな世界は好きですね。森三千代だけが先にパリに行っていて、そこに金子光晴が何カ月か遅れて彼女を追って来る。自分もさんざんひどいことをしているんで、きっと森三千代もほかの男とできていて、そいつと暮らしているに違いないと思いながらアパートを訪ねるでしょう。それで、コンコンとノックして、「入ってもいいのか」と聞くんですよね。ああいう男になりたいと、若い頃は真剣に思った（笑）。

沢木　山口さん自身はパリではそういうことはなかったの、コンコンというのは？

山口　なかったですね（笑）。これからやるのもちょっと骨だし。

沢木　その当時の僕には、金子光晴は視野に入っていなかったな。旅の先達《せんだつ》の作品の中で、僕の頭のどこかに入っていたものがあるとすれば、やはり小田実さんの『何でも見てやろう』ですね。それは別格のようなものとして存在していた。だから、僕が旅に出る時期に気になっていたのはそれ以外のもので、たとえばその一つが竹中労《ろう》さんの文章だったんです。ちょうど僕が旅に出る直前に、あの人は台湾をはじめとして東南アジアを歩いていたんですよ。時々、「話の特集」にレポートを送ってきていて、それを断片的に読んでいて、東南アジアにおける旅のスタイルみたいなものが面白いなと思った。

それからもう一つ、ちょうどその前ぐらいの時期に、檀《だん》一雄さんがポルトガルに行っているんですね。コインブラの近くのサンタクルスとかいう港町で夢のように安上がりの生活を送ってきたらしいというのが、頭の中に少し入っていた。
さらにはもう一つは、ちょうど旅に出る前の年くらいから井上靖さんが「文藝春秋」に「アレキサンダーの道」という連載物を始めていたんです。平山郁夫さんが挿絵を描かれていて。その中で、アフガニスタンからイランを通ってトルコへ、というルートの旅をあのおじいさんたちがやっているわけですよ、江上波夫さんと三人で。どういうわけか僕の視野にはアメリカが入っていなくって、もしどこか外国へ出ていくならばやっぱりユーラシアという感じが強くあった。それも、小田さんはアメリカからヨーロッパを回ってアジアへ、というルートだから、僕は当然その逆回りで行くという感じがあった。で、東南アジアに竹中労さんのイメージがあって、ポルトガル近辺に檀さんのイメージがあって、その中間ぐらいに井上さんたちがやっている老人三人組の旅、という三つのイメージがあって、それをバスでつなげてみたらどうなるかという意識が頭の片隅にありましたね。
山口　『深夜特急』の中にも出てきますけど、当時、ユーラシア大陸を横断する幻のバス路線があるんだという話をよく耳にしませんでしたか?
沢木　ロンドンとデリーがつながっている、そんな話はよく聞いたよね。でも情報は錯《さく》綜《そう》していて……。その意味で僕は、井上さんたちの旅に割と勇気づけられたんですよね。あの人たちが行ったのは僕がまさにバスで行こうかなと思っているルートだったわけで、ちゃんと行けるのかなと不安に思っていたところをとにかく彼らはジープを仕立てて行った。もちろん専用ジープで、行く先々の大使館には大使が待っているという、そういう旅ではあったけれども、とにかく道はつながっているらしい、行けるみたいだということがわかった。少なくともアフガニスタンからトルコのイスタンブールまではオーケーみたいだという感じがして、これはありがたかった。

先日、平山さんに、広島でシルクロードのシンポジウムをやるので出てくれないかと言われたんですよ。シンポジウムには出たくないというのが僕にはあって、本来なら簡単に断っていたはずなんですけど、平山さんには、「あのとき、あのおじいさんたちがあそこに行っていなければ僕も行っていなかったかもしれない」という恩義を感じて、義理を果たすつもりで出席させてもらうことにしたんですよ。会場の控室でその話を平山さんにしたら、「あのときはまだそんなに老人ではありませんでした」と言われてしまった（笑）。

山口　今の我々とそう違わない年だったんじゃありませんか（笑）。

沢木　金子光晴の話に戻るけれど、例の三部作を読んでいて、たしかにすごい作品だけど、どこかかったるいなと思い続けていたんですね、僕は。なぜか理由はよくわからないけれどかったるい。それが、最近、金子光晴がちょうど旅をしている時点で書いた紀行文の存在を知ったんです。全集には入っていないけれども、「フランドル遊記」というタイトルで、ちょうどベルギーにいるときに書いたらしい。

山口　へえ、それはまだ読んだことがないな。

沢木　これを読むと、三部作で描いたのと同じ時期のことを書いているのだけれども全然違う。旅を生きているというか、旅が存在している。三部作では、旅は死んでいるよね。もちろん、金子光晴というあの特異な個性は生き生きとしているけれども、彼《か》の地に五年もうごめいていた旅そのものの質感はない。恐らくそれは、七十歳を過ぎてから四十年前ぐらいのことを書いたという、単純に言ってしまえば時間の問題なんだろうなと見当をつけていたけれど、「フランドル遊記」を読んでみてそのことがよくわかった。自分の心情を描くダイレクトさがもう格段と違うんです。やはりあの金子光晴にして、四十数年後だとああいうもので、その渦中にあるときに書いていた紀行文はこういうものであるという、違いがよくわかって感動しましたね。

山口　『マレー蘭印紀行』も、あれは渦中で書いてるんですよね。だから後の三部作とは全然タッチがちがう。もっとも、金子光晴は、三部作を書いてるあいだにも、どんどん方法論が変わっていくんですけど。最後の『西ひがし』なんかめちゃくちゃで、旅先で出会った少女が目の前で白蛇《はくじゃ》になったりする。

沢木　もうこれは創作してしまおう、という意図がはっきり窺えますね。

山口　よくいえば新たな紀行の可能性、ですか。まあ、いずれにせよ、書くときは記憶のなかをもう一度旅して、そのなかで見たことと感じたことを書くわけですからね。厳密にいえば、旅の直後だろうと十年後だろうと、条件は大同小異かもしれない。きっと金子光晴は、数十年後の内面の旅で、白蛇に化身する少女をたしかに見たんでしょう。そうとしか言いようがないですね。これ、かなり本質的な問題だと思うんだけど、沢木さんなんか、どう意識してるんですか？

沢木　僕が旅から戻って、『深夜特急』を書き終わるまでに十五年以上かかっているんですね。さらにこれが十五年先ぐらいだったらどうだっただろうか。ある程度メモとか手紙みたいなものが残っているから、三十年後でもオーケーだったような気もするけれど、でもきっとまったく質が変わってしまっただろうね。山口さんがもし、今の時点でパリの時代のことを書こうと思ったら、どういう質のものになるのかな。

山口　たぶん、一種の韜晦《とうかい》が色濃く出てくるでしょうね。

沢木　僕らぐらいの年齢になるとやはり韜晦が出てきてしまうのかな。

山口　どういうわけか、私は出ますね。いやはや、どうも若気の至りで（笑）、みたいな感じがどこかに出てくるんですよ。たまに雑誌なんかに、昔のパリ話をちょこっと書いたりすると、背後に頭をかいてる自分がいるのがわかりますね。場面のなかで私を動かしたりしゃべらせたりしても、なんだか、現在の私が腹話術をしているみたいで、一人称になり切って自由に歩き回ることができないんです。そこを方法的にクリアしたところに、沢木さんの大作があるんだと思うんですけど。
沢木　『深夜特急』は雑誌に載せた香港についての文章がもっとも原型に近くて、あれが僕にとっては金子光晴の「フランドル遊記」に当たるんでしょうね。あの三十枚か四十枚のものを拡大していくというか、その中を生きていくという感じをつかんだとき、『深夜特急』はできていたんだと思います。

スタイルはさまざま

沢木　山口さんといえば香港ということになってしまうけど、そもそもなぜ香港だったんですか？
山口　沢木さんとはちょうど逆のアプローチで、私はまずパリに行って、そこからふり返ったというかたちかな。
　私はそれまで、ベトナム反戦みたいなことしてたくせに、本当のベトナム人というのを見たことがなかったんです。ベトナム人民、というのじゃなくて、血の通っている現物のベトナム人を見たのは、パリが初めてでした。よく、移民が安い中華料理屋なんかやってるでしょう。そういうなかで、そうかベトナム人というのはこういうものなのか、チャイニーズはこういうものなのかということが徐々にわかってくる。また、そんなことをしていると、こっちがベトナム人に間違えられる、中国人に間違えられるという目にもあいますよね。そういう体験の中で、自分がアジア人に解体されていく気分というか、そういう過程を味わってたんだと思うんです。

それともうひとつ、西欧的な意味での都市というもののイメージも、パリにいてわかってきた。この話はよくするんですが、パリにいると、フランス人が、私に道を聞くんです。オートルートから車でパリの中へ入ってきた田舎の人が、わざわざ私をつかまえて、サンジェルマン・デ・プレはどっちだなんて聞く。いったいどうしてなんだとフランス人にたずねると、道を聞く相手がフランス人だと、そいつもおのぼりさんである可能性があるけれども、髪の色の違うやつは絶対パリジャンに決まっているから、それでお前をつかまえるんだろうというんですね。

沢木　なるほど、面白い話だね。

山口　パリというのはそういう国際都市ですよね。またそこは、西欧近代がそのまま風景になったような街でもある。自由、平等、博愛なんて文字が、今でも大建築の破風《はふ》に掲げてあったりして。

しかし連中は、ちょうどその時代にべつの都市も作ってるんです。植民地香港が成立するのは一八四二年ですが、前後してフランスはベトナムに上陸してハノイをプチパリにしちゃう。あるいは上海ができて大連ができる。光と影というか、その裏側の部分はどうなっているのかということが、パリにいると気になってきたんでしょうね。それで香港なんだと思います。理念的に香港が好きになったといいますかね。

沢木　ずいぶん意外ですね。もっといいかげんな理由かと思ったら（笑）、そうじゃない。

山口　ま、これは半分あとから考えた理屈なんですけどね（笑）。実際のきっかけはちがうんです。ほら、夕刊紙なんかによく「この人」みたいな欄があるでしょ。パリから帰ってしばらくはそういう仕事をしてて、アイドルの女の子に、お風呂に入るときにはどこから洗うんですかみたいなことを質問していたわけですよ。それでたまたまアグネス・チャンと話をした。彼女に会って、香港人はなかなかすごいんじゃないかと思ったんです。当時、アグネスは来日して三年目ぐらい。十八、九ですかね。一人で出稼ぎにきてよくやるよな、と思った。日本のアイドルで十六で外国に出稼ぎに行く子なんていませんからね。これは大変なことではないかと思いまして、こりゃ、行ってみなくちゃ、という気になった。まあ、アグネス・チャンに感化されて香港に行くというのも情けない話だと思いますが（笑）。

それから、べつにヨイショするわけじゃないけど、沢木耕太郎というひとが書いた香港紀行も読みましたよ。『深夜特急』の原型になった文章だと思うんですが、あれで街歩きのイメージが固まった。発表誌は、たしか「月刊プレイボーイ」でしたよね。

沢木　そうです。旅から帰ってきて一年か二年後ぐらいだったと思う。

山口　その頃、香港についてのまともな紀行なんて一つもなかったですね。沢木さんが書いたのを読むまで、きっと私のなかには、香港の「絵」がなかったんじゃないかな。

　当時の香港というのは、団体旅行のおじさんおばさんならいざしらず、いい若いもんが旅という字を胸に出かけるところではなかった。だから、活字の世界ではまったく等閑視されていて、紀行とかそういうものの対象ではなかったんですね。

沢木　たしかに、〝香港を旅する〟という感じの文章はあまりなかったように思いますね。

　で、アグネス・チャンに触発された山口さんは具体的にはどうしたんですか？

山口　とにかく出発したわけです。七六年のクリスマスの日でしたか。横浜からソ連の船で。香港は初めてだったけど、頭の中にはいちおう地図が入っていましたからね。九龍のオーシャン・ターミナルから上陸して、頭の中の地図に従って歩いて行ったら、ネイザン・ロードに出た。

沢木　もうネイザン・ロードが頭に入っているというのはすごいよね。

山口　そうですか？　だって何度も何度も市街図をひっくり返してたんだから（笑）。

沢木　昔、高田保が行ったこともないパリを隅から隅まで知っていたとかという、それに近いじゃないの。

山口　常盤新平さんも、ずいぶん長いこと、ニューヨークに行ったことのないニューヨーク通だったんでしょ。

沢木　僕はまったく逆で、どこへ行くにも地図を持っていかないし、ガイドブックの類《たぐ》いもほとんど読まない。空港でも駅でも、到着したら街の中央にはどう行ったらいいのかを誰かに聞いて、そこに行く。そうすると何か起きるじゃないですか。その〝何か〟に導かれるようにして泊まるところが決まってくる。そうすれば、あとは歩くこととバスに乗ることでだいたいの街の感じをつかむことはできるし、自由に動いていくことが可能になる。旅先ではいつもそれを繰り返してきたから、事前に地図が頭に入っているということはまったくなかった。

山口　私は地図だけ頭に入れて、もう行かなくていいやと思ったところがいくつかあるけど（笑）。

沢木　僕はそういうやり方だから、一人じゃないとだめなんですね。一人だから自由に動いていくうちに頭にだんだん地図ができていく。だけど誰かと一緒に行っちゃうと、向こうは地図やガイドブックなんか用意してその街のことをいろいろ知っているわけだから、どうしてもそっちに引きずられてしまう。そうすると僕固有の地図が全然頭に入らない。もちろん、ガイドブックに出ているような観光スポットとやらに連れていかれるのも悪いことじゃない。一人だったら多分こういうところに来なかったろうな、来られなかったろうなと思うところが当然ありますからね。でも、自分の頭の中の地図が虫食いになってしまうというか、点だけしか残らないのが落ち着かなくてね。それに、本当に不思議なことなんだけど、たとえば一人旅だった『深夜特急』のときは一年余りの旅で三冊分も書くことがあったわけですよね。ところが、友達と一緒だとあまり書くことがなくなってしまう。以前、友人たちと一カ月ほどスペインを回ったことがあったんだけど、そのときの経験は、一行だね。「面白かったな」と。ただそれだけ。

山口　そういうもんなんですね。その感じ、よくわかりますよ。

早すぎず、遅すぎず

沢木　二人がはじめて外国に行ったのは、たまたま同じ二十六歳だったんだけど、自分を正当化するために（笑）、やはり二十六、七ぐらいがいいのではないか、余り早く外国に行く必要はないのではないかと言い切ってしまいたいように思うんだけど。

山口　私もまったく同意見です。

沢木　ちょっと遅目ぐらいのほうがいいよね。いろいろなことがあった後で。

山口　そうなんです。今の若者の実感はわからないけれども、二十六ぐらいというのは、最後の自由のぎりぎりのいい見当なんだと思う。

沢木　その年齢だと、若干の世間知とか判断力がついていて、いろいろなことに対するリアクションもできる。たとえば十八、九ぐらいで、わけもわからないままアメリカに行ったりすれば、旅だけじゃなく、異性のことだとか、ドラッグだとか、いろいろなものを一度にやらなければいけないでしょう。だけど二十六というのは結構それなりに順序を経ているんだよね。大学を出て、何がつまらないかを知ったとか、それから女の子のことでも苦労もちょっとはしてみた。そういうプロセスは必要だと思う。十七、八で行くとそれらを全部一緒にやらなければいけない。大変だよね。

山口　『深夜特急』を今回読み返してみて、やはり若過ぎてはいけないな、と感じたのは、たとえば「黄金宮殿」の中の曖昧宿での身の処し方ですね。それから、マカオもね。あれはティーンエージャーじゃまずい。二十六ぐらいだったら、のめり込む部分もあるし、同時にそれを見返す何かもある。十代で黄金宮殿に行ったら萎縮しちゃうと思いますよ。あのお姐《ねえ》さんと初体験はキツすぎる（笑）。突破すべきことが多すぎてしぼれない。

沢木　ドサッとやらなければいけないみたいな、ね。

山口　それに、二十六ぐらいだと、オレもけっこう食っていけるなという手ごたえも少しは感じているわけだから、学生が無銭旅行するのとは違いますよね。

沢木　そうですね。それはそうとう大きいことかもしれないね。だから、異国で余り若い子たちを見ると痛々しい感じがするときがある。

山口　余りにイノセントだったり、あるいは変に図太かったりね。

沢木　そう。すべてのことが一時に彼の中に押し寄せてくるもんだから、選別できないまま反応しちゃうんだろうね。

山口　ある種いっしょうけんめいなんだけど、その分モノが見えていない。

沢木　旅の途中で、二十六、七ぐらいのアメリカのやつとよく遭遇したけど、そういう連中の中には、アメリカに帰ったら大学に入り直して、また企業に勤めるつもりだというのがいたな。ほら、ハリウッドの映画スターの中にも、モロッコあたりを放浪してから俳優学校に入って成功したというようなのがいくらもいるでしょ……。

山口　昔で言うドロップ・インというやつですね。

沢木　それが日本では出にくい。この前、平山郁夫さんとその話をしていたときに、日本でもそうならなければ嘘ですねとおっしゃるから、手始めにそういう連中を芸大で受け入れてくれますかと尋ねたんですよ。なにしろ彼は芸大の学長先生ですからね。でも、最後は「やはり、それは難しいかな」ということになってしまったんだけど、本当はそういう大学があってもいいんだよね。

山口　いいですよね。帰国子女の特別枠なんてのはあるけれど、あれはお国のために「外地」で苦労した一家の子女に与えられるものだから。

沢木　今でも、社会に出ていった人が四十、五十になってもう一度大学に入り直すというのはあるし、もちろんそれはそれで素晴らしいことだと思うけど、二十五、六歳とか三十いくつといったレベルの人が一度外に出ていって、もう一度戻れるというのがあるとありがたいよね。

山口　それにはいろいろな制度を根底から崩していかないと。

沢木　徐々に崩れかけているような気もするけれども、まだまだそうはいかないか。

山口　一旦《いったん》ドロップ・アウトするとまたうまくドロップ・インする回路が日本にはない。結局フリーライターをやるくらいしかないでしょう。副業にテレビに出るくらいが選択の幅で、もう一回銀行員になったりすることはできないわけですよね。

沢木　そうだね。戻ってきてライターになるとかプロダクションに入るとか、それぐらいのルートはあるけれども、銀行員になるとか役人になるとかいう回路はない。それがあると面白いのにね。

山口　銀行員や役人のなかに、それを面白いと思うひとがいるかどうか。

沢木　小学生みたいな小さな子供たちに、年がら年じゅう外国の話をしている先生がいたらいいよね。

山口　生徒には印象の強い先生になるでしょうね。

沢木　また二十六歳の話に戻るけれど、二十五、六ぐらいで行ったらいいなと思うのは、いろいろな人に会ったり、トラブルに見舞われたりするたびに、自分の背丈がわかるからなんですよね。

山口　わかりますね。わかるからこわくなる。

沢木　日本の国内にいるときにはなかなか自分の背丈は測れないものだけど、外国にいると怖いくらいに測れてしまいますよね。

山口　そうですね。日本文化には、共同体への参加の仕方、出方、そういうところで過保護なところがありますからね。背丈を測らないですむようなシステムにとりかこまれている。

沢木　異なる国の人や文化と対応する訓練という点で、日本人には経験が乏しいんだろうな。

山口　乏しいんですね。しかし、明治以降で考えてみると、少なくともアジア地域では、日本ぐらい国民が外国体験をしている国というのはないんですね。全部兵士としてですけども。日清、日露、シベリア出兵になる頃には、すでにどんな村にも外国を見た人がいたんじゃないですか。

沢木　当時、東南アジア圏に出ていった農村の兵士というのは、そこを異なる国というふうには余り理解していないところがあるじゃないですか。これから自分たちが行くのは歴史も価値観もだいぶ違っているところなんだという意識はなくて、日本をずぶずぶと延長しただけのもので納得理解していってしまう。向こうの人を「土民」と片付けてしまってね。だから何をしても許される、という発想につながっていくわけだけれども。

山口　国の境がグラデーションになっちゃうんですね。「南方」とか「南洋」、「大陸」なんていう言い方はその意味で象徴的かもしれない。

沢木　異国、あるいは異国の人との対応の仕方というのを、彼ら、というか、僕らの父親の世代はレッスンしてこなかったんだと思うな。

山口　してこなかったんでしょうね。日中戦争のときなんて五年も六年も向こうにいて転戦していたひともいるでしょ。あの人たちは一体何だったのか。何をしていたのか。向こうが生きてるうちに、ちゃんと聞いとかなくちゃいけないな（笑）。

まあ、特殊な例かもしれないけど、同じ帝国主義、植民地主義の手先でも、西欧から日本に来た人たちを見ると、たとえばアーネスト・サトウなんか、ちがいますね。ああいう一群の人たちは、既にその国の利益代表ではなくて、日本の文化と真っ向から向きあう、一種の文化冒険者ですよね。

沢木　日本人で、その土地に深く根差して、その土地の文化を理解して、しかもその土地の人たちに尊敬されるみたいなところまでいった知識人というのはほとんどいないでしょう。皆無に近いのじゃないかな。

山口　そうですね。あまり聞かないですね。

どこから始めるか

沢木　山口さんには、将来、長期にわたってどこかを歩いてみようとか、また香港のようにどこか一点にとどまって眺めてみようとかというプランはないんですか？

山口　ハワイとか、そういう普通の観光客が行くような〝つまらない〟ところにじっくりいてみたいなという感じはずっとあります。沢木さんはハワイに行ったことありますか。

沢木　もう何度も行っています。世の中で一番好きなところのひとつと言っていいですね。

山口　そんなことを言うと、沢木ファンががっかりしますよ（笑）。でもたしかにハワイはいい。私も、取材で一回、トランジットで一回ぐらいの体験しかないんですが、これはいいなと思いました。「ハワイの旅、あたりまえの旅」というのをどっかで書かせてくれないかな（笑）。

沢木　いいなあ。ハワイについては、最近、マウイ島とかカウアイ島だとかの高級リゾートホテルに滞在してマリンスポーツを楽しむ、といった記事を目にすることが多いけど、僕もこの類《たぐ》いの旅には全然興味がない。オアフ島もワイキキ、この周辺だけでいい。

ワイキキのアラワイ運河のほとりにアパートを借りて、朝起きて近所のレストランに行ってパンケーキなんか食べて、次にハワイ大学の図書館に行く。そして風に吹かれながら昼寝をしたり、英語の本をちょっとパラパラ見たり、自分で持っていった本を読んだりする。十二時になると学生食堂で学生にまじって昼食を食べる。また一、二時間、図書館で本を読んで、それからアラモアナのショッピングセンターにバスに乗って行く。公園の前の海岸で一泳ぎして、帰りにスーパー・マーケットで肉とか野菜を少し買ってアパートに戻ると、すぐに夕食の下ごしらえに取り掛かる。それを済ましておいてから、おもむろにジョギングに出かけ、帰ってくるとビールなど飲みながら調理をして、秋から冬にかけてならアメリカン・フットボール、春から夏にかけてなら野球をテレビで見つつそれを食べる。そして夜十時頃に近所の飲み屋で一杯飲んできて寝る。理想の一日だね。

山口　私だと、まずバスに乗って、あのすさんだチャイナタウンへ行く。中国語の新聞を眺めながら、ちょっと飲茶《ヤムチャ》もする。それからアラモアナのショッピングセンターの隣の体育館みたいな大食堂に出かけて、「コリアンBBQ《バーベキュー》」のちょっと情けないカルビ定食を食べる（笑）。カルビを飯の上にのっけただけみたいなやつね。

沢木　あるある。そうか、そこが山口さんと僕の違うところなんだ（笑）。でも、山口さんのほうが妙な固定観念がないだけ軽やかで自然に見えますね。

山口　ああ、ハワイはいい。

沢木　ハワイというのは日本人にとって最も抵抗感の少ない〝外国〟なんです。あんなに抵抗感の少ないところは、まず世界にないんじゃないですか。

山口　そうですね。それは私の乏しい体験からも感じますね。

沢木　同じ海辺のリゾート地でも、マイアミみたいなところだとやはりアメリカの本土が持っている威圧感があるけれども、ハワイは風土にも人間にも威圧感がありませんよね。言葉が通じる通じないは別にして、日本人にとって最も抵抗感のない異国なのはそのせいじゃないかな。香港は威圧感があるというわけではないけれども、人間の数の絶対的な多さみたいなものがあって、通過するときに擦《こす》れるような抵抗感を覚えるような気がする。

山口　香港は力が要りますね。エネルギーが要る。私も取材みたいな仕事で行くときは、つらいことがよくあります。出発の朝まで原稿やってたりして寝てないから、這《は》うようにして通関する。空港の表に出た途端に熱い湿った風が吹きつけてくる。そのときに、よしっ！　と気合を入れないとだめなんですよ。

沢木　街にあらがうという面白さはあるけどね。

山口　そう。でもハワイは違う。

沢木　同じような熱い風があっても全然違うね。ゴム草履と短パンとTシャツだけで暮らせるという気楽さもあるのかな。

山口　それと、ハワイは一面で日本の近代百年と並走してますからね。日本からの移民がたくさんいて、カウアイ島なんて今でも日系人のほうが多いわけですよ。ゴルファーのデヴィッド・イシイというひとにインタヴューしたことがあるんです。彼はカウアイ島出身ですけど、小さいときから日本人のコミュニティーしか知らなくて、どうしてテレビには白人が出ているのかわからなかったと言ってましたね。

沢木　その空気が観光客の日本人にも感じられる……。

山口　日本人にとってハワイというのは親和力の強いところだと思いますね。

沢木　僕は、一番最初に行ったのは韓国で、次がハワイ。そしてそれからしばらくして香港を振り出しに長い旅に出た。もし、『深夜特急』の旅に多少でもうまくいった点があったとすれば、まず韓国やハワイや香港といった近いところで旅に関するレッスンをしてもらってから、インドや中近東に入っていけたということかもしれませんね。

山口　まあ、パッケージツアーで往復してるだけじゃ心もとないけど、本来、香港とかハワイとか、そういうところから旅のレッスンを始めるのは、非常にいいことなんです。はじめはまず文化的に近いところから行く、というのもひとつの考え方でしょう。はなからヨーロッパなんかに行ってしまうと文化的な距離が大き過ぎる。よく冗談であるじゃないですか。パッケージツアーでパリに行った女の子がホテルに帰ってきて言うんです。ビックリしちゃった、きょう外人に話しかけられちゃった（笑）。こういう環境だと、周りが外人なんじゃなくて、自分が外人だということに気づくのさえなかなか難しい。これじゃだめなんで、同じ顔したひとのいる外国のほうが、文化のちがいがきわだつからいいんです。

ヨーロッパの連中にとっては、同じ顔をしたやつが外国人なんですね。たとえばベルギーへ行くと、見た目には誰がフラマン人で誰がワロン人なのか全然わからないまま、お互いに敵対しているわけでしょう。自分も間違えられるし、自分も相手のことがわからない。しかし、だからこそそこにコミュニケーションが生まれ、文化的な摩擦を通して、お互いの出自の違いへの理解も生まれる。これが私に言わせると外国体験なんだよね。

沢木　なるほど、そこから始まるんですね。そういう外国体験を得るためには香港とかハワイがいい、ということになる。

山口　そう。みんなが五万円、六万円程度の費用で行っているところね。あれは非常に正しい選択なんだけれども、その選択を生かせていない。本当にそう思いますよ。買い物するだけが香港じゃないんだから。

以前に書いたことがあるけれど、香港の警察の前で警察官募集の看板を見ていると、いきなり勧誘係から袖を引っ張られたことがあります。「私は日本人なんですけど」と言ったら、「香港人になっていないのか、それじゃだめだな。なれよ。なれば警察に入れるから」と言うんです。顔では見分けのつかない異文化のなかで、間違えられるという体験にはなかなか快感があります。

沢木　皆がみな警察にリクルートされなくったっていいけど（笑）、そういうところから入っていく外国というのは面白いね。

山口　とっても面白いんですよ。そういうところを旅のレッスンの第一課でやるといい。

沢木　またぐるっと一回りして年齢の問題に出てくるのだけれども、確かにそういう面白がり方は、余り若くてはできないかもしれないね。

山口　二十六が適齢期。上でも下でもいけない。

沢木　今日は二人で二十六歳適齢期説を自己正当化した（笑）。

終わりなき旅の途上で

今福　龍太
沢木耕太郎

いまふく　りゅうた

一九五五年、東京都生まれ。東京外国語大学大学院教授。

今福さんは美しい文章を書く学者である。と書くと、落ち着かない気分になる。今福さんは、文化人類学の学者というより、移動しながら考える文章家という印象の人なのだ。

初めて今福さんの『荒野のロマネスク』を読んだときは驚いた。今福さんが文化人類学という学問に対して抱いている問題意識が、私のノンフィクションというジャンルに対して抱いている疑念とよく似ているような気がしたからである。その親近感が、「中央公論」編集部から今福さんとの対談の依頼があったとき、私が喜んで引き受けた理由でもあった。

会うまでは果して話が嚙み合うものかどうか不安だったが、実際に始まってみると対話する楽しみを最後まで味わいつづけることができた。恐らく、今福さんが私の理解できるレヴェルまで降りてきてくれたせいなのだろう。「中央公論」に『移り住む魂たち』を連載中だった今福さんは、対談が終わるとすぐに、舞台となっているアメリカに「移動」していった。

この対談が掲載されたのは九三年の二月号である。（沢木）

サムシング・ハプンズの世界へ

沢木　僕は今福さんのこれまでの軌跡が面白そうだなあ、と思ってね、今日はその話をうかがいたくて来たんです。

今福さんの著書は『クレオール主義』『荒野のロマネスク』の二冊しか読んでないのですが、これはどちらもある地点に行ってしまった後の話がほとんどで、その手前のことが全然書かれていない。僕としては、その手前の部分を知ってみたいという気がしましてね。

たとえば僕の『深夜特急』という本は、デリーからロンドンまでバスで行くというある仮の目的を設定して、そこから逸脱したり、右往左往しながらも一応帰還して、というふうに単純にある地点からある地点まで移動していった記録のようなものなんですね。今福さんの場合、この地点からあちらの地点へ行かなければならなかった、あるいは行こうと思った契機は何だったんでしょう。

今福　僕は、世界には二種類の場所があるという気がするんです。沢木さんも似たようなことを書かれていたと思うんですが、つまり、放っておいても物事が起こってしまう場所と、自分のほうからアクションをしかけないと物事がなかなか起きないという場所。どうもその二種類の場所があるような気がする。

日本やアメリカは後者に属するでしょう。日常生活の形がすでに成立していて、抵抗なく、決まりきったルーティーンをこなしていくことが可能な社会。それこそ毎日あちこちで予定外のハプニングが起きたら、近代的な都市機能は麻痺《まひ》してしまいますしね。

しかし、沢木さんが旅した東南アジアや西アジア、あるいは僕が比較的よく知っている中南米といった地域は、こちらからアクションを起こす前に、すでに周りで無数の物事が起きてしまっている——英語で言えば、サムシング・ハプンズという場所。そこは自分から何かを仕掛けるメイク・サムシング・ハプンの場所とは違う。この二つは場所の属性としてはっきりあるんじゃないかと思います。

我々は、日本という絶対逃れられない起点を持ち、そこからサムシング・ハプンズの世界のほうへ入っていく。境界を越えて違う種類の世界へ自分が踏み込んでいく、そのときに僕は旅というものを自覚します。だからロサンゼルスやニューヨークへ行っても、そこは言わば同じ世界だから、旅するという感覚は希薄ですよね。

沢木　でも、どうなんだろう。何かが勝手に起きてしまうという地点に行く前、たとえば東京という起点にいたときに、自らそういう場所を望んで行ったのか、あるいは行ってみたら結果としてそうだったのか——今福さんの場合はどうなんですか。

今福　その辺が旅の思想、と言うとちょっと大げさだけれど、パラダイムの変化と関わっているんでしょうね。つまり旅に出る動機みたいなことでしょう。沢木さんは旅に出る動機、もしくは旅を終える動機……。

沢木　あるいは旅を続ける動機かな。

今福　そういうものに非常にこだわりを持って考えておられますね。たぶん僕自身の精神構造の中では、いわゆる動機づけの部分は希薄なんだろうと思うんです。

沢木　関心がないということなのかな。

今福　たぶん、そうなんでしょうね。今日では物理的な移動というのは誰にでもできてしまう。だから、どこかへ出かける時も、非常に明確な動機づけや理由づけをする必要がなくなってきてしまっている、と思うんです。

〈越境者〉との接点

沢木　今福さんが『クレオール主義』の中で書いている、定住と移動という概念を単純に対にして扱わないという考え方には賛成で、僕もその二つは対概念ではないと思います。旅に関して言えば、旅の属性とは二つしかない。つまり、留《とど》まるか、通り過ぎるか。たとえば、今福さんがある場所に三カ月ほど住んだ経験について、それは旅行者が恣《し》意《い》的に滞在することとはちょっと違うだろう、というニュアンスで書かれた箇所がありましたね。しかし、それはやはり住むということではないと思う。「住む」という概念に対応するのは「出る」という概念ですからね。

僕が今こだわっている点は、今福さんは住んでいた東京からいったんは出たわけですね。出た後はたぶん、通り過ぎたり留まったり、また離れていったりと、東京はもう住んでいる場所じゃなくなっているだろう。いったん留まった場所から動いていくのは「出る」という概念じゃなくて、離れていくか、あるいは移るかのどちらかですよね。その場所に思いが深ければ「離れていく」ということになるだろうし、ほかの場所と等価であれば単に違う場所へ「移る」んだろうと思うんです。そういう意味で、今福さんは東京を離れてまた戻ってきて、留まって、また移っていく、という中で心理的な変遷《へんせん》を遂げていったのではないか。とすれば、最初の地点、つまり東京から出ていくという体験は、それほどバカにしたものではないということになる（笑）。

今福　その意味で言えば、僕は最終的には出ていない人間だと思う。どうやったら出られるか、ということは常に考えているんですけどね。古い言い方をすれば、国を捨てて永遠の放浪の旅に出よう、という出方もあるでしょう。しかし、出方はもちろんそれだけじゃない。僕が今、意識的に接触しようとしているのは、自分が帰属している場所なり土地からほんとうに「出た」人間たちなんですね。

沢木　僕もその点に一番関心があったんですが、たとえば越境するということ。今福さんは越境者たちをどういう関心をもって捉えているんですか。

今福　移民や亡命者というのは、本質的な意味で「出てしまった」人間で、どこかに辿り着きながらもそこを完全な安住の地としているわけではない。「出た」ということにおいて世界を生きている人間たちですね。僕などは一時的に自分の国を離れているだけで、将来のある時点で戻ってくることはだいたい決まっている。「出ていない」僕が「出た」人間たちと接触したり、彼らについて考察する中で思ったのは、もしかしたら現代の人間は知らないうちにどこかへ「出てしまっている」のではないか、実は今の世界はそういう人間の生存の仕方になりつつあるんじゃないか、ということなんです。

　だとすれば、明確に「出てしまっている」人間たちと、自分も意識の上でのある種の連帯が可能なんじゃないか。別の意味で自分もある地点からすでに出立している人間である、と考えることもできるわけです。

沢木　今福さんが「中央公論」に連載中の「移り住む魂たち」を読んでも、混ざり合っている人間たちとか、越えていっちゃう人間に対して強い関心を持っていることがわかります。ところが、僕も旅の中でいくつもの国境を越えてきたけれど、ただ通過するだけだったんですね。本質的にどこかへ向かって越えていくという感覚ではない。

だから、本質的に「出てしまった」人間たちと今福さんはどういう対応ができるのかな、と思うんです。あるいは逆に、彼らから今福さんはどう見えるのか。それは、文化人類学者がたとえばフィールドワークでインディオと接触するときにインディオにはどう映っているのか、といった単純な話ではなくて、今福さんの場合はそこに一種の擬制を自覚しながら、なおかつ彼らと接触していこうと意志していらっしゃる——その構図の二重性みたいなものが面白いなあと思ったんです。

人類学的アプローチの破綻

今福　人類学という学問のこれまでの方法論としては、異文化、つまり自分の文化とは違う規則性が共有されている世界へ入っていって、自分が言わば無色透明な存在となってその世界を観察する、というのが一般的だったわけです。見えるものを綿密に観察し、その社会の全体的見取り図を客観的にテクスト化していく、といった方法ですね。
ところが、ここ十年ぐらいの間に、そういうナイーヴな形で異文化に接するのは文化人類学ではほとんど不可能になってきている。たとえば昔、マリノフスキーがトロブリアンド諸島に住んで調査したときにあったような、非常に鮮明な形での二つの世界の対《たい》峙《じ》とか、相互にまったく影響を持たない二つの世界のコントラスト、その間をまさに文字が乗り越えていくという体験は、現在ではすでにほとんど不可能なわけです。
　ところが現在の文化人類学の主流は、そういう境界がいまだに存在していて、相手の世界を鏡にして自分の世界を観ることができるとする。それを否定すると文化人類学という学問分野そのものが成立しない、ということもあるんですけどね。でも、観察者としての作業がいまだ可能だと相変わらず固執している部分がある。僕にはそれがもはや不可能だという予感があり、むしろそういうマニュアルが崩れ去っていくプロセスを見てみたいという思いがありました。だから最初にメキシコへ行ったときも、マニュアルどおりの調査などは途中からまったく放棄した。『荒野のロマネスク』はそのプロセスを書いたんです。

沢木　僕はノンフィクションというジャンルで取材をして書くのを職業としているわけですが、その作業は文化人類学者のフィールドワークとどこかで似ていなくもない。いずれもその中核にあるのは聞き取り、インタヴューですね。しかしインタヴューというのはどこまで信用できるのか、という問題がある。
『荒野のロマネスク』でも、語られる言葉の意味と、叙述される言葉の乖離《かいり》についての思考が繰り返されている。で、今福さんは結局、あるものを別のものに移しかえることの絶対的な不可能性に到達する。そこで「直覚」という言葉も出てきますね。これは直観と解釈してもいいのかな。

僕がひとりの人間を書く場合、できる作業は二つしかない。一つは当人に尋ねて直接言葉をもらうこと。もう一つは外部の資料、それは書かれたものであれ他人が話したものであれ、そうした材料を手に入れていくという作業です。でも相手の言葉というのはどこまで信じられるものなのか、その言葉を自分は文章とやらに移しかえることができるのか、という本質的な疑問がある。大げさに言ってしまえば、この十数年間それをずっと考え続けてきた。

それは結局は移しかえられないもので、人は本当のことはしゃべってくれないものだ、という結論に達したとする。にもかかわらずやり続けているのは何か。それは、自分に甘く格好良く言ってしまえばある種の強い断念であり、もっと単純に言ってしまえば開き直りで、嘘を書くということでしかないと、自分を折り合わせていく。

そこで質問なんですが、人類学や民族学が学問として成立し得るとして、その嘘に気がついたとしても、なお学問としてやっていけるのですか？

今福　それはたぶん、今一番自覚的な人類学者たちが疑問に思っている点ですね。現にこのところ、人類学者たちがある種フィクショナルなものを書き始めているんです。

フィクションでもノンフィクションでも取材してから書くケースがありますが、見かけ上はそれらの作品とほとんど区別がつかないようなテクストが人類学の世界でも出てきています。これまで科学が対象としてきた客観性や真実性と、小説が提示するリアリティーとの間にはある種の断絶があった。もちろんフィクションとしての真実というのはあるわけですけど。しかし客観的なデータというもの自体も、結局はフィクショナルなイデオロギーだったんじゃないか、という批判や反省が人類学の間から出てきているんです。

それを突きつめていくと、ノンフィクション・ライターや小説家が事実情報をベーシックな素材として扱うのと同じように、人類学者も基礎データを扱っていくことになるでしょう。今、すでに文化人類学者の小説家化が起こりつつあるんですね。

沢木　ただ僕の意識から言うと、ノンフィクション・ライターと小説家とは画然と違う。そこがすごく大きな問題でね。文化人類学者の叙述するものがフィクショナルなものへ移行しつつあるというお話でしたが、実はそれと同じ形態の移行がノンフィクション・ライターと小説家、あるいはノンフィクションとフィクションの間にあるかもしれない。

人類学も同じだと思うけど、細部というフラグメントを構築していくと全体が見える、という考え方に対するある種の違和感、それ本当？　という単純な疑問がある。いくら細部を構築しても全体は見えない。そもそも全体というのはあるか、という問題も当然ありますが。でも、それこそピンをひと突きすれば人間が死んでしまうような一点、宇宙のヘソのようなものがあるかもしれない、という幻想は常にある。書きたいという願望はその辺にあるだろうと思うんですね。だから、人類学者も当然、フィクショナルな形であれ、たとえば宇宙の法則の根幹に関わるようなものを鷲《わし》づかみにしてみたい、という願望はあると思う。

今福　まさにそうです。ノンフィクション、人類学、小説とこれまでジャンル分けされてきたライティングの世界で今、同じようなプロセスが起きていると思うんです。リアリティーとか、データの扱いとか、あるいは人間の主体性に対する疑問、言葉の上での交信の努力の問題などですね。

取材者と被取材者の目線

沢木　『荒野のロマネスク』の最後に、ル・クレジオについて書いていらっしゃいますね。あの部分は示唆的で面白かった。

ル・クレジオとおぼしき白人の男がタラスコ高地に現われ、並みの民族学者や人類学者たちと違ってあれこれ質問したりせず、ただひとこと古老に言う。自分を見かけても気に留めないでほしい、と。あとはいつも村の周辺をぶらぶらと歩き、時折り短く美しい言葉を発する。彼のほうから近づいてくることはなかったけれど、逆に彼の存在はタラスコ族の人々に強く意識されるようになる。今福さんは、古老の言葉として、《ほかの白人とは違うどこか謎めいた行動。そしてあの透明な、神々を思わせる言葉。こうして彼は、私たちの心の中にいつ頃からか、つつましく住みはじめるようになったのでした》という具合に書き留めていらっしゃる。

もしこれが本当にル・クレジオのスタイルだったとしたら、彼は他者と理想的な形で関わったような気がするんですね。ただ、ル・クレジオの場合、あのような存在の仕方で、他者の中核となるようなものを手に入れることができたんだろうか、あるいは手に入れること自体はもう断念して、自分がそこの中に反映したものを見ていけばいいと考えたのだろうか、それが気にならないことはないんです。

今福　ル・クレジオには彼自身のパナマとメキシコのインディオとの関わりについて書いた『悪魔祓《ばら》い』（岩波文庫）という著書がありますよね。彼は自分の身体《からだ》をフィルターとして見たインディオ世界を、それこそ直覚的な感情の揺れを含めて見事に提示している。自分自身の中にあるインディオ性の発見についても言及しています。

ところが彼に会って話をしたとき、あの作品は自分にとっては完全な失敗作で、あまり思い出したくないと言う。そのとき、彼のやっていた仕事はインディオの神話の翻訳で、以前とは違う形でインディオとの接触の仕方を考えていて、スタンスがもう明らかに違うわけです。

人類学者の古典的パターンで言うと、かつてはたとえば南米のジャングルへ入って、インディオと接触して博士論文を書こうとした人もいた。長くいれば当然、その社会の一番奥深い精神的な核心にどんどん近づいていく。稀ですが、中には現地の人間と結婚して、秘儀社会の内部へ参入していく者もいる。さらに人類学者としてそれまで記録したいっさいの資料を捨てて、その社会のメンバーになることもある。この場合、捨てることによって別の形で何かを手に入れているんだと思いますけどね。

だから先ほど沢木さんがおっしゃった「中核となるものを手に入れられるのか」という点に関して言うと、人類学的な経験の中では、手に入れる方法というのは究極的にはその二つしかない。自分がその社会のメンバーになってしまうことで入手するか、あるいは最終的に身を引き離して自分の言語で何かを提示し、それによって手に入れるのか。ちょっと大げさに言えば、世界というのはある種の文化的・言語的な充満性の中でしか入手できないと思うんです。

沢木　文化人類学もそうですが、取材者と被取材者がいるとすると、取材者はいったん被取材者のテリトリーに入って、そして出てくる。あちらの圏内で手に入れたものを、こちら側の世界に開示するでしょう。その往復が言わば作品になるわけですね。

今福さんの本の最後に、ル・クレジオを見ている一人の老人の印象が語られていますね。それはすごく重要だと思ったんです。つまり、文化人類学やノンフィクションを相対化する一つの方法として、取材者・被取材者の両方の目線を二つ併置することで、ある意味で何かに近づくという感じがするんです。

今福　ル・クレジオ、老人、そしてそれを書いている僕、という三つの目と声、それを交錯状態に置いてみたいという思いはあったんです。

沢木　たとえばある人類学者がどこかの社会へ入っていって何かを書いたとする、その一方で被取材者は彼をどのように位置づけて見ていたか、その視線を獲得できれば広がりのあるものになるだろう。そういう方法論はあり得ないんでしょうか。

今福　それが実はあるんです。まだ稀なケースなんですが、ニューギニアのカルリ族をもう十五年ぐらい調査しているスティーヴン・フェルドという人がいます。アメリカ人類学界のスターの一人ですけどね。日本では『鳥になった少年』という本が出版されていますが、これはカルリ族の音の世界を徹底してエスノグラフィックに記述・分析したものです。彼自身、トロンボーンでフリージャズを吹いたりもする面白い人で、彼の著書の献辞には「セロニアス・モンクに捧げる」と書いてあるほどです（笑）。その本は面白いけれど、記述のスタイルという点から言えばそれほど冒険的なものではない。しかし本を書いた後、彼はまたカルリ族のところへ戻って、今度はカルリ語で本の内容を説明するんです。カルリ族はそこで当然、批判をする。お前の言っていることは違うと。何がどう違うのか、フェルドはそれを徹底的に調べた上で、『鳥になった少年』を書きかえようとしているんです。

沢木　おそらく解体されるわけですね。

今福　そうです。『鳥になった少年』という本はプロセスとしての枠組みでしかなく、ひょっとしたら彼は一生そういう対話を続けていって、十年おきぐらいに次々に違うバージョンを出していこうという考えがあるのかもしれない。

沢木　それは進化ではなく、変化と考えていいんですよね。たとえば十回目の変化も、それはそれで過程が全部含まれていて面白いと思う。

今福　これは書かれたものの持っている最終性の問題だと思うんです。本という生産物としては、一応完結した世界に収まってしまいますが、それも中途のプロダクトでしかない、という考え方もとり得るわけですね。

言葉による〈理解〉の限界性

沢木　しかし、フェルドがいくらカルリ語を習得しても限界があるかもしれない。異国の言葉を操って何かを尋ね、答えを得るという作業の問題ですが、たとえば僕も外国の人と深い話をするときには通訳を交えて話すことがある。しかし、そこで得た答えはどういうレベルの言葉なんだろう、という気がする。

インタヴューで得られる答えには、当人が知っていることをしゃべってくれる言葉と、当人が意識していない言葉の二つの相がある。たとえば僕が今福さんに日本語でインタヴューする場合は、その二つの相を知覚できる。当人が知らないことまで引き出す言葉を自分が操れる自信がある、ということですね。インタヴューという不思議な形態を通して出てきた言葉、というのを識別できる。しかし外国語を操りながら、言葉の二つの相を知覚するというのは絶望的なまでの言語能力を必要とするのではないか、と思うんですよね。

もちろん文化人類学者の中には言語能力の点で天才的な人もいっぱいいるでしょう。しかしそれでもやはり彼らが知っていることしか聞き出せないんじゃないか。被取材者自身が意識していないことまで引き出せる能力、ないしはそれを知覚できる能力はあるのか、僕には疑問なんです。学問としてはそのレベルでかまわない、という言い方もあるかもしれない。しかし仮に原始的生活をしている人たちにも、本人が知覚していない言葉のレベルも当然あるだろうと思うんですね。

今福　基本的に言えば、無意識の部分をロジカルな世界へ引きずり出すというのは、精神分析的な作業だと思います。インタヴューという手法は西洋の稠密《ちようみつ》なロジカル世界、言語世界の中で鍛え上げられてきたものですしね。

沢木　僕の言ったのはもっと素朴な意味でね、たとえば自分が話しているときも、こんなことしゃべってと自分で突然驚くことがあるじゃないですか。取材者としても、あ、相手は今思いもよらないことをしゃべって自分で驚いている、とわかる瞬間がある。しかし外国語を介して話しているときには、少なくとも僕にはそういう経験がない。これはもちろん言語能力の問題でもあります。

意外性を引き出す鍵として、交わし合う言葉の中に非常に練られた表現や、微妙なニュアンスが必要なときもあるでしょう。人類学者は異国語を操りながら、そんな地点まで辿り着けるものだろうか、と思うわけです。

今福　精神分析と言ったのはかなり大雑把《おおざっぱ》に網を張る意味で使ったのですが、たとえば恋人や夫婦の間にある愛や感情のもつれ、そこでやりとりされる言葉、あるいは不整合も、同じレベルのことだと思う。大まかに言ってしまえばフロイト的世界ですね。表面的言葉の意味性で互いに探り合っていくような。

僕はいつも、人間の日常的な相互作用の中にはフロイト的世界とマルクス的世界があると考えているんです。人間の深層意識やそれを言語表現に回収していく世界がある一方で、明確な物理的な存在として見えてくる世界というものがある。

たとえば、いわゆる未開社会と言われてきたような世界は、我々がロジカルにしか回収できないものを、言語以外のストレートな回路で表示できる、さまざまな手段を持っているんですね。アメリカ・インディアンが自分の感情を一番厳密に表現したいと思ったら、言葉なんてまったく不要なわけで、それは火を焚《た》いて踊るという形かもしれない。

沢木　よくわかりますね、それは。

今福　だから人類学者が現地の言葉を操ったとしても、絶対に限界はある。それでもなおかつやるというのは、世界には非言語的な媒体が無数に転がっていると逆にわかっているからですね。言葉ですくい取れるのは、世界のほんの一部でしかないと。たとえば人類学者がなんであれほどまでアフリカの瓢簞《ひょうたん》の模様にこだわり続けているかというと、そこに言語表現では不可能な何かがあるからです。

沢木　しかし、それを理解していく道筋としては、やはり言葉に頼らざるを得ないわけですよね。

今福　もちろんそうですね。

沢木　たとえばアメリカ・インディアンが火を焚いて踊る。観察する側が何によってそれを了解していくかというと、当たり前ながら言葉によるわけですね。その言葉の意外性みたいなものは、もちろん説明できる言語で伝達可能なんでしょうが、しかし今福さんがおっしゃったように、言葉で語れない何かが向こう側の世界にある。その何かを引き出すことができなければ、向こう側には到達できないですよね。

今福　だから、フェルドが自分の著作をカルリ語で説明するときにもそうとう困難があるんですね。たとえば「構造」とか「反映」といった言葉はカルリ語の中にはないから、別の、より物質的な言葉を使って対応せざるを得ない。熱帯雨林の中を流れる水の形や動きを示すカルリ語などです。そこに翻訳という形で無数のフィルターがかかってしまっているんですね。だから、それは彼の本をカルリ語で説明しているのではなくて、もうひとつの新しい作業なんでしょうね。しかし何かトランスレートされるものがあるはずだと信じなければ、できないと思う。

言語・非言語のあらゆる媒体を使ってトランスレートしても、こぼれ落ちるものは多いでしょう。しかし最終的にそこに残り得る理解の形はあるだろうと……。これは信仰みたいなものだと思いますけどね。

沢木　その信仰はそう間違ってはいないんだろうな。きっとあるんだろうね。

今福　僕はそれを信じようとしているんです。人間は比喩的意味でのある共通言語を持っているんじゃないか、と。僕のクレオール語に対する関心もまさにそこにつながってくるんですが、二つ以上の言語が接触しあって出てくる一種のごた混ぜ言語にも、人間が理解というものを作り上げるプロセスの共通性が見てとれるんですね。それは言語からさらに文化の問題に応用できると思う。つまり人が何かを見て感じて、理解したものを自分の中に受け止めていくというプロセス自体、すべての人間に共通したものじゃないか。そうだからこそ、翻訳という行為も成立するわけですよね。

新たなテクストの可能性

沢木　何かの契機があって、二者が互いを理解しようという意思があったとしますね。あるいはなくてもいいんだけど、そのときに双方が理解できる幅は確実にあるんだろう。当然、理解できない幅もあるわけですけどね。そこで、「にもかかわらず理解できる」と考えるか、「にもかかわらず理解できない」と考えるか、どちらを選ぶかによって分かれてくるんだろうと思うんですね。今福さんの文化人類学に対する関心も、言わばその中間に浮いているわけでしょう。

僕がノンフィクションというジャンルで感じているのは、「にもかかわらず理解できる」部分が確実にあることはわかる、しかし「にもかかわらず理解できない」部分の大きさに最近は圧倒される思いなんですね。

先ほどのマルクス的・フロイト的世界の分け方は面白かったんですが、ノンフィクションの分野でも、たとえばある会社の興隆と没落といったテーマで書こうとすれば、事実として書ける部分は確かにあります。ある経緯で一つの企業が生まれ、そこで役割を担った個々人のレベルの話も書けるでしょう。しかし彼らを支えている内面の部分、内面の定義もまた難しいけれど、とりあえず内面と言ってしまえば、それを書けない限りは、企業の建物なども空虚なものにしか見えない。

しかし、だからといって「にもかかわらず理解できない」ほうへ身を寄せていってすべてを放り投げることもできないと、僕も宙ぶらりんのところにあるんですね。じゃもう小説を書けばいいじゃないか、という簡単な話でもない。もちろんフィクショナルなものを書くことはあるだろうけれど、それでは問題の解決にはならないと思うんですね。だから逆に、今福さんがそこをどうやって突破していくのか見せてもらいたい(笑)。

今福　たぶんそれは最終的にどうにも解決のない道というか、そのプロセス自体をずっと続けていくしかないのでしょうね。

先ほどのマルクス対フロイトの図式で言えば、近代小説は人間の心理的構造とか葛藤を稠密に描いていくことででき上がってきたわけで、マルクス的世界を除外してきたと思うんです。つまり単純に言ってしまえば、小説に経済とか政治といった世界を入れることは非常に無粋なわけでね。バルザックなどは、小説に政治を持ちこむのはコンサートでピストルをぶっ放すようなものだ、と言っている。近代小説の美学としてマルクス的世界は排除されてきたわけですね。でもノンフィクションというジャンルは、それに対する一つの挑戦というか、アンチテーゼとしてあり得ると思います。

新しい小説やテクストの可能性を考えたとき、僕が最近面白いなと思っているのは、エスニック文学なんです。たとえばアメリカのヒスパニック系、黒人といったマイノリティーは近代小説のルールとは全然違う発想で小説を書いている。つまりフロイト的世界に対する過剰な思い入れとか、マルクス的世界を排除しようといった発想から小説が立ち上がってきていない。それはアメリカ合衆国という非常に強い権力の網目の中で、黒人であり、ヒスパニック系であり、アジア系であること自体が持っている政治性、言ってしまえばどうしようもないマルクス性、それが小説言語としての基盤になってしまうわけです。

ある種の越境者の文学みたいなものですね。特定の文化や場所に安住できるような帰属性を永遠に持てないような人々が、自らの苛烈な政治性に立って書く小説は、マルクス対フロイトの図式を超えた、あるいは統合した世界の言葉になってきている。そこには小説とノンフィクションの境目がないんです。

沢木　よくわかります。その存在が体現している政治性、社会性というのが一瞬にして自分の問題に返ってきちゃうわけですね。ところが日本でそれをやれば、やはりコンサートでピストルをぶっ放すことになってしまうのか——どうお考えになります？

今福　そこが一番問題なんで、むしろ沢木さんにうかがいたいんですけどね。たとえばアメリカの多数派である白人層も、自分の日常の生存の問題として、そういう危機感を突きつけていない。日本人も基本的には似たようなぬるま湯社会にいるわけでね。

それが特徴的に現れているのは、日本人の諸外国に対するボランティア意識ですね。

たとえばクルド難民の問題が出てくると、日本から学生を中心にどっと奉仕活動に赴く。そこで彼らはある強いリアリティー意識や生きがいを持てるわけです。あるいは自分の置かれている社会的立場だとか政治性を、そういう経験の中でしか――「しか」と言ってしまえば――つかみとれない状況にある。彼らが日本に帰ってくると、世界にはこんな貧困があるんだ、日本人も目を開くべきだ、と急に説教的なことを言う。一見正論に思えるけれど、僕は違うと思うんです。それは文明社会に住む人間がもはやそういうところにしかリアリティーを見出せないという、ある意味で非常に不幸な現実に生きる者のメンタリティーを示していると思う。少なくとも、そういう自覚を持つべきだろうと思うんですね。救われているのは貧しい難民たちではなく、実は自分たち日本人のほうなのだ、という自覚ですね。

トラベローグの生命力

沢木　単純に言って、僕はここの場所からどこかの場所へ行くことは基本的にはいいことだと思います。行くことと行かないことのどっちを選ぶかといえば、行ったほうがいいと考えます。一方に留まり続けることの凄味みたいなものはあるとしても、なおかつ、とりあえずは行ったほうがいいと思う。

しかし、ここから出ていくという行為はあくまで個人的な行為だと思うんです。絶対に、個人的行為は普遍化できないし、する必要もない。勝手に行って勝手に帰ってくるんだから。ぞんざいな言葉づかいをすれば、行ったとしてもわかったようなことは言わない、というのが僕の考え方の根幹にあるんですね。

もう少し具体的に言うと、ノンフィクションを書くという作業を続けていくうちに、どこかで僕の強い病気のような固定観念が出てきたのは、やっぱり異国の人はわからない、ということなんです。わからないということを前提にするより仕方がない。

日本人の書いた紀行文を読むと、大きく二つのパターンに分けられる。一つは、異国は理解できるのだと考える紀行文。もう一つは、異国というのはわからないと考える紀行文。そこには濃淡があって、中間みたいなものもあるわけですが。戦後に生み出された紀行文の流れで言えば、たとえば小田実《まこと》さんの『何でも見てやろう』という本は、異国は理解できるのではないか、異国の人とはコミュニケートできるのではないか、という考えに裏付けられた著作だと思うんですね。

その対極にあるのは吉行淳之介の『湿った空乾いた空』という本で、彼はMという女性と一緒に日本からアメリカへ渡って、ヨーロッパへ行って、帰ってくる。旅行はしているけど、ここには異国は全然出てこないんです。車を借りてドライブしたり、ニューヨークのハーレムに行ったり、パリのピガールに行ったりはするんだけど、結局はMという女性の密室が移行していくだけなんですね。しかし、異国を理解しようとかしたいとかは毛ほども思っていない、端《はな》から考えていないために、その文章はほとんど腐らないというか、百万年でも生きられる文章になっている。

たとえば、僕もよくは読んでいないんだけれども、大宅壮一が昔「裏街道シリーズ」というタイトルで世界の旅行記をいっぱい書きましたが、それは情報と呼ばれるものを含めて言葉が腐っているわけですね。それに対して、『何でも見てやろう』が今日もまだ生命力を持っているとすれば、それは彼が理解したことや了解したことではなく、理解したいという彼の情熱だけが生きているからなんです。理解したいという情熱はたぶん持続するし、本物なんでしょう。だけど理解できたと思ったようなことはみんな腐っていく。

僕も理解したいという情熱を放棄しているわけじゃない。でも基本的には理解できないものだ、と考えてきたんですね。だから、どこかへ行って何かを理解できたとしているようなもの言いを見たり聞いたりすると、よく言うよ、というかね。

今福　異国は理解できるという前提で書かれたトラベローグがあるというお話でしたが、それは「わかる」ということがむしろわかっていないケースがほとんどだと思うんですね。

たとえば、レヴィ＝ストロースは一九五五年に『悲しき熱帯』を書いていて、これは文化人類学的に言っても最もクラシカルな旅行記とされている。あれはたぶん、結局はわからないということを徹底して理解して、それを書いた本だと思うんです。『悲しき熱帯』が持っている何とも言えないペシミズム。

沢木　そう、不思議だね。僕にはあれが人類学の本とは思えない。

今福　極端に言ってしまえば、自分が石器時代の人間にならなければわからないんだ、みたいなね。つまり現代に生きている人間の理解に関わるペシミズムですよね。でも、理解の糸をまったく断念しているかというと、そうじゃないと思う。逆に、最も本質的なペシミズムの中からしか、理解の糸に対する信仰は出てこないだろうという気がする。

「夢」というキーワード

沢木　異国に対する接近の仕方には、一つには理解という軸があると思うんだけど、もう一つ夢という軸があるような気がするんです。異国に対して夢を見る。ということは、実際にその国に行ったときに、自分の夢と現実とのあいだに落差ができてしまうということでもあるわけです。その落差、乖離をどうするかということになる。たとえば、三島由紀夫の『アポロの杯《さかずき》』では、ブラジルでもギリシャでも、最終的には自分が夢見たものしか見ようとしていない。それ以外のものは存在しないものとして通り過ぎてしまう。ところが井上靖の一連の西域物になると、自分の目の前に現れた現実を前にして、むしろそれに夢を添わせようとするんですね。どちらがいいとか悪いとかの問題ではなく、ひとりの人間にとって異国というのは、すでにそこに辿り着く前から存在しているものでもあるということなんでしょうね。

今福　旅する現実が東西の座標軸を構成しているとすれば、おそらく夢見という軸は縦に立てられると思うんですよ。今まで、夢と現実は一つのリアリティーのなかでは交差しない二つの領域としてあって、まさにそれがフロイト的世界の構造を作ってきた。旅というのは常に覚醒の言語としてしか書かれてこなかった、と思うんです。僕が今、「中央公論」に連載している滞在記というか旅日記は、一種のパラレルワールドと言いますか、〈夢見られた世界〉は〈覚醒した世界〉と同じ分量と厚みを持って存在しているだろう、という予感があってのことなんです。

はじめのほうでも触れましたが、僕が現在意識的に接触を試みている人たち、亡命者や移民といった、本質的に境界を越えて「出てしまった」人たちの心には〈夢見られた世界〉が埋め込まれていて、むしろその世界でしか自分たちの経験を描き出せないのではないか、と思えるほどです。あるいは、永遠に実現され得ない夢のもとに自分の人生を考えている、と言ってもいいんですが。

たとえばブラジルという国。この国は広大だし資源も豊かだし、二十一世紀はブラジルの世紀だと以前からよく言われてきたけれども、現実はちっとも良くならない。でも不思議なことに、豊かさを享受することからはほど遠い状況にあってもみんな非常に明るくて、将来に対して夢や希望を持っているわけです。ブラジルには「サウダージ（Saudade）」という言葉があって、翻訳が難しい言葉なんですが、ある種の希望がみなぎっている懐かしさ、憧れとでも言いますか。

沢木　寂しさは含まれていないの？

今福　それも含まれていますが、ふつう僕らは過去の何かに対して懐かしいと言うけれど、「サウダージ」は何か永遠に先送りされている一つの夢に対する感情でもあるんですね。

未来を夢見ることの中にしか現実が存在しない、そういう生存の形が二十世紀終わりのこの時期になって鮮明に出てきている、と思うんです。自分の人生を一つの〈夢見られた現実〉として見ていく形――そうなると、まさに今まで覚醒した世界の物語としてしか書かれてこなかった自分の物語、あるいは旅の物語を、「覚醒」の言語ではなく、「夢」という形式で語り得るんではないか……僕自身も今、それを試みようとしているところなのです。

だから旅はやめられない

群 ようこ
沢木耕太郎

むれ　ようこ
一九五四年、東京都生まれ。作家。

私も早口のほうだが、群さんもかなりの早口である。その二人が二時間余りも話しつづけたのだから、速記の量も膨大なものになった。掲載誌は「週刊文春」だったので、刈り込み、刈り込みしなければならなかったが、ここでは原型に近いものを載せた。すると、驚くなかれ、量は以前の五倍を軽く越えてしまったのである。

対談が終わったあと、群さんと麻雀をやった。この対談の冒頭で言及されている文庫の書き下ろしは、『雀の猫まくら』というタイトルですでに刊行されているが、その中にこの対談の日のことが記されている。《その夜は沢木さんとわたしがプラス。もちろん私はたまたま運がよかっただけである》と。もちろん、私も「たまたま運がよかった」だけである。

この対談は九八年一月一・八日号に掲載された。（沢木）

ハワイにおける完璧な一日

群　このあいだ、来年の書き下ろしのために、ハワイに行って帰ってきたところなんです。

沢木　新潮文庫のあの旅のシリーズで？

群　ええ、あのウスラバカシリーズ（笑）。

沢木　ハワイというのは群さんにしてはめずらしい選択のような気がするけど。

群　ほんとはシンガポールとマレーシアに行く予定だったんですけど、森林火災の煙がすごいとかで、急遽変更しようということになって……。

沢木　唐突に、ハワイ（笑）。

群　私は全然ハワイに関心なかったんです。みんなはよく行くけど、けっこう馬鹿にしてたんですよね。でもあんなに人が行くし、行った人が必ずいいって言うんだから、これは自分の目で見ないと悪口も書けないというんで行ってみたんです。

沢木　で、どうでした。
群　それが……よかったんです（笑）。
沢木　でしょう。なんて、僕が自慢してもしょうがないけど（笑）。ハワイはいいですよ、絶対に。
群　それって、行く前にはわからないんですよね。
沢木　そう、あのハワイの快適さ、あの気楽さ加減というのは、実際に行ってみなければわかりませんよね。
群　そうです。
沢木　僕も群さんと同じようにハワイに偏見持ってたんです。瀬里奈と同じで……。
群　瀬里奈？
沢木　ほら、六本木に「瀬里奈」っていうしゃぶしゃぶ屋があるでしょ。
群　ええ、ありますね。
沢木　僕は長いあいだ、ああいうとこでしゃぶしゃぶなんかを食う奴って、ちょっといやだなと思ってたんです（笑）。なんかヤクザっぽいというか……。
群　成り金ぽくて（笑）。
沢木　そうそう、成り金ぽくて（笑）。ところがある日、取材で毎日のようにつきあっていたボクサーの輪島功一さんが、トレーニングのあとで飯を食いに行こうって言うんですね。ええ、ってついていったら、なんと「瀬里奈」に入っていくじゃないですか（笑）。参ったなあ、輪島さんもこういうとこが好きだったのか、と思ってね。そしてその「瀬里奈」で、輪島さんと一緒にコースのしゃぶしゃぶをいやいや食べたら……世の中に、こんなおいしいものがあったんだろうかと思って（笑）。

群　「瀬里奈」って、いまはどうかわかりませんけど、テレビでずっとコマーシャルやってましたでしょう。

沢木　あ、やってた、深夜に。それがとてもいかがわしい感じがしたんですよ。

群　そうそう、そうだったんですよ。で、私も「やあね」と思って（笑）。わりと深夜のコマーシャルって同じのをしつこく繰り返すから……。

沢木　最近までよく深夜にやっていた「マキ」とかいう宝石屋さんと同じで。

群　そうそう、ほんとにそう（笑）。で、見てると「瀬里奈、瀬里奈」ってしょっちゅう出てくるもんだから、「うるさいわね、また瀬里奈なのかしら」と思って、私も印象よくなかったし……行ったことはまったくないんですけど（笑）。

沢木　ところが、輪島さんと行って食べたら、コロッと主義主張を変えて、それからしばらくは、友達を連れて毎週のように「瀬里奈」に通ったっていう感じでした（笑）。

群　「瀬里奈」通い（笑）。

沢木　僕にとって、ハワイはこの「瀬里奈」と同じなんですね（笑）。最初は、ハワイなんてと思っていたのに、行ってみたら、こんなに快適なところってあるんだろうかと思うようになって……。

群　そうですよね。本当にそう思いました。

沢木　以来、一カ月とか二カ月とか、よく長期滞在するようになりました。

群　私なんて悲しい、四泊六日ですもの。悲しすぎますよ。非常に私は不完全燃焼だったですけどね。

沢木　でも、快適だなっていう感じはあったんでしょう。

群　もちろん！

沢木　何が快適でした？

群　やっぱり空と海ですねえ。

沢木　意外なことを。群さん、意外と普通なこと言うじゃないですか（笑）。

群　いや、でもね、私マカオが好きなんですよね。マカオがすごく好きで、歳とったらマカオでぼーっとしてるのもいいなあというふうに思ってたんですよ、ずーっと。でも、ハワイに行って少し考えが変わりましたね。

沢木　どうしてですか。

群　やっぱりマカオって、海がね、いまいちきれいじゃないじゃないですか。

沢木　うん、汚いもんな。大陸から流れ込む河のためらしいけど。

群　ハワイってあんなに海がきれいだとは思わなかったんですよ。私、泳げないんですけど、シュノーケリングみたいにただプカプカ浮いているだけでいいから、のんびりそういうのを一日中やることができたらいいなあと思って。だから、やっぱり空と海ですね。あと野鳥がいっぱい来ますでしょ。

沢木　レストランにも公園にも。

群　ええ、そういうのがとてもいいし。普通のおじさんおばさんのように、歳とったらハワイに住んでもいいなとか思いましたけどね、ちょろっと（笑）。

沢木　ハワイって、なんか空気が柔らかくて自由だよね。

群　そうなんですよね。ほんとにどんなものにも束縛されない感じがしました。今回も、いずれ書くという前提で行ってるんですけど、同行の編集者に、ちょこっと仕事の話されただけで、私、ものすごく頭にきて、「うるさいっ」とか……。

沢木　言ってしまった？

群　言ってしまった（笑）。「そういうこと言わないでちょうだいっ、ここで」って（笑）。頭が仕事の頭じゃなくなってたんですね。仕事で行って、はっきり言えば他人様《ひとさま》のお金で行かせていただいてるのに、ハワイに着いて一日目、二日目で、もうぜんぜん仕事なんて抜けちゃってるんですよね、頭から。

沢木　それじゃあ、ハワイではずっとぼんやりしてたわけね。

群　そうですね。ハワイではふだん東京ではできないことをやろうと思っていたんで、本も持っていかなければ原稿を書く仕事も持っていかなかったんです。ただ、オアフ島を車で回って、あとハワイ島に行って……。

沢木　それって、けっこう勤勉じゃない（笑）。

群　一応、仕事ということで（笑）。ハワイ島には一日行っただけなんですけど、もう島が全編火山で、コナとかヒロとかも昔の西部劇に出てくるような町で。

沢木　そうみたいですね、写真を見ると。

群　ペンキで塗ったような真っ青な空が広がってて、オアフ島より涼しいんです。高い山があるんで、もっとスカーンと抜けた感じがするし、町は鄙《ひな》びた感じで、オアフ島とはまったく雰囲気が違いました。ホノルル付近って都会じゃないですか。

沢木　そうですね。でも、僕はそのホノルルが好きなんですよ。

群　あ、私も嫌いじゃありません。便利だけど、でもそんなに感じが悪くなくて、海はきれいで、山は見える。何でも揃っていて気候もいいというのは、とにかく幸せな感じがしますよね。

沢木　僕は、考えてみたらハワイには合計すると半年分ぐらい滞在したことがあると思うんですけど、オアフ島以外行ったことないし、そのオアフ島もほとんどホノルルばかりでね。もちろん公営バスでオアフ島を一周したりしたことはありましたけど、基本的にはホノルルのあの空間だけでいいんです。一カ月でも二カ月でも、ホノルルなら飽きないと思う。

群　私はなんといっても四泊六日だったもので（笑）。ほんとに短くて、おまけに途中でハワイ島に行ってしまったものだから、長期滞在のよさというのは味わえなかったんですけど、沢木さんはハワイのどんなところが快適なんですか。

沢木　それについて訊ねられると、つい調子に乗ってしゃべりたくなっちゃう（笑）。少し長くなるけどいいですか。

群　私はかまいません（笑）。

沢木　僕にはハワイにおける完璧な一日というのがあるんですね。朝はだいたい八時頃に起きる。そして……あ、そうだ、そもそもまずアパートを借りる。

群　借りる？　あ、ホテルではなくてアパートを借りる。

沢木　うん、コンドミニアムかアパートメントホテルを一カ月くらい借りる。そして、朝は八時頃起きて、レストランに行ってパンケーキを食べる。これはパンケーキじゃなきゃまずいんですね、なんとなく。

群　トーストではいけないんですね（笑）。

沢木　アメリカのトーストって薄いでしょ。それもあって、ハワイに行くとどういうわけかパンケーキを食べたくなる（笑）。で、食べ終わると部屋に戻って、水着を入れたビニールバッグを持ってバスでハワイ大学に行きます。

群　ハワイ大学？

沢木　ええ、ハワイ大学に着くと図書館に行くわけですね。ハワイ大学には図書館が二つか三つあって、そのうちの風の通り抜ける、気持のいい、昼寝のできる図書館に入ります。なぜかハワイ大学の図書館っていうのは勝手に入れるんですよ。

群　へえー。

沢木　開架式の書庫に入って、みんな英語の本だからあまり読めないんだけど、中にちょこっと関心のある本があったりするんで、それを抜き出して風の吹き抜けるベランダに出るんです。椅子に座って、みんなと同じようにテーブルに足を掛けてパラパラとめくっていると眠くなる。で、そのまますやすや寝ていると、すぐお昼になる（笑）。

群　ええ、ええ（笑）。

沢木　そこで学生食堂に行くわけです。ハワイ大学の学生食堂には、メニューに日本食みたいなのがいっぱいあるんですよ。ご飯もあるし、おかずもちょっと日本食みたいなのもあるし……。

群　そうなんですか。

沢木　いろんなのがあって、それをトレイにのせて、スズメがチュンチュンと来るような庭のテーブルで食べる。そして図書館に戻って一、二時間本を読むと、またバスに乗って、きっと群さんも何度もいらっしゃっただろう、「アラモアナ・ショッピングセンター」に行きます。

群　はいはい、「アラモアナ・ショッピングセンター」ですね（笑）。

沢木　そしてスーパー・マーケットでステーキの肉と野菜とパスタかなんか買ってホテルに戻るんだけど、その前に、近くのアラモアナ公園のトイレで着替えて、一、二時間泳ぐんです。そして海から上がると、夕方の四時くらいに買い物を済ませて、バスでアパートに戻り、キッチンで調理を半分ぐらいしておいて、アラワイ運河の土手を軽くジョギングする。部屋でシャワーを浴びて、ビールを飲みながら、ステーキを焼いたり、パスタを茹でたりするんですが、そうするとちょうどテレビが何かのスポーツ番組をやっているんですよね。野球かフットボールかバスケットかは季節によって違いますけど。それを見て、だいたい十時くらいになったところで近くのバーで一杯酒を飲んで、帰って寝る。もう夢のような一日なんですね、これが（笑）。

群　でも、それをやったら日本に帰れませんねえ。

沢木　ほんとにそう。でも、こういう夢のようなことがかつてはできたんですよ。ところがね、やっぱりこれはあくまでも独り身の雰囲気でしゃべってるんですね。独り身のときにはこんなことは何でもなかったのが、やっぱり二人以上になるとそういう快適なハワイの過ごし方っていうのはできなくなりますね。ちょっと、残念なんだけど。

群　ああ、そうですかね。うーん……。

不思議なアメリカ初体験

沢木　ところで、これはちゃんと確認しておくと、群さんにとってこれが初めてのハワイだったわけですよね。
群　そうです。初めてです。生まれて初めて。
沢木　普通はまずハワイに行く経験があって、それからアメリカに渡るっていう経験を持つ人が多いのに、群さんの場合には最初にもうポーンとアメリカ本土なんですよね。メインランドに行ったのは二十二、三歳の頃？
群　二十歳です。
沢木　二十歳か、とても若いときに行ったんですね。それから、もちろん何度かアメリカには行ってらっしゃると思うんだけど……。
群　いえ、二度目なの。
沢木　えっ、今度のハワイ行きが？
群　はい。
沢木　メインランドに二十歳のときに行って、今度が二度目のアメリカ？

群　二度目のアメリカ。二十二年ぶりで。

沢木　それは劇的だね（笑）。

群　そうですね、考えてみれば（笑）。ハワイって、なんかアメリカの一部だってこともちょっと忘れちゃっているところがあって。

沢木　その二十歳のときのアメリカっていうのは、どのくらい行っていたの？

群　三カ月ですね、ビザが切れるギリギリまでいましたから。

沢木　九十日というのはかなり長いよね。ニューヨークに？

群　住んでたのはニュージャージーなんです。

沢木　ニューヨークにはあまり行かなかったの？

群　ほんとは禁じられていたんですけど、向こうで仕事をしてたので、週末の土日はかならず休みになるんですね。その土日になると、私は運転免許を持ってないのでバスに乗って、そのへんのじいちゃんばあちゃんと一緒に、ポートオーソリティー・バスターミナルまで行って、マンハッタンをうろついていたんです。でも、午後四時過ぎたらニューヨークにはいちゃいけないって言われてたから、素直にまたバスに乗ってとぼとぼ帰ってくるっていう、それをずっと続けてました。

沢木　そもそも仕事っていうのは偶然に見つかったものだったんですか。

群　あの『アメリカ居すわり一人旅』という本では設定を多少変えているんですが、わりと最初から仕事をするって話があったんです。受け入れ側が住居用にモーテルも用意してくれていて。

沢木　そもそも給料はいくらぐらいもらえたの？

群　二十五万から三十万ぐらいだったのかなあ。週給でもらってたんですけど、それがいくらかは忘れてしまいました。

沢木　そもそも……そもそも、そもそもってしつこいけど（笑）、そもそもアメリカに二十歳のときに行くことになるのは、単純素朴に「行きたい！」と思って行ったわけなんですか。

群　もちろんそうですね。私のアメリカに行きたいっていう気持と、行きませんかっていう話が一致したんですよ。偶然、時期も気持も、私の貯金額もすべてピークに達したところで、その話が来たんです。

沢木　で、何がなんだかよくわからないままにアメリカでの生活が始まった。

群　ニュージャージーにいたときは、毎日毎日、社長秘書の送り迎えで、もう拉致状態なわけですよね。すべて監視つきなので、自由がないというか、会社に行ったら行ったで、窓もないところにずっと待機してなくちゃならないっていう……。

沢木　それは本に書いてあるとおり、ほんとに下着関係の仕事なの？

群　そうです。

沢木　大胆にも、下着のモデルをした（笑）。

群　いいえ、モニターなんですよ。アメリカの下着メーカーが日本に進出するに際してのデータが必要になりまして。それを得るためにモニターを日本で見つけることになったんですけど、それにはいくつか条件があったわけですよ。サイズがいくらで、年齢がこのくらいで、英語があんまりしゃべれなくて、でもここが大きいとか小さいとかいうくらいは表現できる……。

沢木　フィットしてるとかしてないとか？

群　そう。言わなくちゃいけないんで、一応形容詞程度の英語の理解はできてほしい。でも、あまり英語がしゃべれると、ライバル会社にその情報を漏らされる恐れがあるというんで、条件に「英語が堪能じゃないこと」っていうのがあったんです。

沢木　「英語が堪能じゃないこと」って、すごく面白い条件だね（笑）。

群　そうなんです。たまたま、うちの母の女学校時代のお友達が広告代理店に勤めていて、自分の元クラスメートのいろいろな家を思い浮かべて、そうだ、なんかあの人のところに……。

沢木　年頃のお嬢さんがいると。

群　あの人の娘はちょうど二十歳ぐらいじゃなかっただろうかって。電話してきたんですけど、どういうわけかいろんなところの寸法がぴったり合っちゃったんですよ。おまけに、身長と体重は条件に入ってなかった（笑）。で、ホイホイとアメリカに行くと、もうほとんど拉致状態だったんですね。

沢木　拉致状態にされたっていう理由は、情報を漏らされたくないということだったんですね。

群　はい。だから控室みたいなのがあるんですが、控室に行くのもオートロックで、もちろん私は暗証番号を教えてもらってませんから、秘書の人が開けてくれて、裏から入ってクネクネ、ものすごくクネクネした道を通っていかないと、そこに行けないんですよ。だから、私一カ月間そこに一人では行けなかったです（笑）。

沢木　一人じゃ行かれない？

群　つまり、すぐそこに到達できないように、ものすごく入り組んだ造りになってるんですよ。デザイン関係の中枢部になっているので。

沢木　それはほんとに不思議な体験だね。

群　そうですね。だからアメリカ本土に滞在したといっても、買い物でもないし、観光でもないし、学校に行ったわけでもないし……。

沢木　ただ、拉致されて（笑）。すると、そのときのアメリカではほんとにおいしいものを食べたり、いいものを見たりとかっていう経験は比較的少なかったんですか？

群　ミュージカルも、二本ぐらいしか見られなかったですね。

沢木　何を見たか憶えてる？

群　ええと『レイズン』という黒人だけのミュージカルを見ましたね。

沢木　もう一本は？

群　もう一本のほうは憶えてないんですよ。ただ、夜出かけたっていうのはその二回しかなかったので……。

沢木　大事な二日だったんですね、その二回は。

群　そうなんですよ。二回のうちの一回を連れていってくれたのはホテルの支配人だったんですけど、その人の車のカセットデッキが盗まれたっていうのは憶えてますね（笑）。

沢木　つまんないことを（笑）。そのアメリカの三カ月間、九十日間っていうのは、群さんにとって結局何だったの。

群　結局、社会に出る前に働いちゃったわけですね。それも外国で、言葉もろくにできないのに、働いてお金をもらったわけですよ。それってけっこう……。

沢木　すごいよね、経験としては。

群　そうですね。いまから考えるとよくやったなと思いますけど、ただ若いからできたんだと思うんです。一人でレストランのディナーを食べるわけにもいかないし、結局モーテルの部屋で自分の食べる物はなんとかすることになってしまって。いちばん近いスーパーでも歩いて二十分ぐらいかかるんですけど、冷蔵庫がないもんですからそこに毎日買いに行くっていう感じでしたね。会社の人たちに食べるのどうしてるのって訊かれるんで、ニンジンを買って食べてるなんて言うと、「そんなことしてるの」とか言われて、一緒にいた人がご馳走してくれたりとかいうことはありましたけど、基本的にはすべて自分でやるしかないのでずいぶん勉強になったと思いますね。

沢木　それ以上のシチュエーションはないかもしれないな。

群　そのわりに英語しゃべれないんですよ、まったく（笑）。

沢木　でも本を読むと、ちゃんとコミュニケートしてるような印象は受けるけど（笑）。あれって、不思議だけど、ほんとにコミュニケートできてるんだよね。

群　そうですね。なんとか欲しいものは買えて、言いたいことは通じてましたから。

沢木　だからといって日本で、アメリカ人とうまく話せるかというと、それはまた別でしょうけどね。

群　そうなんです。違うんです、全然（笑）。

『逃亡者』に熱中し、『カレン』に憧れる

沢木　たとえば、僕の二十歳代というと、一九七〇年代ということになるんですけど、外国に行こうっていう気があまりなかったんですね。行かれるっていう感じもあんまり

なかったし。

沢木　そうでしたか。

群　それでもいざ外国に行こうかなって思ったときに、すぐアメリカへっていうイメージが湧いてきてもいいはずなのに、まったく浮かんでこなかったですね。

沢木　それって、どうしてなんでしょう。

群　どうしてだろう。子供の頃は、それこそアメリカのテレビ映画をいっぱい見て育ってきたはずなんですけどね。

沢木　私の子供の頃はアメリカのホームドラマの全盛期で……。

群　そう、『パパは何でも知っている』とか『うちのママは世界一』とかいろいろありましたね。

沢木　そうなんですよ。で、もうちょっと大きくなると『カレン』という高校生の女の子が主人公のドラマがあって。きれいなお家に芝生があって、家族はみんな仲がよくて、可愛い犬を飼っていて、いつも大きなケーキを食べて、週に一度はダンスパーティーが開かれて……という世界があって、まあ子供のときからアメリカっていいなっていうのはあったんでしょうね。

群　群さんは僕よりも七つか八つぐらい下？

沢木　七つですね。

沢木　七歳違うと見ていたテレビの番組もちょっと違うかもしれないけど、このあいだ書棚を整理していたら、こんな本が出てきたんですよ。かなり以前に出た本で『昭和三十年代のテレビ番組表』っていうんですけどね。

群　あ、ほんと、まあ嬉しい。嬉しいって私が喜ぶこともないんだけど（笑）。

沢木　僕にはとても面白くてね。三十年から三十九年までのテレビ番組が載っているだけのものなんですけど……。

群　それって、ちょうど私が小学生ぐらいのときですよね。

沢木　僕は小学生から高校生のときまで含まれちゃうんですけど、まさにそこに出ている番組をずっと見て育ってきたんだなあと思うと感慨深くてね。

群　ええ。

沢木　熱中して見ていたほとんどすべてがアメリカのテレビ映画なんですよ。

群　うん、そうでしょうね。

沢木　ここ、ここに出ている『ルート66』って見たことあります？

群　あります。あれ、アメ車に乗って、二人の男の人が旅をするんですよね。その二人がカッコよくて、またテーマソングがカッコイイんですよね。憶えてます。

沢木　そうですか。『ルート66』っていうのは、アメリカの東と西を結ぶ六十六号線を若者二人が旅するという、まあ青春冒険物語ですよね。途中には、当然のごとく恋あり活劇ありでね。僕は、群さんの記憶にも残っているという主題歌を聴くと、子供心に……そのときはもうそろそろ中学生から高校生になりかけていたんだけど、どこかに行きたくなって仕方がありませんでした。それは僕にとって一種の旅番組だったんでしょうね。

群　ええ、そうなんでしょうね。

沢木　それともう一つ、僕の旅心を刺激した番組は『逃亡者』なんですよ。

群　あ、デヴィッド・ジャンセン。

沢木　よく知っていましたね。『逃亡者』、見たことある？

群　あります。やっぱり子供だったんでそんなに細かくは覚えていませんけど、うちの両親が必死になって見てましたよ、毎週。

沢木　あれはまさに国民的番組でしたからね。『逃亡者』というのは、デヴィッド・ジャンセンが演じるキンブルという医者が、女房殺しの罪を着せられて護送中に脱走して逃亡する、というシチュエーションですよね。

群　ええ。

沢木　毎週、毎週、キンブルはタッチの差で追っ手から逃げたと思うと、どういうわけか次の週にはまた別の土地で新しい恋物語が始まってるんです。

群　ハハハハ。

沢木　ところが、少年の僕は「どうしてそんなことが起こりうるのか？」というふうには思わなくて、ただひたすら「ああいうのはいいなあ」と思ってたわけですよ（笑）。
群　逃亡してるのにいいなあ（笑）。
沢木　そう。しかしそこに警部のね、ジェラードというのがやってきては、危うくつかまりそうになるんで、そこで芽生えた恋を捨てて逃亡していく。
群　なるほど、逃亡する……。
沢木　毎週、毎週、三年も四年も。
群　ずーっと、恋を捨てて（笑）。
沢木　僕は、いいなあって思い続けて、ぜひああいう人生を送りたいと思った（笑）。でもキンブルのような逃亡者になるには、まず医者にならなければいけない。次に結婚しなきゃならない。そして女房殺しで逮捕されなくちゃなんない。とてもじゃないけど……。
群　大変ですね（笑）。
沢木　でも、彼のようにいくつも名前を変え、自分の経歴も偽り、無限の人生を生きるということに対しては、強い憧れを抱いていましたね。
群　それは沢木さんに独特のことなんでしょうね。
沢木　そうかもしれない。で、そういった番組の全盛時代からしばらくすると、群さんたちがしっかり見た番組が始まるわけですね。

群　そうだと思います。

沢木　『パパ大好き』とか『うちのママは世界一』だっけ……。

群　なんか自慢げなタイトルが多かったんですよ（笑）。『パパは何でも知っている』とか。

沢木　さっきおっしゃっていたけど、中でもいちばん熱心に見たのが『カレン』というドラマなんですね？

群　『カレン』、そうですね。その頃はもう、女の人の着るものとかに興味が出てくるような年頃だったので、あのとき小学校の高学年か中学生ですかね。アメリカの女の子の着てるものがとても可愛らしく見えて。日本なんかにはないわけですよね、そんなの。母親が縫ってくれる洋服が野暮ったく見えて仕方がありませんでした。母親は一生懸命縫ったんだから着ろって言うんですけど、そしてその気持はわかるんだけど、これはいやだみたいなのを着せられたりするわけですよね。ところが、向こうの女の子は髪の毛をクルクルッと外巻きにして、ヘアバンドつけて、裾がパーッと広がってる服を着て、ダンスパーティーにおしゃれして行くじゃないですか。なんでこんなのが日本にないんだろうかと思いましたね。おまけに、テレビから離れて街に出ると、ステテコで歩いてるおじさんがいたり、夏になると上半身裸で外に出ているおばあさんがいたり。

沢木　いましたね。もう平気でいましたね（笑）、そういうおばあさん。

群　そうなんです。なんて日本という国は野蛮なんだろうと思うようになって。アメリカはマナーもしっかりしているし、文化的にも日本の先を行っている。これはもう凄いと思い込んでしまったようなところもあって、そういうアメリカの青春物のドラマを見ていたのかもしれません。

沢木　テレビはよく見ていたの、子供のとき？

群　ずっと見てましたね。アメリカのテレビドラマだけじゃなくて、お笑い番組、日本のお笑い番組なんか好きでよく見ていました（笑）。

沢木　それって、上半身裸のおばあさんの側じゃないですか（笑）。

群　憧れと現実は違うということなんでしょうね（笑）。

沢木　じゃあ僕たちのほうがアメリカのテレビの影響力は圧倒的だったんですね。この本をパラパラ見てたら、もう全部見てるんですよ。『ベン・ケーシー』でしょ。

群　ああ、『ベン・ケーシー』ね。それから『コンバット』に『ララミー牧場』。

沢木　『ローハイド』。

群　『名犬ラッシー』とかね。

沢木　『名犬リンチンチン』なんてのもあったし、『ヒッチコック劇場』とか、本に出ている番組で知らないものはない。全部見てるんですよね、結局。

群　知らない番組がないってことは、そうですよね。

沢木　群さん、最近映画化された『逃亡者』は見なかった？

群　見てません。主役をハリソン・フォードがやったんですね。

沢木　そう、ハリソン・フォードの『逃亡者』もデヴィッド・ジャンセンの『逃亡者』と設定は同じなんです。映画もまあまあ面白かったんだけど、それを見て、改めてデヴィッド・ジャンセンていうのは偉大だなと思ったんですね。『逃亡者』というのは逃げても逃げても、必ず追ってくるやつがいるわけですよね。さっき言ったジェラードという警部が。で、ときどきキンブルが行きずりの殺人事件なんかに巻き込まれて、ヤバくなって逃げちゃうっていうようなことがあると、そこにジェラード警部がやってきて、土地の警察官が「キンブルがこの殺しをした」とか言うのに対して、「キンブルは絶対こういう卑劣な殺し方をしない」とかって言ったりする。もうこれはほとんどキンブルとジェラード警部との相思相愛の物語じゃないかっていう（笑）、そういうふうになっていくわけですよ。

群　ああ、なるほど。

沢木　それが『逃亡者』のもう一本のすごい太いラインになってるわけです。ところが残念ながら、ハリソン・フォードの『逃亡者』は、とにかく二時間でやらなきゃならないから、愛情が生まれるそのプロセスが出てこないわけですよ。

群　そうですか。

沢木　それとデヴィッド・ジャンセンの、常に伏目がちのあの感じがハリソン・フォードにはなくてね。デヴィッド・ジャンセンはあれ一作で終わってしまって、他にはほとんど大した役はできなかったけど、あれ一作で十分だったのかもしれないなと思いましたね。

群　案外、そうかもしれませんね。

沢木　でも、数年前にＮＨＫの衛星放送で再放送をやったんですけど、作りが意外とちゃっちいんで驚きました（笑）。全米各地でロケをして撮ってるのかと思っていたら、砂漠を逃げるシーンからなにから全部セットなんですよ。

群　じゃそれ、ほとんど『てなもんや三度笠』とか、そういう感じじゃないですか（笑）。

沢木　ハッハッハッハ。お堂から藤田まことが出てくるような？

群　『てなもんや三度笠』の藤田まことも諸国を回ってますからね（笑）。

沢木　当時はそんなこと何にも気にならなかったんだなあ。ただただキンブルが逃亡するということだけでよかったんですね。

群　最初、『逃亡者』ってモノクロだったでしょ。モノクロで暗い感じな上に、必ず、最初か最後か忘れたんだけど、陰気そうな声のナレーションが入るじゃないですか、毎回、毎回。

沢木　最初に「運命の神も時として盲《めし》いることがある」っていうんです（笑）。

群　そう。で、デヴィッド・ジャンセンのキンブルでしたっけ、そのキンブルが妻殺しの罪を着せられどうのこうのってずっと言うじゃないですか、毎回。私あれが怖くてね、子供心に。モノクロで楽しいものを見てると、自分が色をつけられる感じがして楽しいんですけど、モノクロであいう声を出されるとすごく怖かったんですよ。

沢木　可愛いね、それ（笑）。

群　可愛いときもあったんですよ、昔は（笑）。いまは平気です、もちろんですけど（笑）。

沢木　で、ご両親はすごいリキを入れて見てたんですね。

群　すごくリキ入ってましたよ。「あ、今日は『逃亡者』の日だったね」とか言って。ふだん仲の悪い夫婦も一緒に肩を並べて見ている。息を呑んで見てるって感じ（笑）。

沢木　そうだよなあ。なんか昔の話にばかりなってしまったけど、テレビをみんなで注視して見てるっていう構図、かつての家族の映像として残っているね。

群　だって、ほんとにプロレスなんか、隣近所の人がみんな集まって見てたっていうのありましたもんね。

沢木　そうですね、ほんとに。

群　プロレスが好きだったんで、必ず見てたの、私（笑）。

沢木　弟さんを相手に技の復習をしたりして。
群　そう。
沢木　だけどそのとき、たとえばアメリカのレスラーが敵役になるじゃない？
群　そうですね。
沢木　そういうときには日本のレスラーを応援するの？
群　いえ、私、フレッド・ブラッシーの大ファンだったんですよ（笑）。
沢木　あのよく嚙みつく、狂犬ブラッシーが？
群　力道山とフレッド・ブラッシーが好きだったんですよ。
沢木　じゃ二人が……ブラッシーが嚙みついて、力道山が嚙みつかれていたらどうなるわけ？
群　嚙みつくのも、嚙みつかれるのもいいなあとか思って（笑）。
沢木　ハッハッハッハ。

旅心の生まれるとき

沢木　旅っていうことで言うと、日本製の番組にも記憶に残るものがあって、憶えてるかな、『兼高かおる世界の旅』っていうのがあったでしょ。

群　はい、『兼高かおる世界の旅』。

沢木　あれ見たことある？

群　もうずっと見ていましたよ。うちの母が兼高かおるさんが大好きで、日本の女の人でこんなに素晴らしい人はいないって。お前も見ろと言われて。あれって朝の八時かそれくらい……。

沢木　最初は夜だったんだけどね、途中で日曜の朝になっちゃったんです。

群　そうなんですか。私は朝の印象が強いんですけども、うちの母がすごく気に入って、「あんたもちゃんとした女の人が出てるから見なさい」って、二人でじーっと見てましたよ。

沢木　あの番組、ナレーターが芥川隆行さんだったでしょ。

群　そうでした、ナレーションの合い間に兼高さんと掛け合いをやるんですよね。

沢木　で、いま考えてみると、あの芥川さんという人は外国なんてほとんど好きでもなければ興味もなかったんじゃないかと思って（笑）。芥川さんが何かつまらない質問すると、兼高さんが「オホホ」とか笑って、「それはそうなんですけど、こうじゃありませんこと？」とかなんか言うじゃないですか。

群　そうですね。あの上品な感じで。

沢木　と、芥川さんがまた何かトンチンカンな質問をして……。

群　あれけっこう普通のおじさんの感じで言うんですよね（笑）。

沢木　あの番組はとても長続きしたけど、実はいまお会いして兼高さんに聞くと、あのおじさんの質問っていやだったのよ、なんて言うんじゃないかと思うんです（笑）。いくら兼高さんが珍しいとこに行っても、芥川さんはほとんど無反応でね。すでに芥川さんは亡くなられてるから申し訳ないんだけど、彼は外国に対してほとんど好奇心っていうのがない人なんじゃないかという気がして、いま思えば。

群　なるほどね。

沢木　だからいま考えると、兼高さんはあの番組やってて、「オホホ」って笑ってたけど、相当引きつって笑ってたんじゃないかと思ってさ（笑）。

群　私、鮮烈に憶えてるのが、フィリピンだったのかしら。孵化途中の、孵化寸前の卵の、だからもうヒヨコになりかけを食べるっていう……。

沢木　うん、もしかしたら、それ、ベトナムかな。

群　ああ、そうですか。それを兼高さんが食べるというのがあって、見たら、もう形になってるんですよね。ただもう殻の中でひよこがクタンとしてるわけですよ。それは向こうの人の栄養源というか、大好物だっていうのがあるんですけど、私そういうゲテモノ風のものを食べるところを見るのが初めてだったんですね。こっちだって、外国の人から見ればタコとか食べてるのを見ればそうとう気持悪いでしょうけど、兼高さんはその卵の殻を剝いて、中から孵化寸前のヒヨコを取り出して、敢然と食べたんですよ。私、兼高かおるさんに憧れてたんですけど、それを見て、これはちょっとやめようと思った（笑）。

沢木　あ、こんなことはできないと思ったの？

群　できない。これは大変だと思ったんですよ。それで立派だなあと思う反面、私にはこういう仕事はできないと思いましたね。

沢木　兼高かおる二世になりそこなったんだね（笑）。

群　町のおばさんがニコニコしながら売ってくれるわけですよ。兼高さんもニコニコ笑ってらして、ニコニコ食べる。ま、本音のところはわからないですけどね。でもちゃんと食べたんですよ、それを。

沢木　なるほど。兼高さんはちゃんとやってたね、そういうの全部。イヤーン、とか言わないで。

群　言わない、言わない。ちゃんと齧《かじ》って食べてましたから、うわあすごいなと思う反面、もう無理だと思いましたよ、私は（笑）。

沢木　僕は兼高さんのその番組、かなりよく見てたと思うんだけど、そういうふうにはっきりしたシーンの記憶はないんです。ただ、兼高さんの声の響きみたいなものは覚えているな。それにしても、あれは子供の旅心をかなり刺激してくれた番組だったですね。

群　そうでしたね。

沢木　ほかに、たとえば群さんにとって、もし子供にも旅心というのがあるとして、どこかに行きたいという思いをさせられたような番組ってありました、テレビで？

群　テレビ番組ねえ……。当時は外国を日本の人が旅するものってあんまりなかったような気がするんですけど。

沢木　全然なかったですよ。そういうのが出てきたのは、わりと最近のことで、昔は兼高さんの番組ぐらいだったですね。

群　そうですよね。

沢木　実は、僕にはもうひとつ印象に残っているのがあって、これは外国じゃなくて日本国内なんだけど、昔、ＮＨＫに『新日本紀行』っていう番組が……。

群　ありました、ありました。『新日本紀行』。

沢木　あの『新日本紀行』のテーマ音楽が流れてくると胸が痛くなってね。「ああ、どこかに行きたい」って、それはもう小さいときから条件反射のようにそう思ってました。

群　『新日本紀行』ってありましたね。私は音楽はよく憶えていないですけど。あれもずいぶん長いことやっていましたね。

沢木　どうなんだろう。いまの子供たちにとって、ああいう『兼高かおる世界の旅』とか『新日本紀行』だとかいうような、これを見ると旅心が刺激されるというような番組ってあるんだろうか。

群　さあ、どうなんでしょうね。

沢木　テレビ朝日系列でやっている『世界の車窓から』っていう番組知ってる？

群　はい、富士通が提供している番組ですね。

沢木　そうそう。あれを見ると僕なんか心が動くんだけど……。

群　私もあれ見てますよ。とても短いので、ああ、もう終わっちゃったのかというのがあるんですけど、いいですよね。

沢木　いいですね、すごくいい番組だよね。ただただ列車が走るのを内と外から撮ってるだけだけど。

群　そう。

沢木　あのナレーション、誰だったたっけな、独特の調子で……。

群　なんとかケンジロウさんって言いましたっけ。

沢木　えーと、なんといったっけなあ……こういうのきちんと思い出しておかないとアルツハイマーになるんだって（笑）。

群　ハハハハ。

沢木　えーと、正露丸の宣伝に出てて、以前『ごちそうさま』とかいう食べ物の番組にも出てた人で……これはすでにアルツハイマーそのものだね（笑）。あの番組は時間が遅いけど、もしあれを見ることができたら、現代の子供たちも心を動かされたりするんだろうか。

群　いまの子供は子供のときから外国に行っちゃったりしますからね、わけのわかんないうちに、直接。

沢木　そうだね。

群　私なんか二十歳のときほんとに運よく三カ月もアメリカにいられましたけど、あの頃の日本の女の子はアメリカに行くとほとんど帰されてしまうっていうのがありましたね。私もイミグレーションでちょっと待たされたりとか、あとで来るようにとか言われたりしましたけど、非常に運よく滑り込めたわけですよね。

沢木　単なる観光客としてじゃなくて入ろうと思ったら、けっこう大変だったということですよね。

群　大変でしたね。受け入れ側の書類があっても、やっぱり疑いますからね、入国の審査の人は。

沢木　居つかれちゃ困るもんね。

群　もちろんそうですよね。とにかく、私はそのとき偶然行かせてもらうことができたけど、もう一生行かれないと思いましたね。こんなにみんなが行くような日本になるとも思わなかったし、ドルと日本の貨幣価値がこんなに近づくなんて考えもしませんでしたからね。当時といまでは円の価値が三倍になったという感じがします。なにしろ一ドルが三百円の時代でしたからね。たとえば『セサミストリート』のお人形一個でさえ買えないんですよね、ドルを使うのがもったいなくて。

沢木　可哀想だったね（笑）。

群　そういうような感覚だったんで、向こうでは生活するだけという感じでした。

沢木　それをいまの子供たちはポーンと……ハワイにいっぱいいたでしょガキどもが（笑）。

群　ええ、山のように（笑）。私が四十過ぎて初めて来たというのに、「なんだ、お前たちは」って言いたくなったけど（笑）。変わりましたよね、ほんの二十年ぐらいで。

沢木　僕が大学を卒業して、フリーランスの仕事をしはじめた直後に、沖縄の与那国島ってとこに行ったら、そこから台湾が見えたんですね。次に根室に行ったら、北方領土の島が見えた。礼文島に行ったら樺太、つまりロシアが見えた。対馬に行ったら韓国が見えた。で、友人たちには、俺たちの外国旅行っていうのはこういうもんなんだとよく言っていたんです。これでいいんだって。というのは、潜在的に外国になんかそんな簡単に行けないはずだというのがあったんでしょうね。俺たちにとっての外国旅行っていうのはこういうもんなんだという自嘲が、いつの間にか外国なんか行かなくたっていいんだという粋がりに変わっていったんですけど、いざ外国に行けるとなるとすぐにその粋がりを取り下げて行ってしまいましたから、ひどいもんです（笑）。

群　最初はどこだったんですか。

沢木　韓国とハワイにバタバタと続けて行ったんで、ついどっちが先だったかわからなくなっちゃうんで、そのときの気分で韓国とかハワイとか言うことにしているんです。今日はもちろんハワイですね（笑）。群さんの場合には、とにかく外国行くんだったら「アメリカ！」だったわけでしょ。「フランス！」とか、「イギリス！」とか、そういうふうにはならなかったんですか。

群　ならなかったんですよ。ヨーロッパっていうのは、もう全然自分とは違うと思っていたし、それに植草甚一さんが好きだったということもありましたしね。植草さんの本を読んだら、ああ、なんか楽しそうだなニューヨークの街をぶらつくの、とか思って。だから、アルバイトができる歳になったら、もうほとんど学校も行かずにアルバイトっていう感じでした、「アメリカ貯金」をするために。高校生のときも……あ、高校はいちおう行きましたけど（笑）、土日なんか時間があればアルバイトで、大学生のときはほとんど学校に行かなかったですね。

沢木　アメリカに行きたいっていうのは、そのときのイメージでいうと、アメリカで何かをしたいって感じだったの。それとも、ただ行きたい……。

群　一目見てみたい。自分の目で見てみたいっていうのがあったんですよ。あそこには何かがあるんじゃないか。自分は何をやりたいかってまだわかっていないけど、ただ何かすごく違うもんがあるんじゃないかっていう気がしてならなくて……。

沢木　日本にはその何かはなさそうだったの？

群　なかったです。

沢木　群さんのアメリカに行きたいという思いにはすごく強いものがあったんですね。

群　考えてみればそうですね。

沢木　そのわりには、それから全然行ってないよね、アメリカに（笑）。

群　行ってないんです。一度アメリカに行ったら、逆に日本に興味が出てきちゃって、なんか外国ってどうでもよくなってきちゃったんですよ。

愛すべきマカオ

沢木　で、アメリカから帰ってきて、次に行った外国ってどこなの？

群　次に行ったのはスペイン十日・パリ四日間（笑）。仕事でしたけど。

沢木　それは何年ぐらい後のことなのかな。

群　えーと、十年後。

沢木　へえ、面白いね（笑）。

群　だから一回パスポート取ると、一カ所だけ行って終わっちゃうんですよ。ほかにハンコが押されないんです（笑）。

沢木　あ、そうか、一冊に一カ所ポンなんだね。

群　だから最近なんですよ、パスポートにハンコをたくさん押してもらえるようになったのは。嬉しくて（笑）。

沢木　その、十年ぶりに行った、えーと、スペイン四日……。

群　スペイン十日・パリ四日間（笑）。

沢木　の旅はどうだったんですか？

群　スペインは好きです。スペインはすごくよかった。スペイン観光局主催の旅だったもので、いろんな出版社から取材の方が来てましたけど、ホテルが一緒なだけで、あとは自分の行きたいところへ好きなように行かしてもらえたので。

沢木　最近は、よく東南アジアを旅行されてますよね。

群　はい。

沢木　さっきも言ってらっしゃったけど、中でもマカオが気に入ったとか……。

群　マカオ、大好きです。アジアは、いちばん最初が韓国で、その次に香港、マカオへ行きました。そのときは香港に一泊だけして、あとはマカオだったんですね。真夏だったので香港の暑さにふらふらになってマカオに行ったら、もうこんないいとこあるのかと思うくらい感激して……。

沢木　何が気に入ったの？

群　雰囲気ですね、あの。半分死んでいるような、ホアーンとした雰囲気の中を歩いていると、ほら、日本でも、夏になると、昔よくやってたじゃないですか。縁台将棋とかね、そういうのがあって……。

沢木　ステテコでね。

群　そう。そういうのがあって……。

沢木　でも、それって半分裸の世界でしょ、おばあさんの……。

群　あ、それはいいんですよ、全然。それはアメリカから帰ってきて、許すようになっちゃったんです（笑）。

沢木　転向したんですね（笑）。

群　アメリカに行って、結局私は日本のこと何にも知らないんだっていうことがわかったんです。向こうで日本のことといろいろ訊かれても全然わからないくせに、アメリカに憧れてアメリカの小説を読んだりしている。ちょうど『飛ぶのが怖い』のエリカ・ジョングがアメリカの書店でベストセラーになっていて、それを買って懸命に読もうとしたり。自分はアメリカのことを少しは齧っているというような思いがあったわけですよね。ところが、向こうの人は日本人の女の子が来たっていうんでいろんなこと訊くわけですよ。

沢木　日本のことをですね。

群　でも、答えられないんですよ。それがすっごく恥ずかしくて。自分は日本人なのに、何で日本のことを何にも知らないんだろう。たとえばベトナム戦争がありましたよね。そのとき日本人はどんな風だったのかって訊かれても、はっきり答えられない。私は小学生か中学生ぐらいでしたけど、それは理由にならないような気がするんです。それだけじゃなくて、日本の文化的なことも知らない。けっこうその辺で、私ってなんて無知で恥ずかしい人間なんだろうと思ったんですよ。外国に行くからには、何かちゃんと答えられなくてはいかんと思って、それからどんどん日本指向になってしまったんですよ。

沢木　なるほど。

群　それで日本とかアジアとか、その辺にだんだん興味が出てきて、だからもう……。

沢木　マカオに行く頃には、おばあさんの裸はもうオッケーになっていたのね（笑）。

群　もうまったくオッケーです。中国の境のないトイレでもオッケーというような（笑）。

沢木　でも、そんなにマカオが気に入ったなんて、意外だなあ。

群　そうですか？　私、基本的に怠け者なんですけど、ただ妙に生真面目なところがあって、仕事があるとこれはやっておかねばならないって、ついちゃんとやってしまうんですよね。でも、自分でいつも違う違うと思いながらやってるところあったんです。私はほんとはこういう人間じゃないはずだ、これでは会社勤めをしていたときよりもむしろ勤勉に働いてるじゃないかと思ったりもして。だから、以前スペインへ行ったときも、そういう自分を思わず振り返ってしまうようなところがあったんです。観光局側が、何もしないでいいと言うんで、コスタ・デル・ソルというところでぼんやり編み物をしてたんですよ、浜辺で。そうすると、フランス人の悠々自適風のおばあちゃんが近寄ってきて「何やってるの？」みたいに話しかけてきてくれたりして、ああ、いいなあ、こんなのんびりしててと思わされましてね。すると、日本に帰ってきてもなかなか社会復帰できないんですよ、二週間ぐらい。それでも、体が慣れてくると、またワーッと仕事を始めちゃう（笑）。

沢木　マカオはそのスペインの感じに似ていたのかな。

群　もちろんスペインと違いますけど、ただアジアということもあってすごく近しくて、懐かしい感じがしたんですね。住んでいる人たちみんなとても穏やかで、のんびりしていいなあ、と。それでいて、どこかいかがわしい感じもあるんですよね。

沢木　ああ、ありますよね。

群　この家は絶対あやしい（笑）、とかあったりして。

沢木　マカオの裏町を歩くと、どの家も阿片窟のように見えるかもしれない（笑）。

群　あと、犬もひょこひょこ歩いてたりとかするんだけど、少し歩けばどこからでも海が見えて……。
沢木　あそこは海も波がどっさーってこなくて、たゆたゆ、たゆたゆって……。
群　そうなんですよ。そんな浜辺に町の人が集まってきて、何をするでもなく座ってるんですよね。
沢木　浜辺だけじゃなくて、いたるところでぼんやり座っているね。
群　私が見たマカオはなにもかもホアーンとしていて（笑）。沢木さんの写真集に、マカオの教会の崩れた壁を撮った写真があったじゃないですか、名前忘れちゃったけど。
沢木　うん、セントポール寺院かな。
群　セントポール寺院でしたっけ。あれを見て、私の見たのと違って、なんて崇高な写真として写ってるんだろうと思って（笑）。私が見たときは「ただの壊れた壁！」みたいだったのに、沢木さんの写真はすごく神々しく写ってたんですけど……。
沢木　ハハハハハ。そうだ、マカオで思い出したんだけどね。このあいだ香港がイギリスから中国に返還になったでしょ。
群　はい。
沢木　返還になるときに、あの返還を見に行こうという誘いとか、取材に行ってくれませんかといった申し出がかなりあったんですね。でも、返還の日だからといって特に見たくもないんで断っていたんですよ。

群　返還されてからどうなるかなら興味ありますけどね。

沢木　そう思いますよね。返還のセレモニーは一九九七年の六月三十日から七月一日にかけてだったでしょ。ちょうど僕は六月の二十八日にラスベガスに行く用事ができたんで、結果的に引き受けないでよかったんですけど、その用事というのが、例のマイク・タイソンがイヴェンダー・ホリフィールドの耳を齧っちゃった試合を見るという……。

群　あ、それは香港返還より面白いですよ（笑）。ああいう結果になったから言えるのかもしれないけど、そっちのほうが百万倍価値があると思います。

沢木　うん、あんなの初めて見たからとても面白かった。それに、あの日のラスベガスは試合だけじゃなくていろいろ変なことが起きてね。試合が終わって、カジノでバカラをやろうとしたら、あっという間に閉鎖されちゃったんですよ。カジノホテルが大金を出してタイトルマッチを開催するのも、試合後のカジノで盛り上がってもらうためなんで、そんなのって絶対にありえないことなんですよね。ところが、カジノ側はさっさと閉鎖した。客にも、ジャーナリストにもその理由がよくわからないわけですよ。あちこちで、いろいろな噂が乱れ飛んで、日本からスポーツ新聞の特派員として来ていた安部譲二さんなんか、あの試合に不満を抱いた奴がカジノでマシンガンをぶっ放して、四、五人死んだからだって書いたくらいでね。

群　えっ、そんなに死人が出たんですか？

沢木　確かに派手な音はしたらしいんです。でも、実際はシャンパンの栓が飛んだ音だったらしいのね（笑）。「スポーツ・イラストレイティッド」によれば、シャンパンの栓の音を銃声と間違えて悲鳴を上げた客がいたことは事実らしい。だからってカジノを閉鎖するほどのことはないと思うんだけど、試合の結果が異様だったので混乱が起きるのを恐れたんでしょうね。そこを安部譲二さんは、例の調子で、タイソンの試合で荒れた観客がマシンガンをぶっ放して四、五人死んだとお書きになった。「おい、おい」って感じなんだけど（笑）、なんかおかしくていいですよね。ま、そんなこんながあって、翌日は六月二十九日。日本に帰ろうと思って飛行機の時刻表見てたら、アメリカ大陸から中国大陸にダイレクトで行く便というのが一つあったんですよ。

群　へえー。

沢木　僕たちのイメージでは、アメリカ大陸からユーラシア大陸の東側に渡るためには必ず日本を経由しなければならないという感じがあるでしょう。

群　ええ、そうですね。

沢木　西海岸から日本を経由して香港に行く。あるいは中国に行く。そう思っていたら一便だけユナイテッド航空がサンフランシスコ―香港のダイレクト便というのを持っていたんですよ。

群　へえー、知りませんでした。
沢木　僕も知らなかった。それで、ああ、俺はこんなの乗ったことないから乗りたいなと思って、ユナイテッド航空に電話をしたら、一席だけ空いてますっていうの。
群　あらまあ。
沢木　でね、ラスベガスからサンフランシスコって近くでしょう。すぐにサンフランシスコに出て、その飛行機に乗ったんですよ。そして香港のカイタク空港に着いたのが六月三十日の午後六時。ということは、英国領香港最後の日の夜……。
群　ということになりますよね。
沢木　うん、返還のセレモニーがこれから始まるっていう、真っ只中に香港に着いてしまったわけですよ。でもね、そこでセレモニーを見たりなんかすると、友人になんだやっぱりセレモニーが見たかったんじゃないかって言われそうな気がして……（笑）。
群　言われそうだ（笑）。
沢木　それも癪じゃないですか。僕はまったく興味がないって言い続けてきたんだから。
群　その場にいるのもちょっとって感じですね（笑）。
沢木　それですぐにバスに乗って、マカオ行きのフェリーが出ている埠頭に急いだんです。そこに着いたのが七時二十五分。窓口で次のマカオ行きのフェリーは何時ですかと訊いたら、七時三十分だというじゃないですか。おまけに、これが最後のマカオ行きだって言うんですね。というのはその日、大花火大会があるんでヴィクトリア湾が閉鎖される……。

群　閉鎖になっちゃうから……ああ、なるほど。

沢木　これが最後だっていうんで、慌てふためいて「乗れますか！」って叫んだら、「バカ、こんな大きな花火大会があるっていうのに香港から出て行こうってやつはお前ぐらいしかいない。席はいくらでもある」って（笑）。乗ったらほんとにガラガラで、大きなフェリーに五人しか乗ってないの。

群　貸切り状態（笑）。

沢木　それでマカオに行ったんですよ。八時半に着いて、いつものようにリスボアホテルに部屋を取って、階下のカジノを一回りしてまた部屋に戻ったら午前零時になってましてね。で、ふと窓の外を見たら花火が上がっているんですよ。あれ、マカオでも花火やってんのかなと思って外に出たら、リスボアの前の広場に、五十人ぐらいの観客がいたんです。五十人というのがいかにもマカオらしいでしょ（笑）。家族連れとカップルと少年たち五十人ぐらいが、午前零時を期して始まった花火大会を見てた。でも、花火大会といっても、一発ポーンと上がると、またしばらくしてポーンと上がるというくらいのもので、そんな調子でえんえん一時間やるんですよ。

群　じゃ、けっこう間が抜けてる感じですね（笑）。

沢木　けっこうどころじゃなくて、激しく間が抜けてんの（笑）。でもそれがいかにもマカオらしい。

群　らしいですよね、ジャンジャンやらないところが。

沢木　いま頃香港では大花火大会があるだろうけど、このマカオのしみじみした花火大会のほうがはるかにいい。よし、これは正解だったと。長い話でごめんなさい（笑）。

群　いえいえ（笑）。マカオって最高ですね。

沢木　でも、僕だったらカジノに行くっていう大目的があるからいくらでも長期滞在できるけど、群さんがもしあそこに長期滞在することになったらどうしてるだろう？

群　いや、もういろいろ歩き回って、一日中歩き回って、ぜんぜん大丈夫ですよ。

沢木　歩き回っていっても、あそこは三日も歩き回ると、ほぼマカオ中の街路をみんな歩いちゃいそうな気がするけど……。

群　うーん。ボーッとしてるの好きなんで、ずーっとボーッとしてられるような気がするけど、ほんとのところはどのぐらいでしょう。ま、ハワイだったら気は紛れるかもしれないけれども、そうですねえ……一カ月が限界ですかね。

沢木　僕はカジノがあれば一年でもいられるけど。

群　カジノに麻雀はないですからね（笑）。

沢木　そうだ、麻雀があったね。群さん、中国式の麻雀やったことあるんだっけ？

群　やりましたよ、上海でも北京でも。
沢木　あのでっかい牌《パイ》で？
群　そうです。中国の麻雀って日本みたいに複雑じゃないんですよね。上海のほうがいくらかルールが細かかったですけど、北京のほうはラフで、フリテンでも何でもありなものだから、もうナキまくり状態で。
沢木　でもやっぱり日本式の麻雀のほうが面白いでしょう？
群　複雑ですからね。中国式のは勢いだけなので、手作りの面白さっていうのがあまりなくて……。
沢木　そうか、もし群さんがマカオに長期滞在することになったら、麻雀屋に入りびたって……。
群　もうボロボロになって、所持金もすぐになくなって、「お金送って」みたいになりますよね。
沢木　そのときはいくらでも送ってあげます。本の版権をカタに（笑）。
群　でもマカオの海がきれいだったら、私ずっといられると思うんですよ。ハワイほどのきれいさがあったら、私住んでも構わないぐらい好きです。
沢木　マカオは、群さんから金を巻き上げようと思ったら、海をきれいにすればいいんだね（笑）。

移動するイメージ

群　数年前にイタリアのポルトフィーノっていう港町に行ったんですけど、沢木さん、ご存じですか。

沢木　それ、どの辺なの？

群　ジェノバの東南あたり。前には海、後ろには山が迫っていて、こぢんまりした港町なんですね。私、海と山が一緒にないと好きにならないみたいなんですよ。山っていってもそこのはそんな大きい山じゃないですけど、まあ丘みたいなのがあるんですね。そのポルトフィーノに、スプレンディッドという木造の素晴らしいホテルがあるんです。パッと窓を開けるとだーっと海が見えるんですね。その海がとても透明感のある海なんです。小さな港町なんですけど漁師さんがたくさんいて、あるとき私が散歩していたら、海岸沿いで漁師さんがなんとかかんとかと言って呼ぶんですよ。それで近くに行ったら、下を見ろって指をさすんですね。見たら、すごく大きなタコが、海の中でンニャーッて動いてるんですよ（笑）。ああ、こんな船着場に近いとこにタコがいる、つまりそれほどきれいな水なんだと思って……。

沢木　それはちょっと驚くね。

群　ええ。歩いていると、八百屋さんがあったり、パン屋さんがあったり、もちろん教会があったり、どれも小さくて可愛いとこなんですね。そういうこぢんまりした店がずらっと並んでいるところにオープンカフェがあって、そこでしばらくぼんやりしていたんです。オープンカフェっていったって店がちっちゃいから、店の前に……。

沢木　テーブルや椅子を出しているわけね。

群　ええ、店だってほんとに六畳ぐらいなんです。そこでぼんやりしていたら、長期滞在のお金持ちの坊ちゃんだと思うんですけど、フランス人のちっちゃい男の子が、糸を垂らしているんですよ。そこの船着場の、タコが泳いでいる傍で（笑）。何してるのかなあと思って見たら、小魚が釣れるらしいんですね。坊やは鉤《はり》にフランスパンをつけるとピュッ、ピュッ、ピュッと簡単に釣るんです。でも、バケツとかそういうのに入れないで、そのままその辺にポンと置くんですよ。

沢木　路上にね。

群　路上に置いてるんですよ。小魚はまだ生きてるので、ピチピチ、ピチピチ跳ねてるんですね。どうして容器に入れないのか不思議だったんですけど、そうしたら、私の横からそそって猫が出てきたんですよ。猫が出てきて「毎度どうも」みたいな感じで、小魚をピュッとくわえて、しっぽを立てて、ふふふんってすごい得意気に私の前を通って行くんですね。口にくわえた小魚は、ピチピチ、ピチピチってまだ動いているんですよ。あら、どうするのかしらと思ったら、子猫が待ってたんですよ（笑）、こっち側に。

沢木　そいつは可愛いね。

群　子猫は三匹ぐらいいるんで、親猫は私の前を悠々と通って「はい、一匹」って置くと、また引き返して「どうも」ってくわえて、「はい、一匹」って持っていく。その男の子は日課にしていたんでしょうね。

沢木　なるほど、猫にとってもありがたいことだったろうけど、その男の子にとっても避暑地での一番の楽しみだったかもしれないね。

群　猫はそこらじゅうにいるんです。レストランで飼ってる猫もいるし、漁師さんに余ったお魚とかもらっている野良猫もいるし……。

沢木　猫が楽に生活できるわけね（笑）。

群　そうなんですよ。教会のところにも子猫がいて、ちょうどミサかなんかが終わって人が出てきたら、みんながその猫に挨拶するんですよ。ああ、これはみんなが知ってる猫なんだなあと思って。

沢木　そのポルトフィーノという町は別に猫と漁師だけの町じゃないんでしょ（笑）。

群　もちろん（笑）。港から丘をあがって行くと、もう花だらけなんですよ。まったく手を入れてない森があって、そこの道にはずーっと野生の花が咲いてるんです。もうほんとにいいとこだったんですよ。

沢木　そこにはリタイアした人たちの別荘なんかもきっとあるんだろうね。
群　あります。お金持ちがお城みたいな別荘を建てていて、家の中からアクアラングをつけて、すぐ前の海に入っていくのも見ました。
沢木　すごいね。そこだったらどのぐらいいられそう？
群　あそこだったらずっといられると思います。海にも入れるし、おまけに、猫もいるし、犬もいるし、鳥もいるし……。
沢木　そのときのイタリア旅行でローマには行かれましたか。
群　いえ、行ってません。ミラノやフィレンツェには行ったんですけどね。
沢木　じゃあ『ローマの休日』ツアーはしてないんですね。
群　してないんですよ。スペイン階段もトレビの泉も映画の中だけで。
沢木　でも、『ローマの休日』に出てくる場所は、実際より映画のほうがきれいに見えるかもしれないな。
群　あれはいい映画ですもんね。
沢木　最後のシーンで、公式会見をするオードリー・ヘップバーンの王女様がいなくなって、グレゴリー・ペックの新聞記者が一人だけその場に残るじゃない。で、しばらくして踵を返してコツコツ、コツコツと帰っていく。あれを見たとき、こういうのもいいなあ、と子供心に思いました。しかし、あれになるには、『逃亡者』の主人公になるより大変でね（笑）。

群　まず新聞記者になって……。

沢木　新聞記者にはなれるかもしれないけど、ローマで王女様に遭遇するっていうのが難しい（笑）。

群　王女様が問題ですよね。

沢木　できることならヘップバーンに近い感じの女性でいてほしいし（笑）。

群　ハハハハ、それはそうですよね。誰でもいいっていうわけにいかないですから。

沢木　それに、夜、通りがかりのベンチでちゃんと寝ててくれないと困るし（笑）。

群　でも『ローマの休日』は何度見ても泣けますよね。

沢木　最初にリバイバル上映で見たのが中学一年くらいだったんですけど、そのときは王女様の側に立ってずっと見てたんですね。ところが、何年かして二回目に見たときには、明らかに新聞記者の側に立って見てる。やっぱり男の子として成長してたのかもしれません。

群　私は旅というと『ストレンジャー・ザン・パラダイス』を思い出すんですよね。

沢木　ジム・ジャームッシュの映画ですね。

群　ええ。一人の女の子が従兄を頼って家出する。そして、その女の子が従兄とその博奕友達との三人でずーっと自動車に乗って移動していくというだけの映画なんです。『ルート66』もそうでしたけど、アメリカでは車っていうのが旅と一体化してるんですね。

沢木　ああ、確かに、ロード・ムービーとかロード・ノベルはアメリカの専売特許に近いですからね。

群　子供のときは『ルート66』を見ても車の免許なんかには全然興味なくて、カッコイイお兄さんが出てて嬉しいな（笑）、みたいなただの憧れだけだったんですけど、『ストレンジャー・ザン・パラダイス』を見たとき、初めて免許があったらいいなと思ったんです。

沢木　それで取ろうとは思わなかったの？

群　思いましたけどね。四十になったときちょっと本気で考えたんですよ。でもやっぱり踏み込めませんでしたね。ま、自転車だったら人に迷惑かけるといってもたかが知れているけれど、車っていうのは……どうしてもいけないほうに考えてしまいますね。

沢木　それはそうだよね。

群　あんなおばあちゃんでも運転してるじゃないとか言われるんだけど、いままでやってこなかったんでいま一つ自信がないんです。ただ、やっぱり車で移動するっていうことへの憧れはありますね。

沢木　移動するっていうことを夢想するときに、たとえば群さんだったら、車を運転して好きなとこに行くというイメージがパッと浮かぶでしょ。僕はハンドルに手をやっている感じよりも、窓に倚《よ》っかかってる感じが浮かぶんですよ。というのはきっとバスのイメージが強いんですね。鉄道でもいいんだけど、まあバスに乗って座席の窓に倚っかかってる感じが、感触としても、絵柄としても浮かんできて、自分が運転して移動していくというのは浮かばないんですよ。

群　でも、前にお会いしたときに車の免許を取ったとうかがって、そうか、沢木さんも一人で車で移動するようになったかなと思ってたんですよ。いつ頃でしたっけ、免許を取られたのは。

沢木　三、四年前に、免許を持ってないことでチラッとからかわれたことがあって、「よーし、それなら取ってやろうじゃないか」って腹を立てて、まあ、大人げないんですけど（笑）。で、三週間かそこらでピューッと取ってしまったらそれで怒りが収まっちゃったんです（笑）。

群　それじゃあ、ふだんは乗って……。

沢木　ほとんど乗っていません。だから移動してる感じでいえば、さっき言ったようにバスがいちばん好きだなって思ってます。群さんは乗物では何がいちばん快適ですか。

群　私はわりと人見知りするタイプなので、以前は知らない人が周りにいる乗物は苦手だったんですけど、さすがにこのぐらいの歳になると、バスとか電車とかで知らない人を眺めるのも楽しめるようになるんですね。でも、六十ぐらいになって、車を運転しながら「うるさいわね、ほんとにもう」とかひとりでブツブツ、ブツブツ言いながらデパートとかに行って、食料品売場で「まったく、いまどきの若い子は」とか言いながら買い物して、「そうだわ、ちょっと長野のほうまで行ってみようかしらね」とか言いながら、運転するっていうのもなんかいいなと思うんですよ。チャッチャッと小さなボストンバッグに身の周りのものを詰めて、一人でバッと行って、「やっぱり長野の空気は違うわね」とか言いながら、ビューと戻ってくるなんていうのも、なんか身軽でいいなと。

沢木　なるほど。

群　そういうときは免許あるといいなと思うんです。これからの女一人の年寄りには必要かなって（笑）。

沢木　運転と麻雀。この二つは必須の課目なのかもしれないね（笑）。とりあえず一つはマスターしたから平気でしょ。

群　マスターなんてまだまだ。一応ルールを覚えた程度で、依然として点数はわかんないんですけど（笑）。

沢木　飛行機はどうなの？

群　飛行機も嫌いじゃないんですけど、ただやっぱり、乗るときは覚悟していきますね。

沢木　というのは？

群　なんかあるかなとか、あるとおしまいだなとか（笑）。

沢木　そうか、そういうことをね（笑）。

群　そう、でも飛行機に乗ってる最中は腹が据わってますから別にいやじゃないですけど、率先して乗りたいというほど好きじゃないですね。やっぱり地に着いてるほうがいいですね。

沢木　たとえばさ、飛行機へパッと乗ったときにお酒飲む？

群　私、全然飲めないので……。

沢木　あ、そうだ、群さんは飲まないんだもんな、そうか。

群　そうなんですよ。

沢木　そうだ、それが大きな問題だったよな。問題ってことはないか（笑）。

群　いえ、問題です（笑）。でも、飛行機に乗ると楽しい部分がありますよね。全然目線が違うし。

沢木　僕が生まれて初めて飛行機に乗ったのは、仕事で北海道へ行ったときでしたね。だから学生のときは一度も乗ってなくて、二十二歳過ぎてから乗ってるんですけど、やっぱり窓際でずーっと下を見てましたよね。そうするといろんなことわかるじゃないですか。日本っていうのは森林を海として、都市を島とした、なんか森林に浮かぶ小島の連なりであるというような。それを見て、なんかとても深く納得できたような覚えがあるな。

群　私が二十歳で偶然アメリカへ行くことができたときも、国際線なんて大金持ちの女の子が、ほんとにお金を湯水のように使える女の子がパリに行くために乗るというような感じで、そうじゃなければ、外国で何かをしたいとかいう人が一生懸命お金貯めて乗るというようなものでしたよね。少なくとも、学生さんが休みにポッと行くとか、修学旅行に使うとか、そんなもんじゃなかったですね。国内線だって、学生がそれに乗って実家に帰るなんていう人はいなかったですからね。

沢木　そうだよね。

群　スキーに行くんだって、みんな新宿にスキーを担いで……。

沢木　バスとか。

群　そう、バスですよね。深夜バスとかに乗っていったじゃないですか。私はたまたま一回目が国際線で、二回目もお仕事で国際線で、三回目でようやく国内線に乗ったんですね。やはり札幌だったんですが、私もずーっと下を見てました。日本を見るのが初めてなもんで、隣に座っている担当の編集者に「あっ、地図と同じだ！」ってすごい声で言っちゃったんですよ（笑）。そしたら周りのスーツを着たビジネスマンの人たちが振り返って、ガハハハと笑われて恥ずかしい思いをしました。

沢木　群さんは感激したんだよね。

群　そう、感激したんですよ。アメリカを見るよりもっと身近じゃないですか、日本って。アメリカだとただ茫洋とした感じがするだけなんですけど、日本は、当たり前なんですけど、自分たちが学校の日本地図で習った通りになってるんで、思わず大声出しちゃったんですね。

沢木　でも、人間って不思議だよなあ。最近でこそ国際線の機内食がおいしいとかまずいとか騒いでいるけど、僕なんか、初めて飛行機の機内食を食べたときは、あまりおいしいんでお代わりしようかと思ったくらいだからね（笑）。

群　だって、飛行機に乗ること自体が人生における最後みたいな感じだったんですから（笑）。

沢木　画期的なことだったもんね。

群　私、二十歳のときに、自分が結婚する可能性と、海外に行ける可能性とを比べたら、海外旅行のほうが絶対に可能性が低いと思いましたもんね、ほんとに（笑）。

沢木　そうか、海外に行くより結婚するほうがはるかに可能性が高いと思ったんだね。

群　高いと思いましたよ。まさかこんなことになるとは（笑）。

一人旅の理由

沢木　このあいだ初めてモロッコへ行ったんですよ。

群　初めてだったんですか？

沢木　ええ、まったく初めてだったんですけど……以前『シェルタリング・スカイ』っていう映画がありましたよね。

群　ああ、ありましたね。私は見てないですけど。

沢木　その『シェルタリング・スカイ』っていうのは、ポール・ボウルズという人の原作をもとに、ベルナルド・ベルトルッチがサハラ砂漠を舞台に作った映画で、バカな女がバカな男とバカなことをしてバカな目に遭うっていう……。

群　バカ映画だったんですね（笑）。

沢木　そう、死ぬほどくだらない映画なんですよ。僕、友達にさんざんつまらなかったと言った覚えがあるんです。ところが、このあいだモロッコに行って帰ってきて、もう一度見てみたんですね。そうしたら、けっこういいじゃない、なんて思ったりしてね、節操もなく（笑）。もしかしたら、あの砂漠では、なにかこういうバカなことが起きても不思議ではないのかなと。あれは実際にその土地に行ってみて、評価が若干変わった映画でした。

群　実際にその土地の空気に触れるっていうか、そこにいるとイメージが湧くというか、想像してるのと違うことってあるでしょうねえ。

沢木　それとまったく逆だったのは本でね、エリアス・カネッティという人に『マラケシュの声』っていう本がありましてね。モロッコのマラケシュに行ったときのことを、わりと短い断章によって書いた一種の紀行文なんです。その紀行文を以前から読んでて、僕にとっては紀行文のバイブルっぽい感じがあってすごく好きだったんですね。ところが、今度のモロッコの旅でマラケシュに行って、改めてその場でそれ読んだらなんとなくつまんなかったの。だからほんとにそういうことも起きるんだなあと思って。群さんは紀行文って読みます？

群　私、あんまり紀行文って読まないんですけど、ただ、また子供の頃の話になっちゃうんですけど、松島トモ子さんがアメリカにミュージカルの勉強をするため留学をしていて、そのときのことを書いた『ニューヨークひとりぼっち』っていう本があったんですね。松島さんがひとりで寄宿舎に入って、歌とかダンスとかいろんなことを教わるわけです。だから、それは紀行文というより生活記なわけですね。それを子供のときに読んで強い影響を受けたのか、私の場合、旅行したいということより、そこに住みたいというほうが強くなってしまったんですね。その希望はいちばん最初の海外旅行で達せられちゃったんですけど、私の中では、外国には観光客として行くのではなくて、住むために行くもんだっていうのが基本的にあるんです。

沢木　なるほど、小さいときからイメージが一貫していたんだ。

群　そうなんですよ。だからアメリカへもツアーでは絶対いやだというのがあって、お金をいっぱい貯めて、一人で行くっていう強い望みがあったんですね。

沢木　それって僕にはまったくないものでしたね。ただあのリチャード・キンブルのように移動したいという……。

群　私は移動ではなくて定着するという感覚しかなくて、だから、ツアーとか、そういうのは馬鹿にしてたんですよ（笑）。

沢木　それじゃあ、ごくごく最近なんですね、そういうツアーっぽい旅をしてるのは。

群　そうなんです。アジアはわりとみんなでワイワイ行かないと楽しくないっていうのあるじゃないですか。タイ料理を一人で食べてもつまんないっていうのもあるし、中国料理を一人で食べてもつまんないなっていうのもあるんだけど、こう言ったら何なんですけど、お友達と行ったりとか、取材でいろんなとこ行きますよね。そのあと必ず帰りの飛行機の中で、ああ、今度は一人で来たいなと思っちゃうんですよ（笑）。いつも必ず思うんです。

沢木　そこはほんとに微妙なところで、複数で行くのも……。

群　楽しいんですよ、ものすごくその場は。でも、みんなでワイワイやってると、その土地と自分との感覚が稀薄になるじゃないですか。

沢木　なりますね。

群　顔見知りのその人たちとの行動は、気持のいい人たちですから、場所は違っていても、自分が馴染みやすい環境のまま、日本でやっているような行動様式で動くことになりますよね。でも、やっぱり私は、二十歳のときの、自分以外知る人が全然いなくて、人種差別されて店に入れてもらえなかったりとか……。

沢木　馬鹿にされたりね。

群　そう、馬鹿にされたり、指さされたりとかね。いまはそういうことはないんでしょうけど、そういう経験をしたという強烈な感覚が残っているので……。

沢木　それこそ異国にあるということの面白さだとも言えるもんな。

群　そうなんです。で、そのとき「ふざけんじゃねえよっ」とか言いながらも、下を向いて「チェッ」とつぶやいて、別のもので気を紛らわせようとする。そういうのって一人でしかできないんですね。

沢木　僕はたいてい一人で旅行をするんですけど、夕食のときだけは誰かいてくれないかなと思います。でも、やはり、一人のほうが旅としては濃くなるんじゃないですか。

群　そうですね。

沢木　それはなぜかって言うと、たぶん一人のときには、もちろん言葉には出さないけど、一人でずっと独り言を言ってるんだと思うんです。身の周りでさまざま生起することに対して、自問自答してるんだと思う。

群　ほんとにそうですね。

沢木　一人だとその言葉が内部に蓄積されていくんだけど、二人になると言葉をやりとりしてる分だけ溜まらないで出ていってしまう。それで、濃密さの度合いが一人のときと違っちゃうんですよ、きっと。

群　一人のほうが濃密さの度合いが高いと思いますね。

沢木　だから、旅の密度をほしい人は一人で行ったほうがいいだろうけど、そんな密度は必要ないっていう人だって、もちろんいるわけだからね。二人でおいしいもの食べたいとか、大勢でワイワイしたほうがいいんだという人は当然いますもんね。

群　ただ、一人で行きたくても、特に若い女性の場合はなかなか難しいものがあるじゃないですか。

沢木　ありますね。

群　だから、私なんか、もうこれからは平気で行けちゃうなと思うんですよね。危なくなる度合いがどんどん少なくなるというのがあると思うんですよ。

沢木　でも、わかんないよ（笑）。

群　いやァ……もう、大丈夫です。

沢木　向こうが群さんの年齢を相応に見てくれるとは限らないもんな。

群　そうですか。

沢木　もうモロッコなんか行ったら大変だよ、きっと。モロッコの男って、日本の女の子がすごく好きらしいのね。

群　あ、そうなんですか。

沢木　掛け値なしに好きらしくて、群さんがモロッコに行ったら、もう歳は間違えられるわ、下にも置かない大歓迎で、すぐ結婚してくれって言われるよ、絶対に。

群　それはいいですねえ（笑）。でも結婚したはいいけどパスポートの年齢見てひっくり返ったり、ギャーッとか言われて追い出されたり（笑）。

沢木　群さん、外国人と結婚する気は全然ない？

群　いや、誰でもいいですよ、してくれる人なら（笑）。

沢木　でも一般論として、外国の人と結婚してうまくやっていくのは相当大変だろうなって思いません？

群　私は特に外国人と結婚したいとか、したくないとか、そういうの全然なかったですね。ただ外国の人と結婚するのは難しいだろうなとは思いましたね。まあどこの国の人とでも、理解しあえる部分があればそれでいいと思うんですけど、なんか接点がないと難しいですよね。

沢木　それこそ、こっちが「新日本紀行がね」とか言ったってさ、「何よそれは」って言われちゃうもんなあ（笑）。「新日本紀行おぼえてる？」って言ったら、「うん、記憶にちょっとは残ってる」っていうぐらいの人と結婚したいなあ、俺だったら。ま、俺はもういいんだけど（笑）。そうだ！　モロッコは食べ物がおいしかったんですよ、突然ですが（笑）。特にマラケシュがね。

群　どんなものを食べてたんですか（笑）。

沢木　このあいだの旅も一人だったんで、当然のことながら食事も一人。まあレストランで食べてもいいんだけど、それよりはっていうんで、基本的には屋台で食べてたんです。夜になるとフナ広場というところに屋台がたくさん店を広げるんですよ。で、そこにモロッコ人の客しか来てない屋台というのが一軒あったんですね。それが羊のちゃんとした肉を取ったあとのもの、つまり骨にくっついた肉とか内臓とか頭とかを、もちろん皮を剝いで、ドラム缶のような大鍋でくつくつと煮る、というか茹でるんですね。それを粗塩にクミンっていう……。

群　はい、クミンって香辛料にありますね。

沢木　それを混ぜた塩をつけて食べる。それが六十円ぐらいなんですよ。ほんとにおいしいんで、毎日食べに行ったんですね。そのうちにそのおやじが、あ、また来たっていうような目で見るようになりましてね。外国人は僕だけだから目立ったんでしょうが、三日目ぐらいから、僕が行くと骨の中にある白い髄をくれるようになったんです。これが白子みたいで、おいしくて……。

群　へえー、エキスですね。

沢木　そうするとほかのやつが「俺も、俺も」って手を出すんだけど、全然無視してね、それ僕だけの特別サービスなわけですよ。

群　毎日来るほど喜んでくれて嬉しかったんでしょうね、おじさん。

沢木　そうなんでしょうかね。で、それでお腹がいっぱいになる日もあるんだけど、まだ食べ足りないという日は、隣に臓物をタマネギで炒める料理の屋台があるんで、それを追加するんです。最初の屋台で野菜スープを飲んで、二番目の屋台で茹でた肉を食べて、三番目の屋台で炒めた内臓を食べて、最後にオレンジをしぼったジュースで締めくくって、二百円にならない。

群　安い！　ほとんど駄菓子屋感覚ですね。いいなあ。

沢木　そしたら、先日、銀座のフランス料理屋で同じような内臓の料理があったから頼んだら、三千五百円だったっていう、そういう話（笑）。

群　内臓おいしいですもんね。内臓好きなの私も。嫌う人もいるけど、内臓がいちばんおいしいですよね。

沢木　ねえ。マラケシュで食べた屋台のフルコースというのは……。

群　屋台のフルコース、いいですね。

沢木　ええ、最近食べた料理の中では秀逸だった。

群　私も、外国人がほかにいなければ、女性もいないというマンハッタンのピザ屋に入ったことがありました。
沢木　最初のアメリカ行きのときに？
群　ええ、ニューヨークに行って、なんかお腹空いちゃったんですよね。で、見たら、半地下みたいなところに安そうなピザ屋さんがあったんですよ。そんな高いお金は払えませんから、コーラとピザでいいやと思って、トントントンって降りて入っていったら、そこの厨房にいた人が、「ん？」ってびっくりした顔をするのね。一瞬ハッとなったけど、別に拒絶するわけでもなくニコッとするから、ああ、いいのかなと思ったら、どうも全体の雰囲気が男っぽいんですね。客はみんな黒い革ジャンに黒い革のピチッとしたズボンはいて、なんかバンダナかなんかしてるんですよね。
沢木　いかにも、っていうふうだね（笑）。
群　そうなんですよ。で、ようやく、「あれっ？」と思って、よく見回すと、女の人が一人もいないんですよ。男だけ。これは違うとこに来ちゃったかなと思ったんだけど、なんといってもお腹が空いてたもので。私がニコッと笑いかけたら、「うむーっ」とかってそこにいる人も笑ってくれて。テイクアウトにしてもらおうとしたら、お店のお兄ちゃんがちょっとおまけしてくれたりして（笑）、ああ、そうか、ここはゲイのとこだったんだなって……。
沢木　ようやく理解したわけね（笑）。彼らもびっくりしたろうな。

群　ええ、愛想はよかったけど、驚いていたみたい（笑）。

いつか行きたい場所

沢木　群さんはこれからどこか行ってみたいところというのはあるんですか。
群　沢木さんは（笑）。
沢木　僕は成り行きまかせなんですけど、気になる場所はベトナムですね。それはさっきのモロッコもそうだったんですけど、行くチャンスがいっぱいあったのになぜか行かなかったという……だからベトナムは行きたいというより気になっているっていう感じですね。
群　私もほんとに成り行きまかせっていう感じなんですよ。ただ、死ぬまでに一度はピラミッドを見てみたいなあっていうのはあるんです。昔の人の、電卓もコンピューターもなかった頃の英知の結晶じゃないですか。だから一体どんなものか……っていってもただの三角錐みたいなもんでしょうけど（笑）。どんな感じのところにどんなふうに建ってるのかっていうのは知りたい感じがしますね。
沢木　なるほど。
群　興味はすごくあるんです。でも遠いんで尻込みしてしまうというか……。私はどっちかっていうと、次から次へ新しいところを目指すというよりも、また台湾に行きたいなあとか、またマカオに行きたいなとか、またハワイに行きたいなとか、そういう思いのほうが強いですね。

沢木　ピラミッドといえば、このあいだエジプトで不幸な事件がありましたよね。イスラム原理主義者らしきゲリラに観光客が銃撃されるという。僕らもこんな気楽なことばかりしゃべっているけれど、基本的に異国というのは危険なものだということは認識しておいたほうがいいですね。

群　海外で危険な目に遭うのはほんとに残念だけど、その場合は不運だったと諦めるより仕方がないのかもしれませんね。だって、私なんか二十歳でアメリカに行ったとき、生きて帰れるとは思わなかったですもん（笑）。

沢木　でも、それってかなり時代がかっているね（笑）。

群　なにしろ遺言状を書いて行ったんですから。

沢木　偉い（笑）。

群　いまだに外国に行くたびに、生きて帰ってこないかもしれないと思っちゃうことがあるんですよ。

沢木　遺言状、いまでも書いてるの？

群　いえ、ぜんぜん書いてません。

沢木　どうして？

群　もう、どこで死んでも悔いはないから（笑）。

沢木　ハッハッハッハ。

ラテンの悦楽

八木　啓代
沢木耕太郎

やぎ　のぶよ

一九六二年、大阪府生まれ。シンガー、ブック・ライター。

私が「ハバタンパ」でヴォーカルを担当している八木さんと対談するに至ったのには、二人の知人の存在が関係していた。ひとりは私の若い友人のトランペッターで、彼が「ハバタンパ」の前身のバンドに参加していたため、「ハバタンパ」にはかなりの親近感があった。もうひとりは八木さんの書いた『PANDORA REPORT』の編集者で、以前からの知り合いである彼には、本になる前からネット上の八木さんの文章を読まされていた。私はその歯切れのよい文章に大いに感心したが、いざ本が刊行されることになっても、売れ行きに貢献しうるようなことはひとつもできなかった。

そこで、その『PANDORA REPORT』が文庫化されるにあたっては、巻末の解説がわりの対談に参加させていただくことにしたのだ。『喝采がお待ちかね』とタイトルを変えた文庫本は、九八年十月に刊行された。（沢木）

ラテンの居心地よさ

沢木　この文庫本『喝采がお待ちかね』の元本は『PANDORA REPORT』というタイトルですけれども、ものすごくタイトルがつけにくい本だったと思うんですよ。
八木　確かにタイトルをどうするかでけっこう揉めたんです（笑）。
沢木　それはこの本の性格をひとことで言い表わせないからだと思うんですね。「これは『地球の歩き方』のラテン版です」とは言えないし、「ラテン系の音楽に関するインサイド・レポートです」とも言えないでしょう。だからといって、「ラテンの国に女が一人で住んでみたらの記です」とも言えない。
八木　ええ。
沢木　でも、そのすべてでもあるわけですよね（笑）。つまり、いろんなものが詰まっていて、読んでみればとても面白いのに、ひとことで説明できないというところが、タイトルのつけにくさに表われ、あるいは売れ行きに関わったんだと思うんですね。もっ

と売れると思ったでしょう？（笑）

八木　内心はね（笑）。

沢木　そうだろうなあ（笑）。

八木　たしかにパソコン通信で連載していた時代から読んでいた人にとっては、『PANDORA REPORT』というタイトルに思い入れがあると思うんですね。もともと「PANDORA」というのは私のペンネームで、その私が書いたレポートという意味だったんですが、パソコン通信以外の読者を設定したとき、タイトルが意味不明なものとして、訳《わけ》のわからない記号みたいな感じで浮き上がっちゃったというのはあると思いますね。

沢木　それともう一つ、著者である八木啓代さんという方についての情報が、一般的な読者には少ないということがあるかもしれませんね。八木さんがラテン音楽の歌い手だなんてほとんど知らないと思う。

これが小説だと、読みすすめるうちに徐々に主人公のキャラクターとか状況がわかっていくというところに喜びを感じていったりするんだけど、ノンフィクションやエッセイ、旅行記というのは、比較的最初のところで著者に関するインフォメーションを与えてもらったほうが楽に読めるんですね。『PANDORA REPORT』を買って読んでくれた人にとっても、そういう感じが残ったんじゃないかな。パソコン通信ですでに了解ずみの人たちはいいでしょうけど、普通の読者は「どうしてこのお姉さんは異国でこんなに突拍子もなく跳《と》んだり跳《は》ねたりすることができるんだろう」と思うのが普通でしょう（笑）。

八木　なんでこんな知り合いがいるんだ、みたいな……。

沢木　そう。だから文庫本にするのなら、八木さんについて、もうちょっと読者に説明しておいたほうがいいんじゃないかと思うんですよ。

八木　そうかもしれませんね。

沢木　ところで、八木さんはいまメキシコに家を持っているんですよね。

八木　ええ。

沢木　そのメキシコと日本と、八木さんはどういうふうに行き来しているんですか？

八木　一時期まではメキシコのほうがパーセンテージでいうと長かったんです。まあ、日本にはたまに帰ってくるという感じで、基本的に仕事は完全にメキシコでしてるというところまでいっちゃったんですね。それで、これはもうメキシコに住むしかないだろうと思って家を買ったんです。

ところが、買った後に先住民武装蜂起があって為替（ペソ）が一気に暴落して、ドルに対して三分の一ぐらいになっちゃったんですよ。そうなると、私の場合は音楽の仕事をしていたわけですけど、ギャラがドルに換算して三分の一になったわけです。しかも、大不況に突入してしまいまして……。そうなると、まあ音楽というのはなくても生きていけるものですよね。

沢木　基本的にはね。

八木　ということで、一気に仕事が減ってしまったわけなんです。そうすると、私はメキシコにいるときはその国にいる外国人、異邦人なんですよね。だから、状況のいいときはいいんですけど、メキシコのミュージシャンも仕事がなくなってけっこう笑えなくなってるときに、一緒に私が椅子取りゲームに参加しちゃうと、それはなかなか見苦しいことになる。まして、私が同じ外国人でも、アフリカとか、別のラテンアメリカの国から来ているというならともかく、いちおうみんなが豊かだと思ってる日本から来てるわけじゃないですか。

沢木　なるほど。

八木　その、いちおう豊かな日本人が同じ土俵で椅子取りゲームに参加しちゃう、同じ仕事を取り合うという形になるのは、けっこう友情を壊しそうな気もするし、あんまりエレガントじゃないなっていうのがあって……。で、まあちょっと状況を静観しようと思ってたところにハバタンパというグループの誘いがあったわけです。

ちょうどその頃、そういう事情で私も暇だったので「面白そうだからやってみよう」と。それも「一回限りの公演ですから」という話でキューバに行ったんですが、何かハマっちゃって、「解散するのをやめようよ」ということになりまして、そうなると実際、活動を始めて最初の半年ぐらいは、お笑いなんですけど、六本木ピットインでライブをするために私がメキシコから帰ってくるという、とんでもなく不経済でバカなことをやっていたんです。

これではまず第一に経済的に長続きするわけがないですし、まあ、前みたいにリッチでもなくなってる。だったら、いっそのこと東京にしばらくいるのはどうだろうという話が出てきたら、ハバタンパのメンバーは非常に無責任だから（笑）、「そうなるといくらでもライブができていい」ということになりまして。

沢木　それは気分としては、「じゃあまあ、日本に出稼ぎに行くか」っていう感じだったんですか。

八木　そうですね、出稼ぎです（笑）。

沢木　日本にいるときはどこに住んでるの？

八木　それが、メキシコにアパートメントを持ちながら、西新宿で小さな1DKに（笑）。

沢木　メキシコの家っていうのはどのくらいの広さなんですか。

八木　そんな偉そうに言うほどじゃないですけど、場所はなかなか良くて、六十平米《へいべい》ちょっとの2LDKだから一人で住むにはまあ充分ですね。

沢木　それはもう充分だよね（笑）。とりあえず、住まいの形態はわかったけど、次にどうしてそんなにスペイン語がしゃべれるんだろうということについて訊《たず》ねます。別に尋問してるわけじゃないんだけど（笑）。大学のスペイン語科にいて、留学生としてメキシコへ行ったということは知っているんだけど、それだけではそんなにしゃべれませんよね。

八木　そうですね。

沢木　そこから先、留学の期間が終わってもずっとメキシコにいたんですか？

八木　いちおう、日本に戻ってはきたんですけど、何かこう体に牡蠣《かき》の殻がへばりついてくるように、「ああ、やっぱり私はあっちに戻りたい、あっちのほうが合っているのかもしれない」という感触があって……。

沢木　あなたが書いた言葉を素直に信じるとすれば、昔はメガネをかけたすごく生真面目な文学少女っぽい女の子で、その相当地味っぽい女の子がラテンの国に行ってぶっ飛ぶわけだけど、最初に留学生として行ったときは恐る恐るメキシコに入っていったという感じなんですか？

八木　そうですね。最初は通訳とか翻訳家とか、あるいは文化人類学にけっこうハマっていたので、運が良ければ学者になろうとか思っていたんです。それで、真面目に勉学のために留学したんです。となると言葉というのはいちばん重要なツールですから、とにかく言葉だけはちゃんとやろうと思って、それで頑張って勉強したというのはありません。で、これはどこの国へ行っても同じだと思うんですが、外国の言葉をちゃんと勉強しようと思ったら、現地にいる日本人とのつきあいをいっさいカットするというのがいちばんいい。

沢木　まったくそうですよね。いくら外国に長くいても、その国の言葉を使わざるをえないというのっぴきならない状況をつくらないかぎり、言葉はけっしてうまくならないもんね。

八木　ただ、それって逆に言うと、現地に存在している日本人社会からは嫌われるような人間になるっていうことではあるんですけど。まあ、ある種そういうふうに心がけちゃった結果、日本人も「あえて八木さんには声をかけない」みたいな、シカトされるというか、村八分になるというような状況をつくってしまって、病気になっても日本人には頼れないというふうに自分を追い込んでいったんですね。

そうすると、どんなトラブルがあっても、それはもう自分一人で解決していかなければいけない。だからまあ、最初はカルチャーギャップで友達と大ゲンカしたり、なんで自分がみんなから非難されているのかわからなくて部屋で一人悔し泣きをするとか、そういうことを繰り返しながら、だんだん向こうの人の考え方とか、こういうときにこの人たちはこう反応するんだなっていうのが、だんだん見えてくるというか、読めるようになりました。

沢木　そのとき、見えたり読めるようになった結果、嫌だなと思うこともあれば、むしろそういう感受性とか、リアクションとかが理解できることによって好きになっていくっていうこともあるわけだけど、八木さんの場合は明らかに好きになっていったわけですね。

八木　そうですね。もちろん完全に百パーセントの理解というのは絶対ありえないですよね。やっぱりどこかに壁というのがあって、ここから先は私も立ち入れないという部分はもちろんあるんだけれども、それは同じ日本人同士だって、じゃあお互いを百パーセント理解できるかというと、そんなことはないじゃないですか。

むしろラテンアメリカの人たちは、最後の最後までは受け入れてはくれないけれども、逆に異邦人に対しては非常に詮索しないというか、あるがままに異邦人は異邦人として受け入れてくれるようなところがあるんですね。だから、日本だったら変わり者と言われちゃうような人でも、向こうでは、たしかに変わり者にはちがいないかもしれないけど、そういうものとして受け入れてくれるというか、嫌うわけでもなく、どうこう批判するわけでもなく、変えようというわけでもないんですね。

だから、あそこにいると私は何か自然にいられるというか……。メキシコやキューバに無理に合わせようとするわけでもなく、私のままでいても別にそれで誰かが傷つくわけでもなければ、私が誰かに合わせなければいけないということもないんですね。

沢木　そういうふうに、「ああ、居心地がいいなあ」とか、「悪くないなあ」というふうに思いはじめたのはいつ頃からなんだろう。留学してわりと早い時期なのか、それともしばらくしてからなのか、どっちでしたか。

八木　しばらくしてからですね。まあこれはどんな留学生でもそうだと思うんですけど、最初の一、二カ月というのは好奇心で、何を見ても珍しくて面白いというのがあって、それからしばらくたつと、もう嫌で嫌でしようがないときがあります。「なんでこんなところに来ちゃったんだろう」と、もう感覚の違いというのが耐えられないぐらい嫌になっちゃう。そういう時期があって、しばらくたつと逆にそれを受け入れられるようになってくる。

沢木　それは、期間でいうとどのくらいしてから？

八木　私の場合だと帰る少し前ぐらいですね。

沢木　なるほど。じゃあ、そのときにメキシコという国に対して、何かある了解点に達したわけですね。留学期間は一年ぐらい？

八木　最初にいたのは一年半です。

常に旅をしている感覚

沢木　僕は移動しながらいろいろな国に行ったことはあるんですけど、一カ所に半年とか一年とか定住したことがないんです。いつかどこかで暮らしてみたいと思っていましたけど、残念ながら現在に至るまで実行できないでいます。でも、その移動と定住ということに関して言うと、ラテンの国の人たちというのは、ただ通過していく旅行者としての異邦人に対するのと、まあいずれはいなくなるかもしれないけど、とりあえずそこに留《とど》まって住んでいる異邦人に対してとでは扱いが違うんでしょうかね。

八木　やっぱり少しは違ってくるでしょうね。それはなぜかというと、通り過ぎる人というのは、まあお客さんですよね。経済的になんらかのやり取りをする場合でも、ホテルに泊まったり食事をしたりということはあるけど、それ以上のものではないわけです。けれども、住んでいる人間というのは生活を分かち合っている部分というのがあります。いくらその人の生き方には干渉しないとしても、たとえば仕事を分かち合っていくという部分もありますし、ある意味では友人であるとともにライバルであるという部分も出てきますよね。

沢木　たとえば、日本人がラテンの国に行ってある時間住むと、ただ放っておいてくれるというだけじゃなく、さまざまなことが起きるわけじゃないですか。そのときに、「もう耐えられない。こういうくだらないところがあるから嫌だ」という人と、「いや、くだらないところもあるけど、だからこそ面白い」という人に分かれますよね。

八木　ええ。

沢木　八木さんの場合には、ラテンのどのあたりが面白かったのかな？　いまおっしゃったように、放っておいてくれる、自分のありのままにしておいてくれるのが楽だったというのが一つの基本的な要素でしょうけど、それ以外に、もうとんでもなく頭にきたりすることも山ほどあるわけでしょう。それでも、「ここはいい」というふうに思ったものがあるとすると、それはなんなんだろう。

八木　沢木さんと今福龍太さんとの対談の中で、今福さんが、「アメリカとか日本とか、いわゆる先進国というのは自分のほうからアクションをしかけないと物事が何も起きないけど、いわゆる発展途上国は放っておいてもいろんなことが起こる」とおっしゃってますけど、そんなところがありますね。

沢木　向こうから出来事が襲ってくるよね。

八木　たとえば、メキシコ・シティって大都会の顔をしているんですよ。一見すると、ほんとに大都会なんだけれど、にもかかわらず、いるだけでとんでもないことが起こる。しかも、そのとんでもないことというのが、あまりにもとんでもないんで、笑っちゃうというんですかね。

だから、ある意味でストレスが溜まる部分というのもないわけではないんですが、常に旅をしているのと同じみたいな感覚というのをおわかりでしょうか。要するに、いろいろさまざまなトラブルが次々に押し寄せてくるのをどういうふうに乗り越えていくかということに関して、ある種のゲーム的な楽しさがあるんですよね。

沢木　退屈はしない……。

八木　しませんね（笑）。しかも、トラブルの対処に失敗したからといって、別にそれが致命的なことに……、まあなることもあるのかもしれないけれど、けっこうなんとか乗り越えられるんですね。

沢木　僕はカリブを除くとメキシコ、それもメキシコ・シティしか知らないんで、中南米というのはまったく感じがわからないんです。でも、いまおっしゃったように、たぶんあそこら辺をうろうろしていたら、それこそ山ほど出来事が押し寄せてくるだろうというのはわかるんです。そこを切り抜けていくというか、泳いでいくだけでもかなり刺激的なはずで、そのときは、あるいはうんざりするかもしれないけど、しばらくして日本に帰ったら、「ああ、面白かった」と感じるにちがいないと思うんですよ。

じゃあ、逆にラテンの人たちが旅行者として日本を通過したとき、あるいはしばらく住んでみたとき、彼らはどういう印象を持って帰るんだろう。

八木　ある種の驚きと感動はあるみたいですね。要するに、日本って決められたとおりにほんとに物事が進むじゃないですか。それが向こうの人たちにとっては、ある種、新鮮な驚きというか、「ほんとにこんなことがあっていいんだろうか」みたいなところはありますね。

沢木　とりあえず感動するわけね（笑）。

八木　たとえば、ツアーで一カ月間日本にいたとします。その間、何もトラブルがないんですよ。そのこと自体が、「こんなことは初めてだ」みたいな。

沢木　肯定的な部分で言えばそうだろうな。逆に、否定的な話として出てくることがあるとするとどういうことだろう。

八木　特にラテン系の真面目な人の場合ですけど、やっぱり周りがみんなスケジュールどおりにビシッと動いたら、自分もスケジュールを壊しちゃいけないんだという方向にいきますよね。それが非常に強迫観念になって、たいへん辛《つら》いということをよく言いますね、キューバ人とかメキシコ人の留学生なんかは。向こうだったら、「あっ、ごめんね」ですむようなことが、こちらではすまないんだみたいな……。

沢木　僕は時間に関してわりとルーズで、ほんとにキューバなんかに生まれていればよかったと思うくらいでね（笑）。

以前、ベン・ジョンソンの生まれ故郷のジャマイカに行って、テレビのドキュメンタリーの番組をつくったことがあるんです。キングストンのホテルに滞在して取材していたんですけど、一日の仕事が終わるとテレビ局のスタッフのひとりが「明日は何時に出発です」とか言うわけですよね。そうすると、僕は一生懸命きちんとやっているつもりなんだけど、そのときになると十五分かそこら平気で遅れちゃうんですね。ところがほかのみんなはやっぱりきちんと時間どおりに来ていて、後で聞いたら、「それを私たちは〝沢木時間〟と呼んでいました」なんて言われてしまいました。十五分くらい、おまけしてくれてもいいじゃないかと思うんだけど（笑）。キューバやメキシコだったら問題ないよね。

八木　その辺はファジーですね。ただ、きちんとしている人というのは、それをすごい売り物にしていますよね。「私は時間に正確な人間だ」と（笑）。そうすると周りの人も、「おおっ、すごい。この人はなんと時間ピッタリに来たぞ」と。

沢木　なるほど（笑）。

八木　だから、ちょっとエグゼクティブでヤッピーっぽくて、「私は有能だよ」みたいなタイプの人がいるじゃないですか。そういう人というのは、いかにもさも時間きっちりに来て、「ほら、私は時間どおりに来たでしょう」みたいに売りになる。

沢木　八木さんは、時間は正確ですか？

八木　私も、時間どおりというのはちょっと厳しいですね（笑）。

奇想天外な挿話の真実味

沢木　まあ時間のことはさておいて、僕らはきわめてぞんざいにラテンとひとくくりにしてしまうんですけど、カリブと中米、南米の三つを比べて違いはないんですか。

八木　けっこう違います。細かく言うと、国ごと地方ごとに国民性というか民族性が違いますし。

沢木　このあいだ、サッカーのワールドカップがありましたよね。僕もフランスに見に行ってたんだけど、中南米のスペイン語圏の連中というのは、スペインに行けば安く寝泊まりできるから、フランスに行かないで、とりあえずスペインに行って、寝て食べて、それからフランスに来て試合を見るというのが多かったんですね。特にアルゼンチン人なんかは。

で、考えてみたら、スペイン語圏の人が行ける国って相当に多いじゃないですか。もちろん、ヨーロッパはスペインしかないけれども、中南米ならブラジルを除けばほとんどどこへでも行けますよね。

八木　そうですね。ただ、スペイン語はブラジルでもけっこう通じます。

沢木　これもワールドカップのときのことなんだけど、パリからマルセイユに行くTGVに乗ったら、アルゼンチンのサポーターがいっぱいいたんです。その日、アルゼンチンは準々決勝でオランダと闘うことになっていたもんでね。ところが、なぜかその車両にブラジルのユニフォームを着たブラジル人が二人乗り合わせてしまって、アルゼンチンのサポーターと議論を始めたんですね。内容はくだらなくて、ペレとマラドーナのどちらが史上最高のサッカー選手かというんです。ブラジル人が「一位がペレで、二位がマラドーナだ」と言うと、アルゼンチン人は「一位がマラドーナで、二位がクライフで、三位がペレだ」と言う。二位にオランダの選手を入れたりするところがアルゼンチン人は少しせこかったけど（笑）。それだけの議論を延々《えんえん》とやっている。四時間後にようやく終わったと思ったら、それはTGVがマルセイユに到着したから、というほどでね（笑）。でも、そのときの彼らの話しぶりを聞いていて「コミュニケーションはできるけど、丁々発止《ちょうちょうはっし》というのではないな」という感じがしたんだけど。

八木　そうなんですね。だから、日本でもちょっと強めの方言ってあるじゃないですか。注意して聞いていると、大体わかるみたいな。そういうニュアンスですね。

沢木　スペイン語圏の連中って——コロンビア人でもチリ人でもいいんだけど、政治的な事件が起こっていったんはフランスに亡命したりした後で、こんどはメキシコに行ったり南米のどこかの国に戻ってきたり、ある意味では相当に自由ですよね。そこへいくと、ポルトガル語のブラジル人って、どのくらいの自由度があるんだろう。やっぱり平気で中南米で生きていけるかしら。

八木　ブラジルの人の場合は中南米というよりは、むしろヨーロッパに行くみたいですね。

沢木　八木さんの本の中でも、比較的ブラジルの記述は少ないですよね。

八木　私自身がブラジルに行ったことがないんです。

沢木　それはなぜなんだろう？　縁がないといえばなかったんだろうけど。

八木　そうですね。縁がなかったというのと、あそこはちょっと文化圏が少し違うというますか、音楽もぜんぜん違いますよね。

沢木　同じ南米といっても、ブラジルの広大な一角と、それ以外のところとはちょっと違う。さらにアルゼンチンとペルーとチリを比べてもだいぶ違うし、メキシコと隣のカリブ圏とはだいぶ違う。サッカーにしてもアルゼンチンとブラジルではスタイルがぜんぜん違うし、音楽も違う。にもかかわらず、すべてを「ラテン」という言葉でまとめてもいいような類似性がなんとなくあるんですね。

八木　それはありますね。話が元に戻りますけど、ものすごく大きくまとめちゃうと、ほんとに何が起こるかわからない。そのとんでもないというのは、一夜にしてお金が全部紙屑になって、大統領が逃亡して、みたいな事態が起こったところで、みんなわりとそれを淡々と受け入れてしまうみたいな……。かといって、その淡々というのは、あきらめきって受け入れているというのではなくて、それはそれで、「さあ、何か面白いことがまた始まるぞ」みたいなところがありますね。

沢木　僕はラテンに対する知識が少ないから、すぐガルシア＝マルケスの話になってしまうんだけど、彼が何かのインタビューで、「たとえば、象が空を飛んでいるといっても、人は信じてくれないだろう。しかし、四千二百五十七頭の象が空を飛んでいるといえば、信じてもらえるかもしれない」と話しているんです。ラテンの文学とかラテンの人の話って、そういう突拍子もない話がすごく多いじゃないですか。「ラテンでは本当に象が四千頭ぐらい飛ぶんじゃないか」（笑）という気もするけど、「やっぱり飛ばないよなあ」という気もする。

八木さんの本の中にもいろいろ突拍子もないエピソードが出てくるけど、「こんなことをやるかよ」みたいな話と、「でも、ほんとにやるかもしれない」という話と両方ありますよね。

八木　最初にパソコン通信に連載していた頃から、「あれはほんとにほんとの話なのか、それとも嘘がかなり入っているのか」という問い合わせがけっこう来たので、『PANDORA REPORT』の原本のあとがきでは、「それはあなたの判断に任せます」といって投げちゃいましたけど、あの中身はほんとの話です。

沢木　ガルシア＝マルケスの小説にしても、奇想天外な挿話みたいなのがごろごろしているじゃないですか。ああいうのはどこかで事実というか現実に裏打ちされているんでしょうかね。

八木　おおむねほんとですね。というのは、ガルシア＝マルケスに関していうなら、『百年の孤独』というのは、中南米市場で空前のベストセラーとなった本なんです。それまでのベストセラーというのは、文学作品を読むようないわゆるインテリの人たちの間でだけ受けたというものだったんですが、『百年の孤独』に関してはほんとにその辺のパン屋のおばちゃんとか、修理工場のおじさんまでが買って読んだという意味でも空前絶後なんですね。

日本では、あの小説はものすごい創造力の賜物《たまもの》というふうに評価されましたが、ラテンの人にとってあれは現実のパロディなんです。だから、ほんとに物理的にこういうことがありえるかということを問題にしちゃうと〝嘘〟ということにはなるんだけど、現実のパロディとして一つ一つの挿話が全部読めるんです。「ああ、これってあの事件のことだよね」とか、「あっ、これってあの会社のことだよね」とかというのがある種、全部わかる。要するに、中南米の人にとっては、小説の体裁を取りながらも、そういうリアリティに満ちているわけなんです。ノンフィクション的な肌ざわりがあるというか……。ガルシア＝マルケスという方はもともとジャーナリストですよね。その感覚のすごさだと思うんですけど。

キューバの中華思想

沢木　僕が八木さんの本の中で書かれている場所のなかで行ったことがあるといえるの

はキューバくらいなんです。ほんの十日ぐらいですけどね。一九九一年の暮れですから、物資が極端にないときで、特にガソリンが欠乏してみんなが自転車に乗りはじめた頃でした。いまでも彼らは自転車に乗っているのかな？

八木　乗っていますよ。ただ、ガソリンは手に入るようになりましたね。

沢木　そうですか。八木さんはメキシコも好きでしょうけど、それ以上にキューバのほうが好きなんですか。比較級では語れないかもしれないけど。

八木　そうですね……。メキシコというのはあそこの場所自体が非常に混沌としているから、外国人というか、異邦人を非常に寛容に受け入れる土壌というのがあるんですよ。メキシコ自体が、先住民文化、スペイン文化、黒人文化のすべてが混ざり合ってできたところだから、そういう意味でごった煮のようなところに、私のような日本人がポッンと入っていっても、みんな誰もそれを奇異に思わないという良さがありますね。

逆にキューバというのは、私は「キューバ中華思想」と呼んでいるんですけど、とにかく〝キューバ人〟という意識がものすごく確固としてあるんですね。カストロ体制が倒れないのも、要するにイデオロギー的な問題とか、アメリカの締めつけがどうのという以前に、やっぱりキューバ人のキューバ人たる誇りというんですか、それがすごいということがあると思うんです。

沢木　僕がキューバにいたのはほんの十日ぐらいだけだから、帰ってきていろいろな人たちにあの国のことを質問されてもあまり答えられなかったんだけど、でも「なぜカストロ体制が倒れないか」という点に関する仮説のようなものをでっちあげることはできたんです。

その仮説はどういうのかというと、キューバでは、その辺に住んでいる、昔のことをよく知っているおじいさんとかおばあさんの話を聞く機会があったんですね。その人たちは基本的に、「いまはすごくいい」と言うわけです。まあ、若い人たちの意見というのはあまり聞く機会がなかったから、彼らの体制に対する抑圧感とか海の向こうの世界への飢餓感とかのほんとのところはよくわからなかったんだけど、キューバ社会の全体的な感じはこういうことなんじゃないかと思うんですね。

つまり、みんなが「フィデル、フィデル」と愛情をこめてカストロのことを呼びますよね。そこに象徴的に表われていると思うんですけど、「現在のキューバにはいろいろ問題はあるけど、フィデルが生きている間はこのままにしておこう。せっかく四十年もキューバ国民のために一生懸命やってきてくれたのに、この体制を奪ったらあの人はかわいそうだ。とりあえず、彼の生きている間は彼の嫌《や》がることは止めておこう。ただ、フィデルが死んだら、もうちょっと政治や経済の仕組みについて考えてもいいかもしれない。システムが悪いということになれば変えたっていい。でも、フィデルが生きている間はあいつを悲しませるのは止めようじゃないか」という暗黙の了解があるような気がしたんです。これが僕の「カストロ体制不倒説」（笑）という仮説だったわけです。
あるとき、その説を開陳したら、それを聞いていた在日韓国人が「それは俺の仮説と同じだ」というんですね。「北朝鮮の人たちもあの体制には実はみんな困っている。でも、まあいろいろと問題はあるけれど、金日成《キムイルソン》が苦労してこういう国をつくったんだから、あの人が生きている間はしようがない。だけど、彼が死んだらこの国を何とかしようと思っているはずだ」というのが彼の仮説だったわけです。「そうか、じゃあ北朝鮮とキューバは、あの二人が死んだときに変化するかもしれないね」ということで盛り上がったんだけど、北朝鮮は金日成が死んでも変わらなかった。ということは、僕のキューバについての仮説も風前の灯ということになるのかもしれないけど（笑）。その仮説はどう思いますか。

八木　まあ、フィデルに対してはたしかにそういうある種、親睦的な部分というのはありますけれども、それはむしろフィデル一人の問題じゃなく、あの世代のじいさんたち全般に対して当てはまるんじゃないですか。というのは、どこの家族の中にもあの世代の人たちがいるわけなんですすよ。

沢木　なるほど、フィデルはそういうジイさんバアさんたちの象徴というわけか。

八木　ラテンの人というのは、親をものすごく大事にしますからね。

沢木　つまり、おじいちゃんを悲しませないようにしようとか、おばあちゃんが生きている間は島抜けをするのは止めようとかね。

でも、いまの体制についていえば、たとえアメリカの横やりがなくなったとしても、果たしてあの体制のままでうまくいくかどうかというのはちょっとわからないところがあるじゃないですか。

だとすると、フィデルが死んじゃって、なおかつフィデル的なものが存在しなくなっても、なお、いまと同じような情熱を持って国民があの体制を守りつづけるかどうかというと、少し疑問なところがありませんか。

八木　私はけっこう守っていく可能性が高いんじゃないかと思っているんです。まあ、それはそのときの、特にアメリカを中心とした周りの国の対応次第ですけど、キューバ人というのは、先ほどの話に戻りますが、ものすごくプライドが高いんですね。これはまさに中華思想そのもので、要するに「世界の音楽の発展はキューバのおかげだ。マンボもチャチャチャも、全部キューバから始まった。キューバがいなければ、アメリカ音楽だってこんなに発展はしなかった。スポーツだって、この人口比から見た金メダルの数の多さは世界一じゃないか。キューバ人は優れているんだよ」みたいな話が、何かというとすぐに始まるんですね。
しかも、これだけアメリカに経済封鎖されながら、たしかに医学とか遺伝子研究の分野では、日本とも共同研究しているぐらいのレベルのものを持っているんです。「だから、キューバは優秀なんだ」とくるわけです。

選良思想というわけじゃなくて、それだけキューバ人であることに誇りを持っているんですね。だから、彼らにとってキューバ人の誇りを崩されるのは絶対に許されないことなんです。したがって、たとえフィデル個人に何かがあったところで、周辺諸国が「それ、キューバを変えろ」と外圧をかけても、彼らには絶対に受け入れられない。

沢木　太陽と北風というやつね。逆にキューバをとても大事にしたら、「ちょっと変わってもいいかな」というふうになるかもしれないということなのかな。

八木　そうですね。だから、仮にフィデル・カストロがこのままでいても、周りの国が北風政策ではなく、「キューバの自主性を尊重しますよ。キューバは好きにやってくれていいんだよ」というのをみんなでアピールしたら、意外な方向に行く可能性もあるかもしれない。要するに、キューバ人は他人からものを押しつけられるのを異常に嫌い、自分たちで決めたい。

いまの社会主義体制に対しても、キューバ人のすべてが手放しで素晴らしいと思っているわけではないし、カストロについていこうと思っているわけでもないんだけど、少なくとも自分たちで勝ち取った革命だという意識は強いですよね。しかも、「ソ連も東欧もみんな尻尾を巻いて逃げたけど、俺たちはちゃんとやってんだぜ」みたいな意識が非常にあるわけなんですよ。いまその部分にけっこうプライドを見いだしちゃっているから（笑）。

世界で唯一の正義の国

沢木　キューバではみんなが、「うちの国は医療費も教育費もタダ、住まいもある部分はタダなんだ」と言いますね。僕は「ああ、それは素敵ですね」と聞いてたんだけど、医療といえば八木さんもキューバで目の手術をしたんですよね。あれもタダ？

八木　私はキューバ人扱いにしてもらったのでタダでしたけど（笑）、外国人からはお金を取るんです。以前は取らなかったんですが、それをやっているとさすがに保《も》たないということで、九〇年ぐらいから取るようになりました。

沢木　あるオヤジさんが誇らしげに言ってたのは、「金は外国人からも取らない。だから外国からいろいろな人が来るんだけど、このあいだなんかアラン・ドロンが来た」と（笑）。

八木　アラン・ドロンが目の障害で、キューバのけっこう有名な目医者さんのところへ来たのはほんとです。フランスでは手術ができなくて、その方面では世界でいちばん高い技術を持った医者がキューバにいるということで。

沢木　へえー、ほんとうだったんだ（笑）。

八木　あの方自身はけっこう反共主義者みたいなところがあったんだけど、とにかく一番の技術を持った医者がいるというので、いやいやキューバに行ったらしいんですね。ところが、術後の経過が良かったこともあって、いまはすっかりキューバのお友達らしいです（笑）。あと、ハリウッドの映画俳優とか女優さんなんかも、絶対に秘密が漏れないからという理由でこっそりキューバに来て整形しているという噂は聞いたことがありますね。

沢木　ハバナで僕が泊まったホテルというのが、ひと部屋にベッドが四つも五つもあるような妙なところで、朝食のバイキングもろくな料理が出てこない。出てこないどころか、少し遅れていくと大皿が空《から》になったまままついに食べられないなんていうこともあった。キューバでは、外貨を稼ぐために、たとえ街に食糧がなくてもホテルだけにはあるといわれてたはずなのにね。あとで、「実は……」ということで受けた説明が、「ここは外国の人が医療を受けるために宿泊する施設なので、比較的安く泊まれるけど、ハバナ・リブレのようなホテルとはぜんぜん違うんです」ということだったんです。実際、「アフリカから来ました」なんていう人が泊まっていたりしていたんだけど、あの九一年ぐらいの段階で医療費は有料になっていたわけですね。

八木　そうですね。ただ、アフリカとか友好国の人は無料だったと思います。いまでも、キューバが支援をしているような国がありますよね。あの国は貧乏なのに支援するの好きで、そういう国の人からはお金を取ってないはずです。

沢木　でも考えてみれば不思議な国ですね、あの国は。どうやって、かろうじて生き残っているんだろう。産業といってもまあ煙草《たばこ》に酒が若干、あとは砂糖。でも、砂糖は市況が暴落しているし、あと移住者による親戚縁者への送金といったって、たかが知れているでしょう。

八木　知れてますね。

沢木　それでも、なんとかやっているわけじゃないですか。食糧が不足しているからといって暴動が起きるということもぜんぜんないし。

八木　ソ連・東欧圏が崩壊するまでは、石油の二重売りをやっていましたね。その話はご存じだと思うんですが、要するにソ連から、援助という名目でタダ同然で石油をたくさん送ってもらって、自分のところではケチって半分ぐらい浮かして、それをフィリピンに国際価格で売って、差額を稼ぐということをずっとやっていた。

　ところが、ソ連・東欧圏が崩壊したのでそれができなくなったと思いきや、ロシアはけっこう砂糖が必要らしいんです。で、結局のところ砂糖と石油をバーター取引して、それを切りつめて使って残りを第三国に売るというのは、前ほど大規模ではないけれどもいまでもやっているようです。

　それともう一つは、九〇年代に入ってからリゾートとしてのキューバに注目が集まってきて、キューバ自体にはお金はぜんぜんないんですけど、ヨーロッパからの資本投下がすごいということがあります。

沢木　スペインからとか、いろいろあるらしいですね。

八木　そうなんです。去年でしたか、ジャマイカ資本の超豪華リゾートホテルができて、これはとにかくすごいんだそうですが、まあジャマイカ資本といっても裏はたぶんアメリカ資本なんでしょうけど。

沢木　僕が行ったときはとにかく物がなくて大変なときだったから、行列ができていましたね。でも、モスクワでロシアの行列も見たことがあるんですけど、同じ行列でもおよそ印象が違う。モスクワの行列は寒々しかったけど、キューバの行列なら僕が並んでも苦痛じゃないなと思いましたね。もっとも、そのときの行列は生理用品でしたから、女性しか並んでいませんでしたけどね（笑）。

八木　やはり、キューバは暖かいですからね。

沢木　それと、国民性ということもあるのかな。キューバ人ってどういう気性の人たちですか？

八木　やっぱり明るいですね。

沢木　でも、僕が旅行していたとき、むしろ物静かな人たちに出会ったような気がしてしようがなかったんだけど。

八木　あの人たちは面白いんですよ。キューバ人というのは昼間はみんなおとなしいんですが、日が落ちるといきなり元気になる（笑）。それで夜遊びするわけです。これは犬も同じで、ハバナにいる犬って昼間は静かでぜんぜん吠えないし、首も尻尾も垂れて悲しそうに歩いているんですね。ところが、これが不思議なんですが、日が落ちると犬までが尻尾をピンと立てて、嬉しそうな顔をしてその辺をキャンキャンいいながら走るんです。

沢木　子供たちも遊んでいて……。

八木　ええ。

沢木　日中はハバナの市街なんか、ほんとに死んだように静かだものね。

八木　あれは暑いからでしょうね。それが夜になったら、マレコン通りのあたりなんか「どこから湧いてきたんだ」というぐらい人がいっぱい集まってきて……。屋台の毒々しい色のかき氷とかを食べたりしながら、音楽をかけて踊ったり街頭でしゃべったりしてますね。

沢木　僕がキューバから帰ってきた直後は、いますぐに食糧難でキューバの体制は倒れるんじゃないかと、新聞とか雑誌は大騒ぎして書いていた。

八木　もう時間の問題だみたいなね。

沢木　そう。でも僕が見た限りでは、ぜんぜんそういうふうな雰囲気の街でも国でもなかった。だから、人に聞かれると「そんなにとてつもなく不安定なようではなかったし、けっこう長続きするんじゃないか」と答えたんだけど、疑わしそうに聞いていましたね。

僕はキューバに関しては、「カストロ体制不倒説」以外にも、もう一つ「キューバ世界遺産説」というのを持っていましてね（笑）。それはどういうのかというと、キューバっていろいろな意味で正義の国じゃないですか。国内的には社会主義的正義を貫き、民族としても自立している。国際社会の中においても、かなりの正論を言う国ですよね。まあ、革命の輸出とかちょっとばかりお節介なところがないではなかったけど、基本的には正義の国。ところが、正しい国というのは世界中を探すとあんまりないわけですよね。そこで僕が友人たちに言っているのは、まず世界でたった一つの社会主義国になったわけだから、これは世界遺産として絶対に保存すべきだと（笑）。北朝鮮は社会主義国というより、もうほとんど帝政ですからね。それともう一つ、この世界には正しいことを言いつづける国というのを一つぐらい残しておかなければいけない。世界の資本主義国にとってキューバというのは絶対に残しておかなければいけない国で、あれを資本主義国にしようなんていうのは大変な間違いであると、これが「キューバ世界遺産説」のあらましです（笑）。

八木　そういうのはあるかもしれない。なにしろキューバ人ってみんな善良ですよ。なかにはけっこうワルぶっていて資本主義にかぶれているような人もいるんだけど、でも話をしていくと、根はとても真面目なんですよね。
沢木　それってすごいことだよね。
八木　教育の成果なのかもしれませんけどね。逆に、あれぐらい善良でもみんながやっていけるというか……（笑）。
沢木　そんな国は世界中を探してもキューバ以外にない。
八木　ないですねえ。
沢木　世界に対しても、「大国は手を出すな」とか、「民族は自決すべきだ」とか、言っていることは間違ってない。だから、アメリカがいくらごちゃごちゃ言っても、世界中の人があの国を大事にすべきだと僕は思うんですね。
八木　いまキューバがなんやかんや言いながらも経済的に保っているのは、一つにはヨーロッパの国がかなり援助しているからなわけです。表からの分もあれば、裏からの分もあるんですが、それは結局、キューバを潰しちゃいけないと思っている人たちがけっこうたくさんいるということでしょうね。

褒められ、けなされ、受け入れられる

沢木　先ほど話が出たキューバの中華思想についてなんだけど、僕はキューバだけでは

なくて、ラテンの人たちはその国独特の中華思想がきっとあるんじゃないかと思うんですね。

　またサッカーの話になるけど、今度、中田《なかた》英寿《ひでとし》君がイタリアのセリエAのペルージャというチームに移籍したんだけれども、それに関してサッカー関係者の中に反対する人がいたんですよ。その理由は何かというと、ラテンは——この場合はヨーロッパの話だけれども、人種差別が激しいということなんですね。「そんなことないんじゃないの？」と僕は言ったんだけれども、一般的な人種差別ではなく、「サッカー？　日本人にできるわけないだろう」というような差別感があるから、イタリアに行ってもスペインに行っても、笑われて意地悪されて、後ろから蹴飛ばされて怪我させられてというのがオチだという意見が中田君に対してあったんですね。

　そのときに、「イタリアに行くのは悪くない。しかし、その前にイギリスに行くべきだ」と言う人がいたんです。「もちろんイギリスにも人種差別がある、イギリス人以外の奴に対して意地悪することはいっぱいあるけれども、ラテンの奴らが〝サッカーなんか日本人にできっこない〟というのとはぜんぜん違うから、まだしもいいだろう。そしてイギリスで一、二年プレーして、英語を完璧に覚えてからイタリアに行けばいい」というんですね。

　中田君はイタリア語がしゃべれない。なのにいきなりイタリアに行くと、それだけで意地悪されるけど、英語がしゃべれると、頭にきたときに英語で「馬鹿野郎、ふざけるな」と怒鳴ればイタリア人というのは「おっ」と思う。同じことを日本語で言ってもなんとも思わないけど。つまり、英語に対してあいつらは絶対に劣等感があると言うんですね。とまあそういう話なんだけど、そういうことは中南米のラテンにもあるのかな？

八木　そうですね、たしかに「いや、外国人には無理だよね」と決めてかかることはありますね。だから、ちょっとやって見せると、「おおーっ、上手、上手」という感じの拍手をして、「ではお引き取りください」というような傾向は非常にありますね。

沢木　中田君がいまそういう感じなのかもしれないな。

八木　だけど、やっぱり根が明るいから、日本みたいな陰湿な苛《いじ》めみたいなものはないと思いますね。

　私の場合でいえば、最初は歌が下手ですよね。そうすると、逆にけっこう褒めてくれるんです。要するに、小さい子供が一生懸命何かをやっていたら、どんなに下手でも「頑張ってね」という意味で褒めるじゃないですか、それと同じですね。スペイン語の発音がちょっとぐらい悪くても、「いや、すごくいいよ、上手だよ。外国人とは思えないよ」と褒めてくれる。まず、最初にすごく褒めるという段階。それを通り越して、しばらくしてそろそろ本当にうまくなってくると、今度はみんなが批判を始めるんですね（笑）。

沢木　なるほど、わかる話だね（笑）。

八木　これがまた、けっこう大っぴらに批判をするんです。まあ友達だとちょっと優しくて、「あのさあ、このあいだのコンサート聴いたけどさ、まあ全体的に悪くないと思うんだけど、こういうところとかが気になるよね」とコンストラクティブなんだけれども、アラの部分を言うようになる。これが友達でない人だと「ひどいコンサートに行った」というようなことを新聞に書かれたりして、落ち込んでしまうときがあるんですよ（笑）。

それを通り越しちゃうと、また今度は受け入れてくれるという段階があって、ここまで来ると、彼らにとってもう私は日本人じゃないんですね。

沢木　そこから先は、力次第ということなのかな。

八木　そうですね。その段階まで来たら、もう何も怖くないというか、さっき言った「読める」というところですね。要するに、最初に褒めてもらって次にけなされるというのは単なる通過儀礼であって、別に彼らが私を嫌っていたわけでもなければ、苛めていたわけでもないというのがわかってくる時期がある。

それは留学生のときもそうだし、音楽家としてプロになったときもそうだし、すべてにおいてありますけど、非常にラテン的かもしれません。

沢木　そこで、八木さん自身が判断するのは難しいかもしれないけど、褒められて、けなされて、「よくやった」というリアクションがもらえるようになって、外国人が自分たちの歌を歌ってというところを突破しても、それでもまだどこか薄い膜みたいなものが存在するということはないんだろうか。

八木　それは最後まであるでしょうね。むしろ、彼らの中より自分の中にあると思います。結局、私自身、日本人でありながら、別の文化の中に身を浸しているということについて、「自分で選んだ道なんだから」という思いはありますが、一方で「それはある意味で非常に不自然なことじゃないか」という部分が最後まで自分にあるでしょうね。

沢木　もしかしたら、受け手の側はそういうものをパッとすっ飛ばして受け入れてくれるということがあるのかもしれないね。

八木　それはけっこう感じますね。というのは、向こうの作曲家とか詩人とかが私の家に来る、あるいはそういう人たちの溜まり場のバーに集まるようなときに、私が日本人だからというのと関係なく、まったく同じ対象として、「このあいだ、誰それのショーを観に行った？　あれ、どう思う？　自分はこう思ったけど、君の意見を聞かせてほしい」という議論をしかけてきますし、こちらも言います。そういうとき、彼らは私が日本人だからということで聞いてくるわけじゃないんだろうなと。もちろん、言葉づかいも日本人向けなわけではないですしね。

沢木　一般の聴衆はどうなんだろう。とりあえずは東洋人が歌っていると思うのかな？

八木　私はそう思いますし、もう誰も知らない人がいないというぐらい有名になったら別なんでしょうけれど、そうでないうちはやっぱり聴衆の人でも分かれるでしょうね。

ここ数年、海外公演を繰り返しているハバタンパにしても、「外国人がわれわれの音楽をやっているみたいだから、とりあえず行って褒めてあげよう」という気持で来る聴衆もいれば、「生意気な、けなしてやろう」と思って来る人たちもいるだろうし。あるいはもうすでに八木なりハバタンパを知っていて、純粋に音楽として聴きに来る人たちもいる。そういうふうに分かれるのは、もうしようがないですね。

沢木　八木さんが参加しているハバタンパは、実感としてかなり突破できているという感じがしますか？

八木　いまのところ、いい方向に向かっている感じはしますね。ただ、キューバの田舎やメキシコの一部では、「八木は日本人じゃない説」というのがあって（笑）。

沢木　それは面白いな。

八木　最初にキューバのサルサ・フェスティバルに行ったときのことなんですけど、三日目ぐらいにインタビューに来た人が、「ところで、あなたは日本人と言っているけれども、実は日系のアルゼンチン人だそうですね」と言うんですね。それで私が「えっ？そんな話をどこで聞いたんですか」と聞いたら、「みんな言ってますよ」と言うんです。それで「私は別にアルゼンチンが嫌いとかいうわけじゃないけれど、正真正銘、日本に生まれて育った日本人ですよ」と答えたら、どうも釈然としないという顔でその記者さんは帰っていった。私もおかしいなと思ってそれとなく聞いてみると、「彼女はアルゼンチン人だからスペイン語が完璧にできるんだよ」という噂がけっこう街に広まっているんですね（笑）。

で、もっと大笑いだったのが、そのときハバタンパを追っかけてフェスティバルに来ていた日本人がいまして、その人が野外で行なわれたコンサートを録音していたんですね。これは、音は悪いんですけれども貴重な資料なんで、コピーをいただいたんです。それを聴いていると、生録《なまろく》だから、周りの人の話し声も全部入っているんですよ。とくに曲の合間なんかに。そうしたら地元の人たちが、「あの歌手、ほんとに日本人なのか？」、「お前、知らないのかい。あいつはアルゼンチン人なんだぜ」なんて話しているんです（笑）。こりゃあ駄目だっていう感じですね（笑）。

沢木　やっぱりスペイン語が上手だというのが驚異的なのかな。

八木　でも、私のスペイン語は、実はわずかに訛《なま》りはあるんですよね。だから、キューバの人にとって、私がキューバ人じゃないというのはわかるんですよ。ただ、いわゆる強い外国人訛りじゃないから、キューバじゃないどこかのスペイン語圏だと思っちゃう。

沢木　そうすると「ああ、日系アルゼンチン人だ」と納得するわけですね。

八木　そうなんです。日本人ということになると、逆に不愉快というかね。

沢木　キューバの中華思想からいえばね（笑）。

八木　アルゼンチン人だというと、みんな非常に美しく納得するんですね（笑）。

博奕的人生

田村 光昭
沢木耕太郎

たむら　みつあき
一九四四年、東京都生まれ。プロ雀士。

田村さんのニックネームはタミーラという。これがいつどのようにできたのかは知らない。著書『麻雀ブルース』に学校友達の女性が登場してきて、田村さんのことをタミーラと呼ぶところをみると、あるいは幼い頃からそう呼ばれていたのかもしれない。しかし、田村さんとタミーラというニックネームはどうもしっくりこない。私には、タミーラという音の中に潜んでいるはしゃいだ感じと、田村さんの物静かさがどうしても一致しないのだ。もしかしたら、私は田村さんの「タミーラ」的な側面を見ていないだけなのかもしれない。だが、田村さんはやはり田村光昭という名前が一番ふさわしいように思える。

偶然、新宿のゴールデン街のバーなどで出くわすと、田村さんはいつもひとりでカウンターに向かってグラスを傾けている。それは、たまたま、なのかもしれない。しかし、私には端正な酒の呑み方をする人として田村さんがインプットされてしまっているのだ。

もっとも、この対談を終えた直後、田村さんと紀尾井町のレストランでワインを呑んだが、数日後に電話で話を聞くと、新宿までいつどのように帰ったか覚えていないという。私にはとてもそんな風には見えなかったから、ゴールデン街でお会いしているときも、存外深く酔っぱらっているのかもしれない。

この対談は「オール讀物」の九九年二月号に掲載された。（沢木）

麻雀、そして新宿の朝

沢木　そもそも田村さんと知り合ったのは、僕が初めて世間の人と麻雀を打ったときに、相手をしていただいたんでしたよね。

田村　そう、井上陽水さんと……。

沢木　陽水さんと、中原ひとみさんと。初めて世間の人と、というのは少し大げさすぎるけど（笑）、僕はそれまで麻雀をほとんど知らなかったんですね。でも、その頃、よし、ひとつきちっと理解してみようと思い立って、教則本を山のように読んだんです。

田村　いろいろな筆者の書いた実戦書を、二十冊以上読んだとおっしゃってましたね。本を読んだだけなのに、麻雀について非常に的確な指摘をされていたので、ビックリしたのを覚えています。

沢木　同じ教則本といっても、小島武夫さんと灘麻太郎さんと畑正憲さんとではまるで違うんですね。それは、麻雀の戦術とか戦略とかを超えて、もうほとんど人生についての考え方の相違なのではないかというくらいのものでした。

田村　あるいは、そういうこともあるかもしれませんね。

沢木　その中では、世代的なこともあったのかもしれませんけど、田村さんのお書きになった本が、僕には一番近しい感じがした。

田村　そう言っていただいて、感激したのを覚えています。

沢木　確かあの日は、麻雀界の重要な棋戦、王座戦とか名人戦とかの決勝戦の日でしたね。陽水さんが見に行きませんかって誘ってくれたんですけど、映画監督の長谷川和彦さんが決勝戦に出場していた記憶があります。

田村　僕は、その観戦記を書くことになっていたのかもしれませんね。

沢木　で、大会が終わったあと、その出場者のひとりだった女優の中原ひとみさんと陽水さんと田村さんが卓を囲むときに、四人目のメンバーとして僕を入れてくれた。その時は、まだ机上学習の途中だったんで牌《パイ》を上手く積めなくて……。

田村　ドサッと落っことしたりしちゃってね（笑）。

沢木　しかし、それでよくそんな恐ろしいメンバーと初めての麻雀をやったもんですよね（笑）。無知というのは恐ろしいけど、今はむしろそんな馬鹿な自分を称賛してやりたい（笑）。

田村　積むのが下手な以外はごく普通に打ってましたけどね。

沢木　いや、見えないところではびっしょり冷や汗を流してました。負けるのはいいけど恥ずかしいチョンボをしてはいけないと緊張してましたから。そんな恐ろしい状態でやっているうちに、ちょうど自動卓が空いたんですね。当時はまだ自動卓が出はじめのころで、店の卓のすべてが自動卓というわけじゃなかった。僕はそちらに移ることができて、ようやく落ち着いて打てるようになった。結局、朝まで一緒に付き合ってもらったんですよね。

田村　中原さんも好きな方ですからね。

沢木　成績は、中原さんがトップ、僕が二着、陽水さんがちょっと負けて、田村さんが一番マイナスだった。多分、ろくに牌も積めないようなのを相手にしていたので、手心を加えて下さったんでしょうけれど（笑）。

田村　いや、そんなことはありません。真剣にやってましたよ。

沢木　一回だけ、僕が劇的な状況で田村さんから出上《であ》がったことがあって、そのときのことを、半年か一年ぐらいして、田村さんがどこかの雑誌の記事に書いて下さった。自分の本の書評なんかの切り抜きはとってないんだけれど、その記事だけは大事にとってあります（笑）。

田村　七対子《チートイツ》の地獄待ちでドラが二丁仕込まれていたんでしたっけ。

沢木　ええ。でも、それって、田村さんの本に書いてあった通りに打ち回していたんですよ（笑）。

田村　そうだったんですか（笑）。

沢木　朝になって、中原さんは車で来ていらしてたから、先にお帰りになったけれど、あとの三人はなんとなく別れがたくて、そのまま「養老乃瀧」に飲みに行ったんですよね。

田村　新宿の二十四時間営業の店でしたね。朝だったんで、あまりお客さんいなかったもんですから、好き放題できた。沢木さんと僕が、生意気にも陽水さんの曲の批評までやっちゃったりして（笑）。

沢木　店を出ると、外にはもう出勤途中のサラリーマンが大勢歩いていて……あの日のことはすごく印象に残ってるんです。

田村　僕もですね。

沢木　すごくいい日だったなあという感じがします。麻雀も面白かったし、そのあとも気持がよかった。ああ、こういう楽しみもあるんだなあ、と思いました。そこから普通の人は麻雀にのめり込んでいくんでしょうね。僕もいまでも年に二、三回ぐらいは、誘われて麻雀をやります。そのときはすごく楽しいんですけども、幸か不幸か僕は麻雀をしょっちゅうやる気にはならなかったんです。

田村　沢木さんにはそれがふさわしい気もするな。

除籍処分を免れた理由

沢木　田村さんが麻雀と深く関わるようになったのは、慶応大学在学中ですか。

田村　覚えたのはもう少し前ですけれど、深入りしたのは学生時代でしょうね。あの当時は、休講の知らせも雀荘で聞くような感じでした。日吉は、二階が雀荘で下がビリヤードという店が多かったんです。ビリヤードの人たちのほうが賭けてる金額が多くて、ちょっと生意気な感じでしたね。確か当時三万円ぐらいでしたけど、半期分の授業料に相当する金額を、賭けちゃうんですよ。麻雀は千点三十円。今聞くと驚くほど安いように思いますが、それでもけっこう高いレートだったんです。ざるそばとかラーメンが、二十五円か三十円の時代ですから。

沢木　そのぐらいでしたね。

田村　麻雀やってる連中は、仕送りをして貰うと、そのお金の一部を、一万円ぐらいの学食の綴り券に替えちゃうんです。最後のほうになると、麻雀に負けて払えなくなった分が、食券で行き交《か》いする。たまたま僕は強くて、食券をいっぱい持っていることが多かったので、仕送りがまだ半年先なのに食券を使い果たしちゃった奴なんかに、たとえば三十円の食券を十五円で譲ってやったりしました。僕は日吉に三年間いたんですけれど、ずっと自治委員に当選し続けてたんですよ。

沢木　それは十五円の食券と関係あるんですか（笑）。

田村　何だかわからないけれど、そういう形で人気はありました（笑）。

沢木　なるほど。

田村　一九六四年という年は、ストライキで日吉が半年間ぐらいバリケード封鎖というか、自主管理みたいになってました。僕らのクラスは清掃班になって、構内に寝泊まり。そこで初めて、お互いに出身はどこだとか話するようなうちとけた感じになりましたね。

沢木　田村さんは大学側から何かの処分を受けてますよね。

田村　まず無期停学処分を受けまして、次に除籍処分になったんです。掲示板に、右の者を退学処分に処すると、自分の名前が貼り出された。そのときの担任が福沢進太郎といって……。

沢木　事故で亡くなったカー・レーサーの幸雄《さちお》さんのお父さんですね。フランス語の先生でしたよね。

田村　そうですけど、よく知ってましたね。

沢木　幸雄さんの死について知りたいことがあって、何十回となくお会いしたことがあったんですよ。こちらこそ意外だなあ、福沢さんが田村さんの担任だったなんて。

田村　あの先生が、僕の担任だったたんですよ。

沢木　そうだったんですか。

田村　ストライキのときは、クラス討論をやるんですが、僕は自治委員でクラス委員ですから、「先生、すいません」って、授業を潰しちゃう立場なんですよ。結局、あの先生のフランス語の授業は一度もできなかったんじゃないかな（笑）。で、僕自身も成績を貰うんですが、試験なんか受けていないのに、いつもC《ツェー》を付けてぎりぎり合格にしてくれました。

沢木　別に福沢諭吉の血筋を引いているからということでもないんでしょうけど、静かな中にどこか反権力的な信念を潜ませている方でね、それが息子さんの死因をめぐるトヨタとの長い戦いにつながっていったんですね。

田村　そうか、福沢先生については沢木さんのほうがよく知っているかもしれないな（笑）。

沢木　そんなことはありません（笑）。

田村　僕の除籍処分は、早稲田の学費学館闘争に参加して、学外者検挙第一号みたいな形でパクられたのが原因なんです。刑事事件で逮捕されたので、大学当局は除籍処分にした。そこを自治会とか、福沢先生が裏で奔走してくれたのか、とにかくいろいろ助けてくれる人がいて、叱責処分という迫力のない処分になったんです。まあ、麻雀で食券を配ったり、自治委員だったりという不動の立場があったもんで（笑）、クラスの人たちもけっこう頑張ってくれたんでしょう。当時の米山という法学部長に「二度も処分を受けて卒業したのは君だけだ。開闢《かいびゃく》以来だ」って言われましたね。

沢木　そうか、田村さんは慶応初のプロ雀士になる前に、すでに慶応では画期的な籠脱《かごぬ》けの名人だったんですね（笑）。

田村　そんな（笑）。でも、今は麻雀というと、和歌山の毒物混入事件だとか何かで悪い印象ばかりですけれど、昔は、焚き火に手を触れ合うような、コミュニケーションの温かい感じがあったんですよね。みんなで話ができましたし、まあ、多少お金はかかりましたけど。

沢木　卒業は六八年ですか。

田村　六九年です。一年浪人して、一年留年。

沢木　卒業したときに、まともに就職しようとか考えなかったんですか。僕も人のことは言えないけど（笑）。

田村　考えなかったですね。卒業すると決まってから、福沢進太郎先生から巻き手紙が来ましてね。要するに、今度こそ面倒を起こすのは勘弁してほしい、迷惑かけないでくれみたいな内容です。それを、おふくろが勘違いして、大事にとっててね（笑）。

沢木　それは無理ないな。慶応の福沢先生から巻紙で手紙が来たら、それはうちのおふくろだって仏壇に上げちゃいそうだな、内容にかかわらず（笑）。

田村　二回も処分を食らって、授業を全部潰して、それで合格させてもらったんだから、恩義を感じなきゃいけないんですよね。

沢木　もちろんですよ（笑）。でも、そのことと就職と関係ないじゃないですか。就職したってよかったわけでしょう。

田村　うん。でも、なんか卒業できたということだけで嬉しかったですね。卒業してから、新宿でフーテンしてました。麻雀や何かで、今日二千円勝ったとか、七百円勝ったとか……。ただ、一方で負けることもよくある。そういうときは、何か手に職を覚えなきゃいけないなあと思って、新聞の求人欄とか見て、探偵社の面接とか行きましたけどね。あと力仕事にもよく行きました。高田馬場の私設職安とか、横浜の寿町とか、麻雀に負けたときはよく足を運びましたよ。

沢木　自由な感じが好きで、そういう暮らしを続けてたわけですか。

田村　そうなんでしょうね。沢木さんはどうして就職しなかったの。

沢木　僕の場合は、もう少し何かを決定するのを先延ばしにしたかったんでしょうね。田村さんみたいにその日その日を自由に生きるというより、もう少し前のめりに、何かこれと思えるものはないかと捜していたようには思います。でも、意外と早く書くという仕事にぶち当たってしまったために、それで細々と金を得るということになってしまいましたけど。田村さんの場合は、麻雀をやって、負けて、お金がなくなったら、ちょっと働いてみようかという感じだったんですね。

田村　ええ。それでも、当時はわりと明るい気分でいられました。今のフリーターとかいう人たちよりも、もっと何とでもなりそうな自信がありましたから。

沢木　食べるだけなら何とでもなる、と思ってましたもんね。僕の場合も、同じでした。だけど、僕が卒業したよりちょっと前、まあ、ほんとに一年ぐらいしか違いませんけれど、その頃だと、周囲の反応としては、せっかく慶応の法学部まで出てそんなことして、というような冷やかな視線がありませんでしたか。

田村　そうでもないですよ。新宿あたりでけっこうブラブラしてる若い連中がいっぱいいましたからね。京大だの東大だの官立大学の卒業生たちも、けっこういて、そういう人たちは、わりに麻雀も達者だった。

沢木　あの頃から三十年たって、その人たちはいまどうしてるんだろう。

田村　僕は、図書館で新聞読むために新宿の区役所によく行くんですけど、そこでホームレスの人たちに乾パンなんかを配っていることがあるんです。その列の中に、むかし一緒に打っていた人が少なくとも一人はいます。その人は十五万円で戸籍まで売っちゃったそうですけど。

八百万の神々

沢木　今振り返ると、麻雀ジャーナリズムの勃興期は一九七〇年代から八〇年過ぎぐらいまででしょうか。専門雑誌が次から次へと発行されて、麻雀劇画も全盛を極めた。そんな中で、田村さんは日本中をいろいろ回って麻雀を打ち、その報告を雑誌で文章に書かれたりしてましたよね。

田村　やってましたね。全国の麻雀の県単位の組合ですか、そういう人たちから教えてもらったりして、それで、たとえば漁港に近いところなんかにはよくあったんですが、鉄火場まがいのところへ行って、地場産の独特のルールで打って、それを雑誌に発表したりしていました。あまりそういう読み物がなかっただけに、新鮮だったんでしょうね。

沢木　四国に行くと三人麻雀が盛んだとか、そういう情報も含めて、田村光昭という人が転々として、その周囲でいろいろなことが起きて……、そういう記事をまとめたのが竹書房から単行本になった『麻雀ブルース』だったんでしょう。

田村　ええ。

沢木　『麻雀ブルース』を読んでみると、知らない所に行ったときは、基本的にとにかく事を荒立てないで、なるべく静かに、たとえば頭に来ても口答えせずに、きちっと

「はい」と答えながらやっていくみたいなやり方が書いてありますね。旅をしながら麻雀を打つには、そういった順応力が一番重要なことになるんですか。

田村　順応するという事ももちろん大事なんですが、やはり最終的には、自分の旗を掲げる、自分の麻雀を打つということにかかってくるのではないでしょうか。あの頃は、東京でも、それぞれの道場や家に、それぞれのルールがありました。食いタンもあれば、完全先付けもある。一筒《イーピン》に家紋とか名前を入れておいて、四個集めて槓《カン》したら役満とかね。レートだって千差万別です。ルールやレートの違いによって、同じ麻雀がまったく異質なゲームになってしまう。そういう場所で、自分なりにマイペースで打たなきゃいけない。その辺がちょっと難しいんですね。でも、とにかく自分の麻雀を打てなくなったら負けます。

沢木　ほんとに田村さんはいろいろな人とやってますもんね。

田村　雑誌の編集者たちと千点百円で徹マンをやって、ようやく二、三千円勝って息をついたその夜に、安藤昇さんに呼ばれて千点一万円の麻雀をするんですからね。負けたら何十万という金を払わなくてはならない。

沢木　そりゃそうですよ。払わなければたいへんだ（笑）。

田村　だから、どんなことをしても払いました。

沢木　身分不相応ということで断ったりはしなかったんですか（笑）。

田村　やっぱり、安藤さんなんかとの麻雀は面白いんですよ。スケールが大きくて、あれだけの金を賭けているにもかかわらず、自摸《つも》り三暗刻《サンアンコー》でアガらない。そして、最後には四暗刻《スー》まで持っていってしまうんですからね。

沢木　それは痺れるなあ。

田村　当時は、百鬼夜行というか、八百万《やおよろず》の神々というか、いろいろな人がいましたね。

沢木　でも、年間を通せば勝ち越していたんでしょ。

田村　短期的には大負けすることもありましたけどね。負けたときのために、郵便貯金をしておいて、あの頃は今みたいなキャッシュカードは当然ないですから、判子と通帳を持っていくんですけど、ひどい郵便局だと、身分証明書まで要求するんですよ。お役所仕事の極みでしたね。自分の通帳で判子もちゃんと持っていってるのに。

沢木　でも、僕たちフリーランスの人間は身分証明書はないですものね。で、どうしたんですか。

田村　だから、そういうときのために、わざわざパスポートとかいろいろな証明書の類を用意してました。自分の金を下ろすのに身分証明書を要求されるというような時代でしたから、負けると余計に悲しかったですよ。

沢木　一応お金は通帳に入ってるわけですね、勝ったり負けたりして、出たり入ったり……。

田村　ええ。
沢木　でもある時期に、新宿に仕事場のマンションを買うぐらいは、儲かったわけでしょう（笑）。
田村　そうですね。単位がでかいですから。
沢木　だけど、それを失う可能性だってあったわけですね。
田村　ありました。負けたときに払えなくなると困るから、いつでも換金できる品物を三段階ぐらい用意しておくのが習慣になっていました。まあ、学生時代からそうでしたけど。質草としてまず白黒テレビ、その次は腕時計、それでもだめなら……とかいうふうに、第三段ぐらいまで（笑）。

阿佐田哲也さんという人

沢木　学校を卒業してから、麻雀雑誌などにいわゆるプロ雀士として登場するまでは、どのぐらいの空白期間があったんですか。
田村　うーん、どのくらいですかね。麻雀の専門誌が創刊されたのが七二年の暮れですから、三年ぐらいかな。その頃、たまたま新宿で打ってて、阿佐田哲也さんを見かけたことがありました。『麻雀放浪記』は読んでましたから、「へえ、あれが阿佐哲か」なんて言ってね。当時、阿佐田さんのことを「阿佐哲」って、呼んでたんですよ。

沢木　阿佐田さんとのつきあいはどうだったんですか。

田村　僕がプロになった時は、すでに阿佐田さんを隊長にして、「麻雀新撰組」というグループが出来ていたんです。そこに誘われて入りました。伊東にある双葉社の山荘で、各界の腕自慢を集めて月一回例会をやるんです。あらゆる種目の博奕《ばくち》をやったんですよ。トランプから花札、盛り上がったのはチンチロリン……。

沢木　あ、僕もいちど阿佐田さんとチンチロリンをやったことがあります。僕がちょっとした賞を取ったんでお祝いをしてくれましてね。そのあとで阿佐田さんの家で朝までチンチロリンをしたんですけど、阿佐田さんの一人負けでした（笑）。別れ際に、「いいんだ、明日は大事な麻雀があるんで、つまらないことにツキは使わないほうが」って（笑）。

田村　阿佐田さんのことで印象的だったのは、その山荘の出入り口が、当時としては珍しいガラスの自動ドアだったんですけれど、そこに何度もぶつかってたことですね。普通の人は手前でちょっと立ち止まってドアを開けてからはいるのに、あの人はいつもそのまま歩いていくものだからぶつかっちゃう。ぶつかってよろけるんだけど、これを毎回繰り返すんですよね（笑）。

沢木　なるほど（笑）。それは阿佐田さんらしい話だなあ。

田村　『怪しい来客簿』を出版されたときは、阿佐田さんからお金をもらって、紀伊國屋に買いに行きました。阿佐田さんが、自分じゃ買いにくいと言うから、十冊分の代金を預かって、代わりに買いに行った（笑）。

沢木　みんな同じなんですよね。僕らも駆け出しの頃はよくそういうことやってました。友人に近所の本屋で買ってもらうんだけど、僕の本なんか一冊くらいしか置かれてないもんだから、そこで友人が買っちゃうと世の中には存在しなくなっちゃうということを知らなかった（笑）。

田村　買ってきた十冊のうちの一冊にサインして、「もう麻雀もいい加減にしようぜ」とか、いつも書いてくれましたね。

沢木　僕とか陽水さんとかが阿佐田さんとつきあっても、阿佐田さんのいいところというか、優しいところしか見ないじゃないですか。田村さんは、同じギャンブルの世界で生きる人間として、阿佐田さんのもっと違う側面をご存じなんじゃありませんか。たとえば、阿佐田さん、あんなことしていやだなとか、あ、こんなことを言う面があったのか、とか思うような瞬間はありませんでしたか。

田村　面と向かって、阿佐田さんは金銭に対する執着心がない、と言ったことがあったんですよね。麻雀雑誌がそれを書いて、多少物議をかもしたんですけれど、僕にはないように見えたんですよ。

沢木　それって、美質にはならないんですか。

田村　さあ、どうなんでしょう。僕らは、お金第一という頭でやってきましたから、その辺は多少違うのかなあと思ったことはありましたけれど。やっぱり不思議な人でしたね。今でも、あの人……わかりませんねえ。ええ。

沢木　阿佐田さんが亡くなったとき、田村さんは何か阿佐田さんについてお書きになりましたか。

田村　麻雀雑誌で特集号が出まして。そこに書かせてもらいました。

沢木　どういうことを書かれたんですか。

田村　うーん、まあ、一般的な美辞麗句でしたね。

沢木　逆に言うと、阿佐田さんって美辞麗句しか書けないような人だったんですよね。だって、阿佐田さんについての悪い話を持ってる人って、あまりいないでしょう。

田村　そうですねえ。

沢木　親切にしてもらったとか優しくしてもらったとか、肯定的な話しか出てこない。珍しいですよね。だけど、絶対にマイナスの側面だってあったはずだと思うんですよ。

田村　そうですねえ。まあ、ある意味では八方美人だったかもしれない。

沢木　僕たちは八方美人の部分しか見ることができなかったんですよね。

田村　沢木さんでもそうですか。

沢木　ええ、そうでした。だから僕は、阿佐田さんの追悼文を書いてくれって言われたときに、いま田村さんがおっしゃったように、美辞麗句というか、一般的なことしか書けない、そんなの書いたってしょうがない、というふうに思っちゃった。それで追悼文の依頼をみんな断った。だけど一方で、阿佐田さんについては何か一回ぐらい、短い文章でも、感謝の気持も含めて追悼文を書かなきゃいけないとは思い続けていたんです。そうこうしているうち、半年、一年と日がたっちゃって、ああ、やっぱりだめだ、書けないなあ、と諦めかけていたときに、アラン・ドロンとジャン・ギャバンの『地下室のメロディー』という映画から、思い出したことがあったんです。

田村　へえ、『地下室のメロディー』からですか。

沢木　阿佐田さんの小説に、『麻雀放浪記』の続編で『新麻雀放浪記』というのがあるんです。中年になった坊や哲が、坊や哲の二代目というか、それこそ昔の田村さんみたいな学生を連れて、博奕をやっていくというストーリーなんです。マカオに行って二人でバカラをやる。そこで坊や哲の手元にどんどんチップが溜まっていって、巨万の富を得る。さてそこで……という形で落ちがつくんですが、読んでとても面白かったものですから、阿佐田さんと一緒に飲んだときに、感想を申し上げたら、「沢木さん、そんな下らない本読んでちゃいけませんよ」って諭《さと》されちゃった（笑）。それから二年ぐらいして、阿佐田さんから電話が掛かってきて、「あの本を文庫にするんだけど、解説を書いてくれないか」って言われたんです。読んじゃいけないって言ってたのに、解説はないだろうと思いましたが（笑）、もちろん喜んで書かせていただきました。

その『新麻雀放浪記』の終わり方と、『地下室のメロディー』の終わり方がそっくりなんです。アラン・ドロンとジャン・ギャバンが巨万の富を得て、それを失う。坊や哲と学生のコンビが博奕で稼いだ金を失う。その失い方の構造が、まったく同じなんですよね。

『地下室のメロディー』の再映を名画座かどこかで観たのか、それともビデオショップのパッケージを見たのか、その辺の細かいことは忘れちゃいましたけど、『地下室のメロディー』という文字を見た瞬間、『新麻雀放浪記』の解説を書き上げたあとに、阿佐田さんが「いつかマカオのカジノに一緒に行きましょうね」と誘ってくれていたのを思い出したんです。そうだ、阿佐田さんと行かれなかったそのマカオにいちど行ってこようか、そして追悼の博奕を一人でやってみようか、とそんなことを思いましてね。やったのがバカラです。

田村　そうだったんですか。

沢木　バカラという博奕については、『新麻雀放浪記』で読んだだけで、何も知らなかったので、マカオに行った最初の日は、バカラのテーブルの脇に立って、まったく張らずに一日ずーっと見続けていました。二日目になってからおもむろに参戦して、一週間やって帰ってきた。それで、その旅行を題材にして追悼文を書こうとしたんですけど、一回じゃ終わらなくて追悼文の連載ということになっちゃった（笑）。いまだにその追悼文は未完です（笑）。

田村　以後、バカラにずいぶんのめり込みましたよね（笑）。

沢木　自分でも意外なほどバカラには時間を費やしていますね。

田村　マカオやアメリカだけじゃなくて、ヨーロッパにも行ってるでしょ。

沢木　このあいだある酒場で、作家の海老沢泰久さんが、「ところで沢木さんって何か趣味はあるの」って、改まった調子ですごく失礼なこと訊くんですよ（笑）。言われて考えてみると、かつて趣味だと思われてたものがみんな仕事になってしまった。たとえば本を読むことも仕事。スポーツをやったり見たりすることも仕事。旅も仕事。映画を観ても、場合によっては酒飲んでも仕事になっちゃう。そんな悲しい状態の中で、たった一ついま残ってるものがあるとすると、バカラだけは趣味の範疇で残っていると思ってるんです。このあいだも、マカオで数日間、ほとんど一ドルも張らずにずーっと見てても飽きなかった。でもその酒場にいたときは、バカラのことを思いつかなかったので、あ、俺はほんとに趣味のない男になってしまったなあ、といささか残念に思ったし、海老沢さんに馬鹿にされっぱなしだったんですけどね。

田村　本当に、チップを張らなくても、見てるだけで飽きないですよね。

沢木　全然飽きない。

田村　人間の劇場ですからね。

沢木　そう。特にマカオはそうだし、まあ、どこでもカジノは劇場なんでしょうね。

マカオに年間百五十泊

田村　ポルトガルに行かれたときは、マカオのカジノの源流がポルトガルだから、本場を見たいんだっておっしゃってましたよね。

沢木　ええ。もちろんそういう考えもあったんですが、マカオで初めてやって、次がアトランティック・シティ。それで面白さが分かり始めたときに、田村さんと久しぶりにゴールデン街のバーで会いましたよね。そこでバカラの話が出たら、田村さんが「最近僕も麻雀で足りない年収を、マカオのバカラで補ってるんですよ」とおっしゃるのを聞いてすごく驚いたのも、それから世界各国のカジノを訪ねるようになった遠因の一つなんですよ。

田村　そうなんですか。

沢木　いくらバカラが面白いといっても、カジノに寄ったついでになんとなくやるものという程度の認識しかなかったものが、ここに稼ぎの一手段という形で明確な位置付けをしている人がいる、ということが新鮮な驚きだったんです。もちろん、僕は稼ぎの手段とすることはないだろうけど、これほど自分にとって面白いものなのだからもっと突き詰めていってもいいのではないかっていう気がしてきたんですね。それにしても、田村さん、あの頃は、マカオに年間どのくらい行かれてたんですか。

田村　九二年から、年間最低百泊は行ってました。

沢木　百泊？　それが全部マカオですか。

田村　ええ。四年間毎月行ってたんです。多い年は百五十泊ぐらいしてた。それで、よく負けましたよ。

沢木　信じられないなあ。

田村　沢木さんは勝ちつづけているんですよね。

沢木　マカオではほとんど負けていません。田村さん、ほんとにマカオで負けます？

田村　マカオのホテルは、だいたいそうなんですけれど、自殺防止のために、部屋の窓に金網が張ってあるんです。飛び降りられないように。僕はカジノのない、日本人が行かないホテルを常宿にして、数字がいいもんだからいつも九〇九号室に泊まってました。

沢木　それはいい番号だなあ。

田村　広東語ではガウリンガオと発音するらしいんですね。部屋は外海と内海がちょうど両方見渡せるようないい向きなんですけれど、やっぱりベランダを全部檻みたいにして金網で囲ってありました。あそこでほんとに身投げしようかって何度も思いましたよ。

沢木　へえー、それは意外ですね。

田村　ペンチみたいな工具で金網を切れば飛び降りられるだろうと考えて、街へ買いに行くんですよ。ところがね、どこで買ったらいいのかわからない。そのうち自分でも馬鹿馬鹿しくなってホテルに戻り、冷静になって、もう一回、ちょっとゆっくりしたペースでやってみようか、なんて考え直すわけです。結局、自分の形で、小銭できちっとやるしかない。まあ、小銭ったって、ちょっとした金額ではあるんですけどね。

沢木　そのホテルから、博奕を打ちにリスボア・ホテルへ出掛けるわけですね。

田村　いや、僕はリスボアにはあまり行かないんです。その他にも、カムペックとかあちらこちらにカジノはあるんです。もちろん高い台から安い台まで、一番台がそろっているのはリスボアですけれど……。僕はリスボア以外の、安い台に行ってやることが多いんです。

沢木　僕はほとんどリスボアです。大バカラの台の多いことが負けないための必須の条件のような気がするもんですから……。

田村　それはわかります。

沢木　去年の七月、香港返還の日ってあったでしょう。そのときに僕も香港に行ったたんです。でも、香港であのイベントを見ている気には全然ならなくて、すぐにマカオへ行っちゃったんです。このところ、ちょっと考えがあって、バカラには全然手を下してないんですけど、返還の日は、マカオで博奕場をずっと見てました。で、その翌日、リスボアのフロントにいるおねえさんに、「中国料理以外でおいしい店ある？」とか訊いてたら、その中に日本人の女の子が一人いて、ラーメン屋さんが一軒あるというのを教えてくれた。

田村　日本人会のあるあたりですよね。

沢木　そうそう。それでラーメン屋さんに行ってみたら、現地に住んでいる日本人が二、三人で食べていらして話ができた。僕は一年後くらいに本腰を入れてマカオでバカラをやるつもりがあるんで、この辺に長期滞在するのに向いたアパートってありませんかって訊いたんです。そうしたら、「いや、アパートはない、やっぱりホテルがいいんじゃないか。この近くにもムラタだか何だとかいう日本人が長くいるホテルがある」って。あれ、田村さんのことでしょう（笑）。

田村　そうでしょうね（笑）。

沢木　「いや、ムラタじゃないと思う」って、つい言っちゃいましたけど（笑）。

田村　サンマロという大通りのちょっと奥まったところにあって、元々はカジノだったところなんですけれど、値段がすごく安いんです。朝食付きで二百香港ドルぐらい。三千円ちょっとなんです。日本人は泊まりませんが、欧米人は大勢泊まっていました。

沢木　アパートを借りるのは、ちょっと難しいと言ってましたね。

田村　労働ビザがいるんですよ。だからなかなか借りられない。

沢木　僕は、長期滞在するのに、ちょっとお茶を沸かしたり、料理をしたりするぐらいの場所が欲しいなあと思ったんですけれど、そういう場所は残念ながら、なかなかありませんね。

田村　日本企業の社員、エンジニアなんかが出張で来て何年間か滞在するときですら、労働ビザがなかなかおりないらしいんです。だから彼らも、一カ月に一度、香港まで行ってまたトンボ返りです。そのほうが書類の準備なんかを考えると、かえって手間がかからないって話ですね。

現地の人との共感

沢木　唐突ですが、ここで読者のためにちょっとバカラのルールを説明しておきますと(笑)、要するに、ディーラーがバンカーとプレイヤーという二方にカードを二枚ずつ渡し、合計数の下一桁が九に近いほうが勝ちという単純なものなんですね。日本で言えばオイチョカブのようなものです。最初の二枚の数によってはさらに三枚目を引くことができるんだけど、二枚で九になると「ナチュラル・ナイン」といって最強なわけです。先ほど、田村さんが九〇九号室が縁起が良いとおっしゃっていたのはそのためですね。賭けるほうは、バンカーとプレイヤーどちらが勝つかを予測して、どちらかに賭ける。カードを開ける権利は、バンカー側、プレイヤー側それぞれのグループで一番多くの金額を賭けた人間にある。簡単に言えば、そんなところでしょうか。

田村　そうですね。言ってみれば他人の勝ち負けを賭けるわけですが、そこに人間同士の思わぬぶつかり合いやしのぎ合いが出てくる。マカオの安いテーブルでバカラをやっていますと、現地の主婦とか老人とかいろんな人が来て賭けている。百ドルばかりの小銭なんですけれど、そういう小銭パワーに囲まれて毎日毎日勉強するのが、とにかく楽しいんです。

沢木　長く居ると、顔なじみができて、お互いにその日の戦績なんかが少し気になったりしますね。

田村　ただ、向こうの人たちには、日本人に対する悪いイメージがあるみたいなんですよ。旧日本軍が香港を占領してた頃、マカオはポルトガル領の中立国で封鎖してたんですが、日本軍の将校たちは遊びに行っていた。ところが、あまりカジノに慣れていないものだから、負けた腹いせに、ゲームテーブルに軍刀を突き刺したり、小便ぶちまけたりしたことがあったと言うんです。まあ、本当かどうかはわかりませんけれど。

沢木　ありそうな話ではありますけどね。

田村　僕なんかも、現地の人に混じってバカラをやっていると、最初のうちは、「日本仔」と書いて「ヤップンチャイ」と発音するんですが、そういった侮蔑的な呼び方をされました。それが、百日間もいるようになってくると、「ヤップンヤン」といって、単に「日本人」を意味する言葉で呼ばれるようになりましてね。

沢木　いわば、認知されたわけですね。

田村　当初は、よく殴られたりしましたよ。いきなり広東語で怒鳴りつけられたり、体を押さえつけられたり……でも、「ヤップンヤン」に昇格してからは、百ドル握りしめてやってくる人たちにも認知されて、僕のホテルの周りには二十四時間屋台が出てるんですけれど、そういうところですれ違ったりすると、遠くのほうから、両手を上に突き上げる大げさなポーズで挨拶してくれたりしました。「今日も無事だったか」という程度の意味なんでしょうけれどね。

沢木　現地にとけ込むという点では、日本で麻雀の旅打ちをしていたときの経験と似たものがあったのではないですか。

田村　そうですね。賭けている金額が小銭だからということもないんですけど、べつに粋がったりしないし……。

沢木　静かに……。

田村　ええ。負けたらおとなしく帰りますから。そうやっているうちにだんだん信任されて、大バカラの台で、テーブル・リーダーみたいな立場になりました。あいつの張り方を見ていると、けっこういける。あいつに引かせよう。だけど、ドローする権利は大張りしてる人にあるものだから、そいつに引かせないように、自分たちのチップを全部僕のところに集めちゃうんですよ。で、お前がカードを引け、というわけです。

沢木　それはすごいですね。要するにお金を田村さんのところへ乗せちゃうわけですね。一番大きい額を張っていないとカードは引けないから、田村さんの賭けたところに、現地の人たちが自分たちのチップを乗せちゃうわけだ。

田村　あいつに引かせろ。あいつなら勝つって……。

沢木　誰が引いたってべつに変わらないんですけどね（笑）。

田村　そうなんですけどね（笑）。それで、シボりと言って、カードを一ミリぐらいずつだんだん開けていくときになると、僕に賭けた側からも、反対に賭けた側からも、掛け声が掛かるんです。たとえば、見えているカードが五だとすると、開けるカードが四なら九で勝ち、五なら〇で負けですよね。カードの一部が見えてきて、四か五らしいとわかると、こちらに張った人は、「チョイヤー（消せ）」って叫び、向こう側は、「テンガー（点を入れろ）」って合唱するんですよ。つまり、五のカードには、真ん中に点が一個ありますよね。その点を消したり、入れたりしたくて掛け声を掛けるわけです。こっちが札を引いてると、周りから本当にフーフーッと息を吹き掛けて消そうとするんですよ。

沢木　熱いですよねえ。

田村　ええ、たくさん賭けた人が、カードを覗いた瞬間に自分の負けを悟って、悔しいもんだからカードを食べちゃったりすることもあります。あと、飛行機みたいに飛ばしちゃったりして、カードを出さないこともある。まあ、そんなことやったって、当然負けになるんですけど、よっぽど熱くなってるんでしょうね。

バカラの魅力

沢木　それにしても、年間百泊というのは、尋常ではない（笑）。そこまで夢中になれるのは、やっぱりバカラが面白いからですか、それとも何か他に理由がありますか。

田村　やっぱり、バカラというゲームの奥深さに惹かれたんでしょう。一度味わったら社会復帰できないとかよく言いますけど、ほんとうにそのぐらい夢中になれるんですよね。

沢木　その点については、まったく異論がありません。でも、他にも博奕はたくさんあるのに、どうしてバカラだけが、あんなに楽しいんでしょうか。

田村　僕は、たとえば公営ギャンブルはやらないんですよ。競馬とか競輪とかあんまりよくわからないし、パチンコもやらない。ひとつには、ああいう博奕は、控除率が二十五パーセント超えちゃうぐらいある。そうすると年間通じて考えると、やっぱりだめなんですよね。いっときは良い時期があるかもしれないけれど、通算して考えるとやっぱりマイナスになってしまう。

沢木　バカラの控除率は異様に低いですからね。

田村　昔から、テラは五分デラと言うように、まあテラ銭は五パーセントが標準ですよね。ところが、バカラは、バンカーで勝った場合は五パーセントですが、プレイヤーで勝てばナシですからね。

沢木　だいたい平均すると二・六パーセントぐらいですね。

田村　その意味では、最もフェアな感じがします。

沢木　テラ銭が二・六パーセントの博奕なんて、他には絶対ないですからね。ところでカジノの種目には、他にルーレットもクラップスもブラックジャックもスロットもあるわけですけれど、それでもゲームとして、やっぱりバカラが一番魅力的ですか。

田村　僕にとってはそうですね。

沢木　それはどうしてなんですか。

田村　うーん、よくわからないんですが、たとえば麻雀とも共通するんですけれど、一つ一つ学習してゆくところがありますよね。たとえば、ある局面で三筒《サンピン》を放銃して、次はじゃあ、同じような場面では別の牌を切るようにするとか。上手く言葉にできないんですけれど、そうやって少しずつ前進していく、高まっていく喜びというのを、バカラでは全身に浴びるように感じるんですよね。

沢木　なるほど。それはよくわかるような気がします。

田村　もう、最高なんですよ。だから、沢木さんがそういうバカラの魅力を、小説なりノンフィクションなりで書いて下されば、あのゲームは今よりずっと愛好者が増えるんじゃないかと思っているんですよ。

沢木　僕自身は、なぜバカラが好きかと考えてみると、一つは先ほどの控除率の問題。あと、公営ギャンブルなんかは、他人に影響される要素が大きいでしょう。たとえば馬に、あるいは騎手に、競輪の選手に。でも、バカラだけは誰にも影響されないじゃないですか。まったく自分だけの世界でしょう。

田村　そうですね。

沢木　誰にも文句を言えないかわりに、自分で全部引き受ければいい。あれほど完璧に自分だけの博奕ってないと思うんです。もちろん、一人じゃ博奕は成立しないんで、向こう側に無限に大きい相手がいてくれる必要があるわけですよね。それがハウス。さっきおっしゃったように、場が盛り上がったり、誰かがついてきたり、誰かについていったりということはあり得るけれど、原則としては、一個人対ハウスでいいわけですよね。特にマカオのルールに関していえば。

僕はカジノのある町に長期滞在して、バカラを何日もずっとやり続けていると、ひたすら自分のことを考えてるような気分になるんです。たとえばどちらにいくら賭けようか、それとも見《けん》（チップを張らないで、場の様子を見ること）をしようか考えるということは、ここでひとつの判断を下す自分について、あるいはその判断を留保する自分について、考えているのと同じだと感じるんです。自分はどういうふうにこの場で振る舞おうとしているのか、自分で自分を見つめているような気がするんですね。こんなにシンプルに自分と向き合うことができる瞬間というのは滅多にないんです。ところが、バカラをやり続けている限り、その局面が果てしなくやってくる。そのことが面白いんじゃないかと、僕は思ってるんです。

もちろんいろんな人たちの姿や人間模様を観察して楽しむことも、副次的な要素としてあるけれど、本質は絶対的な個の見合いであるという点が、僕には快かったんだと思うんですね。だから正直にいえば、実はお金賭けなくてもいいんです。賭けた自分というものを想像して楽しめば、バカラをいくらでも楽しむことができるんです。

田村　僕も賭けないでいくらでも楽しめる。でも、もしかしたら、そこに沢木さんと微妙に違うところがあるかもしれませんね。

幻の必勝法を追い求めて

沢木　ゴールデン街のバーでお会いしたときの話に戻るんですが、バカラで年収のロスを補っていらっしゃるというのに驚いたのと同時に印象的だったのが、一日にやる金額をだいたい決めてるとおっしゃっていたことでした。

田村　そうなんです。

沢木　それを僕はこう勘違いした。ある程度勝って、まだ勝ちそうだと思っても、今日の日当分だけ稼いだら、それで切り上げて、あとはサウナでも入ってゆっくりする、というような意味のことを聞いたと思った。それで、そのことを井上陽水さんとの対談でしゃべって、「やっぱり深いよなあ」と、二人で盛り上がっちゃったんだけど、しばらくして田村さんと会ったら、「いや、あれはそうじゃないんですよ。自分で今日は負けてもこれだけというふうに決めて、そこまで負けたら止める、ということなんですよ」と訂正されたんでしたよね。

田村　そうでした。

沢木　ここまで負けたら止める、という話だったのを、ここまで稼いだら止める、というふうに正反対に誤解していたわけです。確かに、勝ってやめるというのはプロっぽくて深いような気がしたけれど、よく考えてみると負けてやめるというほうがごく真っ当な考えですよね。しかし、真っ当なことが普通はできない。負けてるときに自分の限界を決めて撤収できたら、それこそすごい人だと、あとで考え直したんです。

田村　ええ。勝てばツキで、負ければ実力という箴言《しんげん》は、本質を衝いてます。勝ち方というのは永遠に未知ですからね。負け方というのは、逆にはっきりしてるんですよね。こうすれば負けるというセオリーがある。ハウ・ツー・ウィンはないけれど、ハウ・ツー・ロスはある。だから、その形だけは徹底的に体に刻み込まないといけない。柔道で言えば受け身、相撲で言えば股割りみたいなものですね。投げ飛ばされても骨折しないような技術を習得しなくちゃいけないんです。誘惑はいろいろありますから。なにクソだとか、あんな野郎に負けてたまるかとか、すごすごとみじめに下がりたくないとか。

沢木　ありますよね。特に一つのテーブルを囲んで人と絡んでるわけですからね。

田村　ハウス側は、そういう様子を全部見て、安心してるんですもんね。特にマカオのカジノは、そういう人の心の弱点を研究していて、トイレなんかわざと通路を複雑にして、人と人がぶつかりやすいようにしてある。そんな些細なことで、カッカカッカさせようとしてるぐらいですからね。その裏をかこうとすれば、平常心だとか冷静さが、どれだけ大事なものかがわかるというものです。よく中国人のおじいさんたちに話を聞くと、広東語で「慢慢開心（マーマーホイサム）」という言葉が出てくる。スローリー、スローリー、ゆっくり、ゆっくり楽しもうじゃないかということなんです。彼らは、ここだと思ったときにすっと百ドル、日本円にして千五百円ぐらいの金を張って、それで勝ったらその日は帰っちゃうんです。そうして外の屋台で百円ぐらいのおいしいものを食べる。ハウスのほうからすると、あの人たちこそが冷静なプロに見えて、脅威を感じてるんですね。

沢木　なるほど。

田村　恰好よくバーンと大張りするような一見美しい形の客は、カモなんです。

沢木　そうそう、最近読んだ本で、オーストラリアで博奕をやってる森巣博さんという方が書いた『無境界の人』という本があるんです。その本に、ちょっと印象的なエピソードが紹介されていました。今世紀初め、イギリスに、どんな賭けでも受けるという、賭けの受け手屋さんがいたんですって。掛け金の上限は五万ポンド。ただし、一九〇〇年代初頭の五万ポンドというと、今の三十億円ぐらいらしいんですね（笑）。しかし、条件があって、第一に、確率が一対一の賭けであること。たとえばサイコロで偶数奇数どっちが出るか、トランプの赤黒のカードどっちが出るかというようなものです。そういう賭けの受け手を商売にして、財を成した人がいたというんですよ。

なぜ彼が勝てたかというと、賭けるときの条件に秘密があった。一つはその掛け金が、賭ける相手にとって血を流すほど重大な金額であること。もう一つは、赤か黒か、偶数か奇数か、どちらかをコールするのは、賭け手だということなんです。
　経験則で、僕もその通りだと思うんだけど、理由はわからないけれど、ジタバタしてるやつがやった最後の一発勝負は、たいてい負けるじゃないですか。切羽詰まった金を賭けたやつというのは確率的に誤る可能性が一対一より高い。それを受けてれば絶対に受け手が勝つというわけです。だから、受け手の側からはコールしないんですね。

田村　バカラだって、負けが込んでるやつが、起死回生を狙って大きく張った時は、みんなこぞって裏張りします。

沢木　ええ。

田村　でも、ああいう勝ち方というのは、いざとなったらそういう手もあるという保険にしておくぐらいがいい。ただ経験的に絶対勝ちが拾えるということを知っていて、ハイエナのごとく群がるわけで、その底辺には賭けについての無思考があるわけですから。

沢木　何の面白味もなくなる。

田村　それに最終的には全然だめなんです。必ず負けますよ。

沢木　そう、あとでね。僕は、ツイている奴の尻馬に乗るという賭け方も、ツキのない奴を蹴落とすというような賭け方も、どちらもあまり好きじゃなくて、勝つだろうと思ってもチップを張る手が動かないことが多いですね。そのことは博奕でぎりぎりの戦いをしている人たちに交じれば欠陥でしかないんでしょうけど。

田村　香港に行くと、バカラのハウ・ツー・ウィンの本が沢山出ています。しかも日本円で二万円ぐらいする。ずいぶんいっぱい買いましたよ。よく負けるもんだから（笑）。

沢木　僕もアメリカでは買いました。役に立った本はたった一冊（笑）。バカラが好きだったどこかの大学の先生が、タイプ印刷で自費出版してる『チャートブック』という本。コンピュータに八組のカードをぶち込んでシャッフルして、どういう流れでカードが出てくるかというチャートが、八千回のゲーム分えんえんと続く本なんです。

田村　すごいですね、それは。

沢木　いいでしょう。

田村　そういうのがあるとは知らなかった。

沢木　バカラって、最初は誰でも必勝法というかシステムを、何とか探し出そうって思いますよね。

田村　ええ、その通り。

沢木　だけど、実戦で八千ゲームも試すことはできないじゃないですか。でも、このチャートがあれば、一試合ごとに自分のシステムを当てはめて、やってみることが可能なわけですよ。もっとも、ひとつのシステムを確かめるだけでも何週間もかかるんだけど（笑）。その本買ったときは数カ月間、うちに帰ってからずーっと試してました。そうすると、あらゆるシステムは、八千回やるうちにはすべてならされちゃうということがわかるんです。チャートブックの半分ぐらいまでは、あるシステムで勝てたりする。ところが残りの半分を終わると、やっぱりならされちゃって、二・六パーセントぐらい負けることになっていくんですね。結論として、要するに必勝法というのはあり得ないということを教えてくれたという意味では、そのチャートブックはものすごく役に立ちました。

田村　すごい分析ですねえ。

沢木　よくアンケートなんかで、無人島にどういう本を持っていきますかという質問があるじゃないですか。僕はいままでそんな本があるはずねぇじゃないかと思っていたけど、そのチャートブックを一冊持っていけば、新しい必勝法の探索が果てしなくできる。一生やってられるから、全然飽きないと思いましたけどね。でも、もしそこで新しいシステムを発見しちゃったときは辛《つら》いよなあ。

田村　どうして？

沢木　あっ、これは絶対必勝のシステムだってわかったのに、無人島にいなきゃならない（笑）。

田村　ハッハッハッ。僕はもっと原始的だけど、ボタン押すと電池でカードをシャッフルしてくれる機械を使って、ホテルの部屋でシミュレーションやってますよ。

沢木　へえ、そんな電動の機械があるんですか。

田村　ええ。それで出た数字を、カジノに用意してある出目を記録するカードに記入していくんです。
沢木　バンカーとプレイヤーの勝敗だけでなく、出た数字も記入するんですね。
田村　ええ。
沢木　でも、実戦で、バンカーとプレイヤーの勝ち負けだけじゃなくて、出た数字まで書き込んでると、ディーラーたちが気にするでしょう。
田村　気にしますね。数字まで入れるのは日本人だけみたいですね。中国の人は、勝敗だけで数字まで書かない。やっぱり日本人は細かいのかなあ。
沢木　中国人の中にも稀に数字を書き込んでいる人がいますけど、彼らが本質的に頼るのは出目のパターンですからね。歴史は繰り返しつつ逸脱するという世界観が反映されているんでしょうけど、カードにバンカーとプレイヤーの勝ちを赤と青の丸で塗り分けて……でも、不思議なことに彼らはそのカードを持ち帰りませんね。
田村　僕のところには、実戦のもシミュレーションのも併せて、こういうカードが自宅の押入れにいっぱいになるほど残ってます。
沢木　僕もです。さすがに押入れいっぱいはないけど（笑）、段ボールに一杯はありますね。さっきの無人島の一冊じゃないですが、このカードもまた、これさえ持ってれば俺は一生困らない、飽きないという性質のものですね。何度見直しても楽しめる。なぜこのとき自分はこう賭けてしまったんだろうかとか……。

静かに、無理なく、波を待つ

田村　沢木さんのことで今でも忘れられないのが、十年ぐらい前でしたかねえ、新宿の京王プラザで対談をさせていただいたときのこと。

沢木　あれは、田村さんが対談のホストをされていて、そこに招かれたんでしたよね。僕は、田村さんと話をするんだったら、是非バカラの話をしたいと思って、とにかく会う前にマカオで何日間かやって、その最新の研究成果を田村さんにぶつけようというつもりだったんですけれど……。

田村　香港から遅れるかもしれないと言う連絡が入ったものだから、編集者と二人で、これは対談に間に合わないかも知れないなあとか言いながら、ホテルのレストランで待っていたんです。

沢木　そう、とても心配を掛けたんですよね。本当にすいませんでした。いま謝っても遅いですけど（笑）。

田村　しばらく待っていたら、沢木さんが、ボストンバッグを片手に、香港の千ドル紙幣でポケットをパンパンに膨れさせてホテルに駆け込んで来られた。あれにはびっくりしましたね。

沢木　札でポケットを膨らませているというのが下品ですけどね（笑）。

田村　沢木さんは、あの頃からバカラはほとんど負けていないでしょう。

沢木　ええ、まあそうですね。でも田村さんだって、本当は負けてないんでしょう。

田村　いやあ、僕は負けましたよ。

沢木　本当かなあ。さっきの話に戻りますが、もちろん、必勝法なんかありっこない。ないってことが完全にわかりゃいいんだけど、必勝法を見つけたいという願望はなかなか消えないですね。でも、そういう話じゃなくて、経験則で、たとえばこうすれば大負けはないというような方法は、田村さんも当然お持ちでしょう。

田村　ええ、まあね。

沢木　それを裏切られることもあるけれど、一種の型としてこういうときにはこうしようというのが決まってくるものですよね。

田村　あります。だから、これから一発逆転だとか、起死回生だとか、勝負をせざるを得ない状況に追い込まれるということが、もう形としては負けなんです。

沢木　ああ、そういうことなんですね。

田村　だから、一つひとつ煉瓦を積み重ねるみたいにツキを丁寧に拾って、勝負をしないでいい状況をつくり出す。そういう形が自分の形だと思ってます。

沢木　僕も、いつ来るかわからないビッグ・ウェンズデーの波を待つあいだ、どこまで沈着に勝負していけるかが鍵だと思うようになっています。静かに、無理なく……。

田村　この前、陽水さんに麻雀の必勝法ということについて質問されたんで、ちょっと話したんです。中国に昔からある言い方らしいんですけれど、牌品高（パイピンカオ）という言葉があるんです。

沢木　牌の品が高い……。

田村　ええ、それ以外に必勝法はないんじゃないかって言ったんです。よく手本引《てほんび》きなんかで、「盆の座りがいい……」って言いますけれど、一脈通じるところがあると思います。

沢木　型の、姿のよい人ですね。

田村　それをパイピンカオと言っていいのかどうかはわからないんですけれど、きれいというのか、上品というのか、とにかくどこに出ても恥ずかしくないように打ちたい。どんなルールに入っても、どんな相手と対戦しても、ということですね。麻雀もバカラも、その辺は一緒です。「マーマーホイサム」、ゆっくりゆっくり自分で楽しもうじゃないか。だいたいバカラというのは広東語では「百家楽」と書きますからね。皆で楽しめばいい。

沢木　ところが、これがイタリア語になると、バカラの原語はゼロ（笑）。全然ニュアンス違いますね。

田村　それが東洋と西洋の違いなのかもしれませんね。

僕にとってマカオは天国

沢木　百五十泊されてた頃から比べると、最近はマカオに出かけられる回数は減ってきたんですか。

田村　今は治安が悪いんでね。数カ月に一ぺんぐらいになりました。一九九九年十二月の二十九日だか三十日だか知らないけど、中国軍が来ないと、治安の悪さは収まらないんじゃないですか。

沢木　そんなにドンパチやってます？

田村　さすがに表通りではやってないにしても、裏のほうではかなりやってるようですよ。見せしめに腕切って道路に投げたりしてますから。

沢木　去年行ったときに、殺人事件が珍しく四件あって、とか言われましたけど。

田村　ポルトガルの警視総監みたいな偉い人が襲われて、おっかながって国に帰っちゃったとかって話聞きましたけどね。

沢木　いや、さっき話に出たラーメン屋で聞いて、笑っちゃったんだけど、今、暴力団の二大抗争があるわけでしょう。よくわかんないけど、新しいやつらと古いやつら、二つの勢力が争っていて、それで殺したり殺されたりというのが大変で、去年は何人か死人が出た。だけど、実質的には、もう中国が支配してるじゃないですか。で、中国から解放軍の偉いのが一人来て、両方の組のトップを、リスボアの近くにある教会に集めたんですって。

田村　詳しいですねえ（笑）。

沢木　いや、又聞きですよ（笑）。でも、暴力団を教会に集めるというのがいいでしょう（笑）。

田村　いいですね（笑）。

沢木　で、中国の解放軍のお偉いさんが、「殺し合いはもう止めなさい。万一これから死人が一人でも出たら、幹部を中国に連行する」って脅したらしい。何が怖いって、暴力団の幹部にとっても中国に連れていかれるのが一番怖かったらしくて（笑）、それで一応収まった。ところが、その後でやっぱり死人が出ちゃった。そしたらトップのやつは中国に連行されるのが怖くて、どこかへフケちゃったんだって。どこまでほんとか嘘かわかりませんけれど、そんな話がマカオでまことしやかに語られていましたよ。

田村　マカオらしいですね（笑）。

沢木　それでも、バカラをするなら、田村さんはマカオがいいんでしょう。

田村　そうですね。マレーシアだのオーストラリアだの韓国だの、全然関心がありません。

沢木　たとえば世界の博奕場について詳しい方が各地のカジノについていろいろ書いてるけど、マカオについてはすごく素っ気なくお書きになることが多いですね。がさつで、鬱陶しくて、人がごみごみしててとか……。

田村　やれディーラーの態度がなっていない、すぐチップをねだるとかね。

沢木　でも、あそこの面白さがわからないのは寂しいですね。

田村　僕は、やっぱりマカオが最高だと思ってます。

沢木　僕も最後はマカオだと思う。

田村　現地の日本人会の人たちにもいろんな国を回ってきた人がいたりするんですけれど、そういう人たちに聞いても、やっぱりマカオはいいって言いますよ。街も暮らしやすい。物価も安いですし。

沢木　まあ、静かといえば静か。とろんとした静かさの中に、博奕場という熱いところが何カ所かあって、どこの国だかよくわからない。ポルトガルのような気もするし、中国のような気もする。ちょっと他にない感じの国ですよね。

田村　僕は最近、囲碁に凝ってるんですよ。田舎五段ですけど、早く六段になりたいなって修業を積んでる。

沢木　おっと、田村さんがそんな日々を送ってるとは知りませんでした（笑）。

田村　ええ。で、マカオに行くと、現地の人たちが、公園で碁をやってるんです。そこに混じって打たせてもらう。雀荘もいっぱいありますし、まあ、僕にとっては天国みたいなところですよ。

沢木　マカオでも麻雀を打つんですか。

田村　寂しくなったときとかにやります。点棒のない麻雀をね。百五十泊いると、やっぱりストレスが溜まってくるんですよ。テレビ見ると、寅さんのシリーズなんか放映してるんですけれど、広東語だから、何を言ってるんだか、全然わかんないんですよ。だからストレス解消にならない。そういうときに、町場の雀荘だとか公園の碁に行ったりするんです。

負け続けて生き延びた

沢木　新宿ではどんな毎日を過ごされているんですか。一週間に一ぺんぐらいは麻雀はあるんですか。

田村　徹夜で麻雀をやったりすることは、もうほとんどなくなりましたね。

沢木　昔一緒に卓を囲んでいた人たちもどんどん亡くなったりして、いなくなっちゃったんでしょう。

田村　そう、それだけはどうしようもないですね。いまは、まあ碁会所へ出かけたり……ブラブラしてますねえ。

沢木　そこだけ聞くと、田村さんってどうやって生活してるんだろうって、不思議に思う人が多いでしょうね。そもそも、所帯ってものを持っているんだろうか、とか……。

田村　その辺のことはいいことにしましょうか（笑）。

沢木　そうですね（笑）。それにしても、田村さんがある危険な時期をすり抜けて、いま自分の好きなことを一応やっていられるのは、どうしてだと思いますか。言葉は悪いですが、たとえば沈んでしまう可能性だってあったわけですよね。

田村　ええ、間違いなくありましたね。

沢木　でも、沈まなかった。その境い目を作ったのは何だったんでしょう。

田村　そうですね、それは僕がずっと負けてきたからなんでしょうね。

沢木　えっ？

田村　冗談でも何でもなく、自分でも勲章だと思っているのは、これだけ負けて、払い続けて来た人間はいない、ということなんです。本当に、日本一払い続けて来た男です。だから逆に、みんなに信用してもらえた。自分で言うのも何ですが、だから、いまだに堂々としてられるんですよ。知っている人で博奕の強かった人たちが、どんどん潰れていくのを見てきました。強い人たちは、いつも勝とうとするから、負け方を知らない。初めて負けて、払えずに消えていく。そんな中で、僕は負け続け、払い続けてきたんです。

沢木　面白い！　だけど謎々みたいな話ですね。払い続けて、どうやって生計を立てられるのか……。

田村　払い続けてきた過去があるからこそ、今でも人に誘ってもらえるんだと思います。阿佐田さんがよく、「九勝六敗」とか「八勝七敗」とか言ってましたが、もっと僅差の、ぎりぎりの浮きでなんとか生き続けている感じですね。

沢木　その、きわどい浮きで暮らしてこられた？

田村　僕には特にうまいものを食べたいとか、すごい車に乗りたいとかいう欲もないですしね。

沢木　さっき阿佐田さんが金銭に対して執着がなかったという話があったとき思ったんですが、実は僕もまったく同じなんです。まあ、本買ったり、ちょっと酒飲んだりという程度のお金はいるけれど、それ以上はほんとにいらない。いま田村さんがおっしゃったように、車がほしいということもないし、家はどうだっていいし、洋服だってどうでもいいし。ほとんどお金がかからないんですよね。

じゃあ、なぜ博奕をやるのか。金が賭けられているということは無意味ではないとは思うけれど、絶対の条件ではないんです。たとえば十年ぐらい前に香港から束にして持って帰ってきた千ドル札も、使わないで箱に入ってるんですよね、現地通貨のままで。ラスベガスでもアトランティック・シティでも勝った金はドルのまま段ボールに入っている。僕にとって勝った金はどうでもいいんです。

田村　そうすると、沢木さんをカジノで、バカラで勝たせている原動力は何ですかね。作家魂みたいなもんでしょうか。

沢木　知りたいとは思ってるんでしょうね。

田村　わかるまでやるんですね。

沢木　何かを了解したい。何を了解したいのかはよくわからないんですけど、それを抽象的にきっと必勝法と言ってるんだと思うんです。必勝法なんて、あってもなくてもいいんですが、バカラってこういうものだって最終的に了解したいんですよ。なんか、まだ了解が足りないような気がしてるんですね。で、了解しちゃえば、たぶんもうそれで納得して、あとはほんとに田村さんが持ってらっしゃるシャッフルの機械一台で、お金も賭けずに一生遊んで暮らせると思う（笑）。

田村　なるほど（笑）。

沢木　そのときはぜひ安く譲ってください（笑）。

あとがき

あるとき、吉行淳之介氏に訊ねられたことがある。一年にどれくらい対談をするのか、と。年に一度か二度、まったく対談をしない年もあります。私がそう答えると、吉行さんはそんなに少ないのかとびっくりしたような声を上げた。年間二十から三十、多いときには七、八十もこなしていたことがあるという吉行さんには、その少なさは意外だったのだろう。

私は、いわゆる座談会に出席することはほとんどないが、対談をするのは決して嫌いではない。対談なら、座談会などと違って、たったひとりの相手とゆっくり間合いを測りながら話を進めていくことができるからだ。しかし、その対談が年に一度か二度しかできないのは、準備に時間がかかりすぎてしまうからである。あるていど納得するまで相手の作品を読んだり見たりした上でないと、その人と安心して会うことができない。もっと自然に会い、もっと楽に話すことができればいいのに、と自分でも思わないでもないが、それも性分なのだからといまでは半ば諦めている。

だが、それでも、こうした生活を二十年以上も続けていれば、少ないはずの対談もいつの間にか三十や四十の数にはなっているものなのだ。この『貧乏だけど贅沢』は、そのようにして手元に残された対談の中で、旅をテーマにしたり、結果として旅の周辺を巡ることになった対談を選んで一冊にまとめたものである。

本当のことを言えば、対談の席では最小限の相槌を打って相手の話に耳を傾けていたい。それは私が横着だからというのではない。当然のことだが、私の話す話を私は知っているが、相手の話す話は私は知らない。知っている話を話すより、知らない話を聞いているほうがはるかに楽しいに決まっている。

にもかかわらず、対談の席に出るとついしゃべってしまうのは、そんなことをしていたら対談にならないからという形式的な理由だけでなく、すぐれた話し相手を持つと、自分のしゃべることにも、自分の知らないこと、自分がふだん意識もしていなかったようなことが口をついて出てくることがあるからだ。対談の途中で、自分はこんなことを考えていたのか、と驚いたりする瞬間が訪れるのも決して珍しいことではないのだ。

ここに収められた十の対談は、結局、旅における「贅沢な時間」をめぐって語られたものだと言えるような気がする。
森茉莉の「贅沢貧乏」の中に次のような一節がある。
《……そういう訳なので、虫退治をはじめとして、魔利には不可能事が多い。それが又いやが上にも続々と、奇妙な贅沢生活を生み出し、魔利の「贅沢貧乏」を、絢爛たる域にまで高めて行くのである》
不可能事が奇妙な贅沢生活を生み出す、と森茉莉は言う。あるいは、それは旅における贅沢な時間についてもいえることかもしれない。何が贅沢な時間であるかは人によって異なるだろう。だが、不自由であることが未来に向けての贅沢な時間を鍛え上げる、という点では共通しているように思える。金はなくとも贅沢な時間を味わうことはできる。いや、自由になる金が増えていくにつれて、むしろ贅沢な時間が味わいにくくなっていくということだってないではない。たぶん、旅における贅沢な時間とは、必ずしも金で買えない何かなのだ。

この対談集が成立するに際しては、もちろん対談の相手をしてくださった方の存在が必須のものだったが、同時に、多くのすぐれた速記者とまとめの役割を担う編集者の存在が不可欠だった。とりわけ、かなり早口の私の言葉を書き留め、あちこち飛び移る話題を整理することは、相当に疲れる作業だったろうと思う。

個々の対談の中身を、発表時のものから長めのヴァージョンのものに、つまり、より対話の原型に近いものに変えていく作業は、この本の担当編集者である今泉博史氏が協力してくれた。

装幀については、塚本やすし氏が素敵な絵を描き下ろしてくださり、それを用いて緒方修一氏が存分に力を振るってくださった。

田村光昭氏との対談を終えた直後、私は香港を経由してマカオに行った。そして、いつものように、昼間は古い街路をぶらつき、夕方から深夜にかけての時間をカジノで過ごす、という日々を送りはじめた。いつもと同じ、いつものマカオの日々……であるはずだった。ところが、そこで、私に思いがけないことが起きたのだ。

何がどのように起きたのかは、いつかまた報告する機会があるかもしれない。ただ、そのことによって、旅では予測のつかないことが起きるものだということを、あらためて強く、深く心に刻みつけられることになった。

しかし、だから旅はおもしろい。そう、だから旅はやめられない、のだ。

一九九九年二月

沢木耕太郎

文庫版のためのあとがき

そうか、あれから十年以上が過ぎてしまったのか。単行本の「あとがき」を読んで、ちょっとした感慨にふけってしまった。

《しかし、だから旅はおもしろい。そう、だから旅はやめられない、のだ》

単行本の「あとがき」にあったこの最後の一行そのままに、あれから十年以上が過ぎたいまも、あいかわらず旅を続けている。

つい三日ほど前にも、ヨーロッパを廻ったあと大西洋を越えてアメリカに入り、太平洋を渡って日本に帰ってきたばかりである。最もシンプルな形ではあるが、世界一周をしてきたことになる。

その旅でも、もしかしたら自分は「旅の神様」に好意を持たれているのではないかと思えるような不思議な出来事にいくつも遭遇した。パリでも、コルドバでも、ヴァンスでも、ニューヨークでも。

この文庫版は、此経啓助さんの「解説」がついたことと、緒方修一さんが山下アキさんのイラストレーションを用いて装丁を一新してくださったことを除けば、単行本と中身はまったく変わっていない。

だが、この十数年のあいだに、確実に変わったものがある。それは私だ。三日前、ニューヨークから東京に戻ってくるときの十四時間半という飛行機の時間を、私は初めて「長い」と思った。少なくとも、この『貧乏だけど贅沢』を単行本として出したときには決して「長い」などとは思わなかったはずである。

たぶん、それが十数年という時間の意味なのだろう。

二〇一一年十二月

沢木耕太郎

解　説——三十年の後に

此経啓助

沢木耕太郎さんは二十六歳のとき、ユーラシアへの長い旅の途中、釈迦が悟りを開いたインドのブッダガヤに立ち寄った。行き先を決めない旅人の沢木さんにとって、たまたま乗り合わせた汽車の乗客の「ボドガヤーがいい」という言葉に誘われた、いわば偶然の訪問だった。

そのブッダガヤに暮らしはじめた当時三十二歳の私は、当地の大学で日本語教師として働こうとしていたが、辞令がなかなか下りず、それを幸いに村の暮らしを楽しんでいた。沢木さんとの出会いは、『深夜特急』に書かれている通り、二人の居候先の日本寺である。顔を合わすたびに、言葉の数が増えていった。旅人ならば誰にも訪れるごく普通の出会いだ。

もちろん、私は沢木さんとは初対面だったが、彼が『若き実力者たち』を前年に出版したばかりのノンフィクション・ライターであることは知っていた。しかし、彼はそのことに触れることはなかったし、私には長身でハンサムな彼が文学青年よりスポーツ好きな青年に見えて、つまり、その見事な落差に驚いたまま、こちらからも触れることがなかった。いずれにしても、当時、私は日本の勤務校の大学紛争で、沢木さん世代の苦悩と直面した疲れから、どこかで思弁を弄することにつながる言動を自分に禁じていた。

私にとって、沢木さんは長いインド滞在中に出会った大勢の旅人の一人で、彼が『深夜特急』に私を実名で登場させなければ、今ごろ、大学教師の私は「インドであの沢木耕太郎と短期間暮らしたことがあるんだ」と学生たちに大人気ない自慢話をしていただろう。しかし、出会いは思いがけない展開をして、私を幾度も驚かせるのである。

沢木さんがユーラシアの一年間の旅を終えてから十年、私が六年余のインド滞在を終えてから四年、その年の六月、だしぬけ（と私には思われた）に産経新聞で『深夜特急』の連載が開始された。友人の女性編集者がそのことを電話で伝えてくれたのだが、さらに興奮した口調でこう付け加えた。

「コレツネさんの名前がそのまま出てくるのよ」

追いかけるようにして、連載の切り抜きが彼女から郵送されてきた。自分の実名の入った文章を読みながら、ひとり赤面した。

さらに驚いたのは、翌月、件の女性編集者から沢木さんと無名の私との対談企画が持ち込まれたことである。私に断わる理由などなかったが、新聞連載中の沢木さんが引き受けたことは本当に驚きだった。

その対談が本書に収録されている「十年の後に」である。旅の追体験中だった沢木さんと旅から帰ってまだ四年の私との対談は、なんだか旅先でばったり再会したような気分で行われ、私は実際の旅先のどこかで沢木さんと出会えたらどんなに愉快だろうと思った。

だが、驚きはここで止まらなかった。単行本になった『深夜特急』が文庫化されたとき、この対談が第三巻目の「インド・ネパール」篇の巻末に再録されたのである。正直に書いておくが、私は驚き、沢木さんに感謝して、文庫本を自分の名刺代わりのようにして利用させてもらった。私はしばしば、なぜインドに長期滞在したのか、とたずねられることがあって、手短に、うまく答えられないとき、この本が大変に重宝したのである。驚きはまだまだ続き、また突然、その五年後にやってきた。

その驚きとは、対談が本書『貧乏だけど贅沢』に収録されたことである。無名の私は、私を除く九人の高名な対話者の名前を見てのけぞった。本を読んだ友人がさっそく、「なぜコレツネさんが井上陽水や高倉健と並んでいるの」とたずねてきた。なんだか私が悪いことをしたような口ぶりだ。

私は別に弁解するつもりがあったわけではないが、九人と沢木さんとの対談をじっくり読んでみた。インドで出会って四半世紀、意外だったのは、私はノンフィクション・ライターとして活躍してきた沢木さんが数多くの対談をこなしてきたと思い込んでいた。彼は「あとがき」で、吉行淳之介氏に答えるかたちで、「年に一度か二度、まったく対談をしない年もあります」と書いている。理由は「準備に時間がかかりすぎてしまうからである。あるていど納得するまで相手の作品を読んだり見たりした上でないと、その人と安心して会うことができない」という。

一般に、対談というものの多くは紙面の制約上、長時間の話が切りつめられ、読者にとっておもしろそうな話のエッセンスだけが残される。意地悪な読者の目には、実は話のおもしろさの濃度は偏在していて、それらをかき集めるのが精いっぱいの対談が多いようにも見える。それを避けるには、沢木さんの言葉のように、対談相手を選び、相手を納得するまで知ることが大事なのだろう。

作家・阿川弘之氏との対談「贅沢な旅」には、文頭の沢木さん自身による対談相手のユニークな紹介コラムに、「この本に収録した対談は、雑誌発表時のものよりかなり長くなっている。雑誌発表時にはスペースの都合でカットしなければならなかった部分を元に復してあるから」とある。

また、作家・群ようこ氏との対談「だから旅はやめられない」には、掲載時と比べて「ここでは原型に近いものを載せた。すると、驚くなかれ、量は以前の五倍を軽く越えてしまった」とある。しかも、驚くなかれ、長くなった対談のどの部分を読んでも、この相手ならばいかにもありえそう、と納得させられる意外なエピソードに出会う。

つまり、沢木さんの対談では、話のおもしろさの濃度が偏在でなく、遍在しているのである。その成功の秘訣が先の彼の言葉にあるのだろう。事実、その成果がすべての対談に発揮されて、世界をまたにかけた贅沢な話から金で買えない貧乏話まで、まるで沢木さんが親友と話しているような気楽なやりとりとなって聞こえてくる。

そこには超人的な下調べとともに、人との出会いを大切にする、いわば、偶然の出会いを上手に育てようとする、沢木さんの職業意識をこえた人生の意志が感じられる。

旅を人生になぞらえることに、あまり理屈はいらないであろう。といって、旅でのさまざまな出会いと人生でのさまざまな出会いとを簡単に結びつけて、旅や人生で起こる個人的な出来事を手放しで読者に語るわけにいくまい。それでは単なる旅や人生の自慢話になってしまう。

出会いには、作家・高田宏氏との対談「旅を生き、旅を書く」で語られているように、人だけでなく、他の生物、植物、事物なども対象となるが、沢木さんは「人に会う旅」を媒介にして、旅と人生を巧みに結びつける。その巧みさによって、本書の読者は、旅と人生がてんでに存在するのでなく、親和的な関係をひそかに結んでいることを知る。

また、沢木さんの「人に会う旅」は、読者が対談を読むずっと以前にはじまっているのだが、読者は高名な対談相手がその対談だけのために編集者の手でセッティングされ、沢木さんの巧みな話術で胸襟を開いているのだ、と思うかもしれない。

しかし、「人に会う旅」のはじまりは、どんな人でも偶然からはじまるしかない。沢木さんとて同様だが、彼は偶然の出会いを大切にし、その「人に会う旅」を重ね、親密な関係に育て上げていく。私がまるで彼のそばで見てきたようにいうが、本書をじっくり読んでそう確信した。

親密な関係が育った場所は、相手によってさまざまである。そのバラエティーの豊かさと広さが本書に限らず、沢木作品の魅力の一つだが、親密な関係を育てた場所を本書から勝手に想像するのは読者の特権だろう。私には、沢木さんが井上陽水氏とは酒場、山口文憲氏とは同年生まれ、群ようこ氏とは麻雀、田村光昭氏とはマカオのカジノといったつながりで、彼らとの親密な関係を育ててきたように思える。

私は還暦を迎えた年、どういう人生の風の吹き回しか、母校の教壇に復帰した。その翌年、『若き実力者たち』など沢木さんの作品を持続的に書籍化してきた文藝春秋の編集者・新井信氏が、退職を機に、週に一回、同じ大学に編集の心得を教えにやってきた。私は驚愕した。というのは、沢木さんの紹介で、新井氏を社に訪ねたことがあったからである。

沢木さんと唯一の対談をしたころ、私は自身のインド体験を本にしたいと考えていて、沢木さんから新井氏を良き相談者として紹介された。新井氏に会うと、彼は「私は作品を本にできるが、人を作家に育てることを大事にしている。あなたは作家になる覚悟がありますか」と私にたずねた。

私はそんな問いかけを自身にもしたことがなかったので、たじろいだ。その意味を熟慮し、覚悟がないことと謝辞を氏に伝えた。そして、社の外の公衆電話から、沢木さんにお礼の報告をした。沢木さんは本書の私の紹介コラムで、「誰しもが必死に登ろうとする山の頂を前にして、その麓で上手に遊ぶことのできる人」と私を評してくれるが、そのきっかけを作ってくれたのは沢木さんである。

新井氏は年に一回、必ず自分の教室に沢木さんをゲストに招く。二回目の年、私は大学で、文字通りひさしぶりに沢木さんと顔を合わせた。沢木さんは私の顔を見つけると、「やあ」とさわやかな笑顔と声で近寄ってきた。

「最近どう」と沢木さん。「まあボチボチ」と私。

沢木さんは初対面のころからあまり変わってないように見受けられた。彼は控え室に集まった助手や事務職員の一人一人に、しっかり目を合わせ、笑顔を送る。

私は、初対面のときにひそかにしたように、高名なノンフィクション・ライターの沢木耕太郎と目の前の沢木さんとを見比べてみる。なぜかインドで感じたような落差がない。作品が沢木さん本人に近づいてきたのか、あるいは、沢木さんが作品に近づいたのか分からないが、エッセイは「わたし」のノンフィクションであると考えたい私にとって、両者の接近はうれしい。理由は簡単で、沢木さん本人も作品も、二つとも大変に魅力的だからである。

対談からもうすぐ三十年、私の沢木さんという「人と会う旅」は、驚きの連続（この「解説」も含めて）で、長いようで短い。

（日本大学芸術学部教授）

単行本　一九九九年　文藝春秋刊

文春文庫

貧乏《びんぼう》だけど贅沢《ぜいたく》

定価はカバーに
表示してあります

2012年1月10日　第1刷
2016年8月5日　第2刷

著　者　沢《さわ》木《き》耕《こう》太《た》郎《ろう》

発行者　飯窪成幸
発行所　株式会社 文藝春秋

東京都千代田区紀尾井町 3-23　〒102-8008
TEL 03・3265・1211
文藝春秋ホームページ　http://www.bunshun.co.jp

落丁、乱丁本は、お手数ですが小社製作部宛お送り下さい。送料小社負担でお取替致します。

印刷・凸版印刷　製本・加藤製本

Printed in Japan
ISBN978-4-16-720918-6

（　）内は解説者。品切の節はご容赦下さい。

沢木耕太郎
敗れざる者たち
クレイになれなかった男・カシアス内藤、栄光の背番号3によって消えた三塁手、自殺したマラソンの星・円谷幸吉など、勝負の世界に青春を賭けた者たちのロマンを描く。（松本健一）
さ-2-2

沢木耕太郎
危機の宰相
安保闘争の終わった物憂い倦怠感の中、日本を真っ赤に燃え立たせる次のテーマ「所得倍増」をみつけた池田勇人、下村治、田村敏雄。三人の敗者たちの再生のドラマ。（下村恭民）
さ-2-13

沢木耕太郎
テロルの決算
十七歳のテロリストは舞台へ駆け上がり、冷たい刃を老政治家にむけた。大宅壮一ノンフィクション賞受賞の傑作を、初版から三十年後、終止符とも言える「あとがき」を加え新装刊行。

さ-2-14

沢木耕太郎
イルカと墜落
アマゾンの奥地で遭遇したピンクのイルカとひとつの事故。「死者はもとより重傷者さえ出なかったのは奇跡」といわれた惨事の中、そこにあるだけの「死」と向かい合ったブラジルへの旅。

さ-2-15

沢木耕太郎　編
右か、左か
心に残る物語——日本文学秀作選
芥川龍之介、山本周五郎から小川洋子、村上春樹まで、人生における「選択」をテーマに沢木耕太郎が選んだ13篇を収める。文春文庫創刊35周年記念特別企画アンソロジーシリーズの最終巻。
さ-2-16

沢木耕太郎
若き実力者たち
小沢征爾、市川海老蔵（現・団十郎）、唐十郎、尾崎将司……。70年前後に登場し時代の先端を走り続けた12人をデビュー間もない著者が描き、新たな人物ノンフィクションを確立した傑作。

さ-2-17

沢木耕太郎
貧乏だけど贅沢
人はなぜ旅をするのか？　井上陽水、阿川弘之、群ようこ、高倉健など、全地球を駆けめぐる豪華な十人と、旅における「贅沢な時間」をめぐって語り合う。著者初の対談集。（此経啓助）
さ-2-18